Collins

175 YEARS OF DICTIONARY PUBLISHING

易學易記

英語詞彙

English Vocabulary

商務印書館

© Harper Collins Publishers Ltd (2011)
© in the Chinese material CPHK (2014)

Collins Easy Learning: English Vocabulary

Senior Editors: Penny Hands, Kate Wild
Project management: Lisa Sutherland
Contributors: Sandra Anderson, Katharine Coates, Kate Mohideen, Elspeth Summers
For the publishers: Lucy Cooper, Kerry Ferguson, Elaine Higgleton

Collins 易學易記英語詞彙

編　　者：Penny Hands and Kate Wild

譯　　者：胡曉靜　　劉　芳

責任編輯：黃家麗　　王朴真

封面設計：張　毅

出　　版：商務印書館 (香港) 有限公司
　　　　　香港筲箕灣耀興道 3 號東滙廣場 8 樓
　　　　　http://www.commercialpress.com.hk

發　　行：香港聯合書刊物流有限公司
　　　　　香港新界大埔汀麗路 36 號中華商務印刷大廈 3 字樓

印　　刷：中華商務彩色印刷有限公司
　　　　　香港新界大埔汀麗路 36 號中華商務印刷大廈 14 字樓

版　　次：2018 年 9 月第 1 版第 2 次印刷
　　　　　©2014 商務印書館 (香港) 有限公司
　　　　　ISBN 978 962 07 1980 6
　　　　　Printed in Hong Kong
　　　　　版權所有　不得翻印

Contents 目錄

Publisher's note 出版說明

〈Collins 易學易記〉系列題材廣泛，內容涵蓋英語學習的重要知識範疇，包括英語拼寫、標點符號、常用詞彙、慣用語、語法用法、實用會話、英語寫作等各方面。

英語版 Easy Learning 系列由 HarperCollins 出版，一年內即售出超過兩百萬冊，深受讀者歡迎。中文版〈易學易記〉系列由 HarperCollins 授權商務印書館出版。兩家出版社都有超過一百年的詞典出版歷史，堪稱語言工具書界的權威。

系列內各書使用的英語實例全部來自 Collins 語料庫，權威、可靠、實用。Collins 語料庫每月更新，目前規模已達 40 億詞，充分反映現代英語的真實用法。

"易學、易記、易明"，文字簡潔，編排清晰，使用方便，是為特點。我們衷心希望，本系列能為初中級英語程度的讀者提供簡易有效的學習方法。

商務印書館（香港）有限公司
編輯出版部

Introduction 前言

　　《Collins 易學易記英語詞彙》是一本詞彙工具書，幫助讀者擴展與生活情景相關的英語詞彙。讀者無論在工作、學習還是度假時需要運用英語詞彙，都能在《Collins 易學易記英語詞彙》中獲得清晰的幫助。

　　本書共分為五十個主題，按照字母順序排列，包括"航空旅行"、"商業"、"食物和飲料"、"自然科學"等。這種編排有助於讀者學習相關的詞彙和短語，並能根據相應語境用英語準確表達。

　　每個主題裏的詞彙包括名詞、動詞、形容詞、副詞、短語和慣用語。每個詞語都配以本章節語境下的相應解釋。例如，在"航空旅行"一章裏，"connection"的釋義為"接駁航班"。

　　而在"電腦和網絡"一章裏，"connection"的解釋則與電腦相關，指電腦與網路的連接。

　　在每一主題裏，我們都從 Collins 語料庫裏選取了豐富地道的英語例句，幫助讀者了解這些詞彙在真實語境下如何使用。

　　在書後，我們還特別增設了表示地名、人名、數字、量度、時間及日期等單元，此外還提供了索引和動詞不規則變化表。

　　我們希望本書能夠幫助讀者擴展多種語境下的英文詞彙知識。

Penny Hands 和 Kate Wild, 2011

Guide to Entries 使用説明

主題按字母順序排列 ──────▶ **Air travel** 航空旅行

每個主題都按詞類區 ──────▶ (NOUNS 名詞)
分，包括名詞、動
詞、形容詞、副詞、
短語和慣用語

aeroplane	['eərəpleɪn]	飛機 （AmE. **airplane**）
aircraft	['eəkrɑːft]	飛機

若名詞有不規則複數 ──────▶ (PL) **aircraft**
變化，置於主詞下

airline	['eəlaɪn]	航空公司
airplane (AmE.)		→見 **aeroplane**

常見的美式英語 ──────▶

airport	['eəpɔːt]	機場
air-traffic controller	[eə,træfɪk kən'trəʊlə]	空中交通管制員

釋義根據與本主題相
關的意思給出

aisle	[aɪl] ──▶	飛機裏的過道
arrivals	[ə'raɪvəlz]	到港航站樓

短語例證表現每個詞 ──────▶ **wait in arrivals** 在到港航站樓等候
在具體語境下如何
使用

bag	[bæg]	包
baggage	['bægɪdʒ]	同 **luggage**
baggage reclaim	['bægɪdʒ rɪkleɪm]	提取行李處； **go to baggage reclaim** 去取行李
boarding card	['bɔːdɪŋ ,kɑːd]	登機牌

詞語主要形式用黑體 ──────▶ **bureau de change** [,bjʊərəʊ də 'ʃɒnʒ] 外幣兑換處

這些標號表示詞的讀 ──────▶
音。詳見 ix 頁

詞語複數形式 ──────▶ (PL) **bureaux de change** [,bjʊərəʊ də 'ʃɒnʒ]

例證取自語料庫，表 ──────▶ EXAMPLES 例句
示單詞和短語在真實
語境中如何使用

Most low-cost airlines do not serve food.
大多數低票價航空公司不提供餐飲。

We checked in early and walked around the airport.
我們早早地辦了登機手續，然後在機場逛了逛。

短語動詞和其他動詞 ──────▶
短語都置於動詞欄目

分別列出在同主題內 ──────▶
含不同意思的詞

check in		辦理登機手續
check something in		托運； **check in luggage** 托運行李
delay	[dɪ'leɪ]	延誤； **The flight is delayed.** 飛機延誤了。
depart	[dɪ'pɑːt]	離開
fly	[flaɪ]	**1** 航行 **2** 駕駛

非正式説法 ──────▶ **top** ──▶ inf 上衣

Pronunciation Guide 讀音說明

本詞典使用國際音標（IPA）來表示單詞的讀音。具體的音標如下：

IPA Symbols 音標符號

Vowel sounds 元音

ɑː	calm, ah
æ	act, mass
aɪ	dive, cry
aɪə	fire, tyre
aʊ	out, down
aʊə	flour, sour
e	met, lend, pen
eɪ	say, weight
eə	fair, care
ɪ	fit, win
iː	seem, me
ɪə	near, beard
ɒ	lot, spot
eʊ	note, coat
ɔː	claw, more
ɔɪ	boy, joint
ʊ	could, stood
uː	you, use
ʊə	sure, pure
ɜː	turn, third
ʌ	fund, must
ə	the first vowel in about

Consonant sounds 輔音

b	bed, rub
d	done, red
f	fit, if
g	good, dog
h	hat, horse
j	yellow, you
k	king, pick
l	lip, bill
m	mat, ram
n	not, tin
p	pay, lip
r	run, read
s	soon, bus
t	talk, bet
v	van, love
w	win, wool
x	loch
z	zoo, buzz
ʃ	ship, wish
ʒ	measure, leisure
ŋ	sing, working
tʃ	cheap, witch
θ	thin, myth
ð	then, bathe
dʒ	joy, bridge

Notes 說明

重讀和次重讀分別在音節的左上部或左下部標出。比如單詞 abbreviation /əˌbriːviˈeɪʃən/，第二個音節為次重音，第四個音節為主重音。

複合詞一般不標音。構成複合詞的單詞，可在詞典該條目下找到其讀音。但複合詞標有重讀符號。

Air travel 航空旅行

NOUNS 名詞

aeroplane	['eərəpleɪn]	飛機（AmE. **airplane**）
aircraft (PL)**aircraft**	['eəkrɑːft]	飛機
airline	['eəlaɪn]	航空公司
airplane (AmE.)		一見 **aeroplane**
airport	['eəpɔːt]	機場
air-traffic controller	[eə,træfɪk kən'trəʊlə]	空中交通管制員
aisle	[aɪl]	飛機裏的過道
arrivals	[ə'raɪvəlz]	到港航站樓；*wait in arrivals* 在到港航站樓等候
bag	[bæg]	包
baggage	['bægɪdʒ]	同 **luggage**
baggage reclaim	['bægɪdʒ rɪkleɪm]	提取行李處；*go to baggage reclaim* 去取行李
boarding card	['bɔːdɪŋ ,kɑːd]	登機牌
bureau de change (PL)**bureaux de change**	[,bjʊərəʊ də 'ʃɒnʒ] [,bjʊərəʊ də 'ʃɒnʒ]	外幣兑換處
business class	['bɪznɪs ,klɑːs]	商務艙；*in business class* 在商務艙

EXAMPLES 例句

Most low-cost underlines do not serve food. 大多數低票價航空公司不提供餐飲。

We checked in early and walked around the airport.
我們早早辦好登機手續，然後在機場逛了逛。

Please do not leave bags in the aisle. 請不要將袋子放在通道裏。

The police said the incident occurred last weekend in arrivals at Terminal 3.
警方説上週末三號航站樓班抵港區發生了意外。

We went to a bureau de change to change the Euros back into Sterling.
我們去外幣兑換處，把歐元換回成英鎊。

We had seats in business class on the flight from London to Los Angeles.
我們買了從倫敦飛往洛杉磯航班的商務艙座位。

cabin	['kæbɪn]	客艙
cabin crew	['kæbin ,kru:]	乘務員：*The cabin crew were very nice.* 飛機上的乘務員很友好。
captain	['kæptɪn]	機長
car hire	['kɑ: ,haɪə]	汽車出租（*AmE.* **car rental**）
car rental (*AmE.*)		一見 **car hire**
check-in	['tʃek ɪn]	登機處：*Go to check-in at once.* 請立刻到登機處。
connection	[ke'nekʃən]	接駁航班
customs	['kʌstəmz]	海關
customs duty	['kʌstəmz ,dju:ti]	關稅
departures	[dɪ'pɑ:tʃəz]	候機室：*He was standing in departures.* 他在候機室站着。
duration	[djʊ'reɪʃən]	持續時間
economy class	[ɪ'kɒnəmɪ ,klɑ:s]	經濟艙：*in economy (class)* 在經濟艙裏

EXAMPLES 例句

Ask cabin crew or see leaflet for details. 詢問乘務員或查看小冊子以獲知詳情。

The price includes flights, car hire and accommodation.
價格包括機票、租車及住宿費用。

We got to the airport and went straight to check-in.
我們到達機場，直接就去登機處。

My flight was late and I missed my connection.
我的航班延誤了，因而沒趕上接駁航班。

We walked through customs. 我們通過了海關。

The government has reduced customs duty on imported machinery.
政府降低了進口機器的關稅。

You must pay customs duty on these goods. 你們必須替這些商品支付關稅。

Please go to departures. 請到候機室。

You must keep your mobile phone switched off for the duration of the flight.
飛機飛行途中，請關閉您的手機。

Margarita sat in economy class on the flight to Bucharest.
瑪格利特坐在飛往布加勒斯特航班的經濟艙裏。

emergency exit	[ɪ'mɜ:dʒənsi ,egzɪt]	緊急出口
entrance	['entrəns]	入口
escalator	['eskə'leɪə]	自動扶梯
e-ticket	[i:-'tɪkɪt]	電子票
exit	['eksɪt]	出口
fare	[feə]	飛機票價
first class	[fɜ:st 'klɑ:s]	頭等艙；*in first class* 坐在頭等艙裏
flight	[flaɪt]	航班
flight attendant	['flaɪt ətendənt]	空中服務員/乘務員
flight number	['flaɪt nʌmbə]	航班號碼
gate	[geɪt]	登機口
hand luggage	['hænd ,lʌgɪdʒ]	手提行李；*lots of hand luggage* 許多手提行李
helicopter	['helikɒptə]	直升機
hold	[həʊld]	貨倉

EXAMPLES 例句

Take the <u>escalator</u> to the second floor. 請乘坐扶手梯到二樓。

Our <u>flight</u> was delayed by three hours because of fog.
我們的航班因大霧延誤了三個小時。

There were no direct <u>flights</u> to San Francisco, so we had to change planes.
沒有直飛到三藩市的航班，因此我們不得不轉機。

I asked the <u>flight attendant</u> for a glass of water. 我問空中服務員要了一杯水。

He is on <u>flight number</u> 776 from Beijing. 他坐的是從北京飛來的 776 號航班。

How many pieces of <u>hand luggage</u> can I take on the plane?
我可以攜帶幾件行李上飛機呢？

This piece of luggage will have to go in the <u>hold</u>. 這件行李不能隨身攜帶只能托運。

ID card	[ˌaɪ 'diː kɑːd]	身份證
information desk	[ˌɪnfə'meɪʃən ˌdesk]	服務台／諮詢台
jet lag	['dʒet læg]	時差；*suffering from jet lag* 因時差身體不適
jumbo jet	['dʒʌmbəʊ ˌdʒet]	大型客機
landing	['lændɪŋ]	着陸；*a smooth landing* 平穩着陸；*a bumpy landing* 顛簸着陸
layover *(AmE.)*		一見 **stopover**
luggage	['lʌgɪdʒ]	行李；*lots of luggage* 許多行李
luggage label	['lʌgɪdʒˌleɪbəl]	行李標籤
parachute	['pærəˌʃuːt]	降落傘
passenger	['pæsɪndʒə]	乘客
passport	['pɑːspɔːt]	護照
pilot	['paɪlət]	機師／飛行員
plane	[pleɪn]	飛機
plane crash	['pleɪn kræʃ]	飛機墜毀
propeller	[prə'pelə]	螺旋槳

EXAMPLES 例句

I had terrible jet lag for three days after my holiday.
假期結束後，我的時差反應很嚴重，持續了三天。

How many pieces of luggage are you checking in? 您有幾件行李要寄艙呢？

Why does Ingrid need so much luggage for a short stay?
英格麗停留這麼短的時間，為何要這麼多行李？

Could I see your passport and boarding card, please? 請出示您的護照和登機牌。

reservation	[ˌrezəˈveɪʃən]	預訂的座位
runway	[ˈrʌnweɪ]	飛機跑道
seat	[si:t]	座位
seat belt	[si:t belt]	安全帶
security	[sɪˈkjʊərɪti]	**1** 安全措施；*Security has been increased.* 加強了安全措施。 **2** 安檢處 ； *go through security.* 通過安檢處
stopover	[ˈstɒpəʊvə]	中途停留 （AmE. **layover**）
suitcase	[ˈsu:tkeɪs]	行李箱
take-off	[ˈteɪkɔf]	飛機起飛；*a smooth take-off* 平穩起飛
terminal	[ˈtɜ:mɪnəl]	航運大樓
ticket	[ˈtɪkɪt]	機票
timetable	[ˈtaɪmteɪbəl]	時間表
tourist	[ˈtʊərɪst]	遊客
travel agency	[ˈtrævəl ˌeɪdʒənsi]	旅行社
traveller	[ˈtrævələ]	**1** 旅客 **2** 遊客

EXAMPLES 例句

You are in <u>seat</u> 35C. 您的座位號是 35C。

Please fasten your <u>seat belts</u> during take-off and landing.
飛機起飛和降落時，請繫緊安全帶。

World leaders have announced plans to tighten up airline <u>security</u>.
世界領導人宣佈了加強航空安全的計劃。

We made a <u>stopover</u> in Bangkok to break up the journey between London and Brisbane. 我們乘坐從倫敦飛往布里斯本的航班，在曼谷中途停了一次。

What time is <u>take-off</u>? 飛機幾點起飛？

We left the airport <u>terminal</u> and looked for the taxi rank.
我們離開了航站樓，尋找的士站。

<u>Terminal</u> 1 will handle Air Canada's domestic flights.
一號客運大樓將由加拿大航空公司的國內航班使用。

tray table	['treɪ ˌteɪbəl]	小桌子
trip	[trɪp]	旅行
trolley	['trɒli]	手推車
window	['wɪndəʊ]	窗口
wing	[wɪŋ]	機翼

VERBS 動詞

board	[bɔːd]	登機
book	[bʊk]	預訂；*book a ticket* 預訂機票；*book a flight* 預訂航班
cancel	['kænsəl]	取消；*cancel a flight* 取消航班
check in		辦理登機手續
check something in		托運；*check in luggage* 托運行李
delay	[dɪ'leɪ]	延誤；*The flight is delayed.* 飛機延誤了。
depart	[dɪ'pɑːt]	離開
fly	[flaɪ]	**1** 航行 **2** 駕駛

EXAMPLES 例句

I'm taking a short <u>trip</u> to France. 我去法國短途旅行。

I pushed my luggage <u>trolley</u> towards the 'Nothing to Declare' green route.
我推着行李車，朝"無申報綠色通道"走去。

Can I have a <u>window</u> seat, please? 我可以坐靠窗的座位嗎？

I <u>boarded</u> the plane to Dubai. 我登上了飛往杜拜的飛機。

British Airways <u>cancelled</u> several flights because of the bad weather.
受惡劣天氣影響，英國航空公司取消了幾架航班。

Flight BA201 will <u>depart</u> from gate 21 in 30 minutes.
航班編號 BA201 的飛機，將於 30 分鐘後從 21 號登機口起飛。

We are <u>flying</u> over London. 我們正在倫敦上空飛。

hijack	['haɪdʒæk]	劫機
land	[lænd]	**1** 着陸 **2** 使飛機着陸
search	[sɜːtʃ]	檢查；*search someone's luggage* 檢查某人的行李
take off		起飛

ADJECTIVES 形容詞

airsick	['eəsɪk]	暈機的
direct	[dɑ'rekt]	直飛的
domestic	[də'mestɪk]	國內的
duty-free	[,djuːti-'friː]	免稅的；*duty-free perfume* 免稅香水
international	[,ɪntə'næʃənəl]	國際的
on time	[ɒn 'taɪm]	準時；*The flight is on time.* 航班準時到達。

ADVERBS 副詞

on board	[ɒn 'bɔːd]	在飛機上
on time	[ɒn 'taɪm]	準時地；*arrive on time* 準時到達

PHRASES 短語

nothing to declare		不需報關通道

EXAMPLES 例句

The Boeing 737 was <u>hijacked</u> after taking off from London yesterday.
昨天波音 737 飛機從倫敦起飛後遭到劫持。

The plane <u>landed</u> on time, at eleven thirty. 飛機於 11 時 30 分準時降落。

The plane <u>took off</u> twenty minutes late. 飛機遲了 20 分鐘。

The animal world 動物世界

ANIMALS 動物

animal	['ænɪməl]	**1** 動物　**2** 動物（包括人）
ant	[ænt]	螞蟻
bat	[bæt]	蝙蝠
bear	[beə]	熊
bee	[biː]	蜜蜂
bird	[bɜːd]	鳥
bull	[bʊl]	**1** 公牛　**2**（象、鯨等）的雄獸
butterfly	['bʌtəflaɪ]	蝴蝶
calf	[kɑːf]	小牛
(PL) **calves**	[kɑːvz]	
camel	['kæməl]	駱駝
cat	[kæt]	貓
caterpillar	['kætəpɪlə]	毛蟲
cockroach	['kɒkrəʊtʃ]	蟑螂
cod	[kɒd]	鱈魚
cow	[kaʊ]	母牛
crab	[kræb]	螃蟹

crocodile	[ˈkrɒkəˌdaɪl]	鱷魚
deer	[dɪə]	鹿
(PL) **deer**		
dog	[dɒg]	狗
donkey	[ˈdɒŋkɪ]	驢
duck	[dʌk]	鴨子
eagle	[ˈiːgəl]	鷹
eel	[iːl]	鰻
elephant	[ˈelɪfənt]	大象
fish	[fɪʃ]	魚
(PL) **fish**		
fly	[flaɪ]	蒼蠅
fox	[fɔks]	狐狸
frog	[frɒg]	青蛙
giraffe	[dʒɪˈrɑːf]	長頸鹿
goat	[gəʊt]	山羊
goose	[guːs]	鵝
(PL) **geese**	[giːs]	
grasshopper	[ˈgrɑːshɒpə]	蝗蟲
hedgehog	[ˈhedʒhɒg]	刺蝟
hen	[hen]	母雞

EXAMPLE 例句

Where did you catch the <u>fish</u>? 你在哪裏釣的魚？

hippopotamus	[ˌhɪpə'pɒtəməs]	河馬
horse	[hɔːs]	馬
insect	['ɪnsekt]	昆蟲
jellyfish	['dʒeliˌfɪʃ]	水母
(PL) **jellyfish**		
kangaroo	[ˌkæŋgə'ruː]	袋鼠
kitten	['kɪtən]	小貓
ladybird	['leɪdiˌbɜːd]	瓢蟲
lamb	[læm]	小羊
lion	['laɪən]	獅子
lizard	['lɪzəd]	蜥蜴
lobster	['lɒbstə]	龍蝦
mammal	['mæməl]	哺乳動物
mole	[məul]	鼴鼠
monkey	['mʌŋkɪ]	猴子
mosquito	[mɒ'skiːtəʊ]	蚊子
moth	[mɒθ]	飛蛾
mouse	[maus]	老鼠
(PL) **mice**	[maɪs]	
octopus	['ɒktəpəs]	章魚；八爪魚
ostrich	['ɒstrɪtʃ]	鴕鳥
owl	[aʊl]	貓頭鷹

oyster	['ɒɪstə]	蠔，牡蠣
panda	['pændə]	熊貓
parrot	['pærət]	鸚鵡
penguin	['peŋgwɪn]	企鵝
pet	[pet]	寵物
pig	[pɪg]	豬
pony	['pəuni]	小馬
puppy	['pʌpi]	小狗
rabbit	['ræbɪt]	兔子
rat	[ræt]	老鼠
rhinoceros	[raɪ'nɒsərəs]	犀牛
salmon _(PL)_ salmon	['sæmən]	三文魚
seagull	['si:gʌl]	海鷗
seal	[si:l]	海豹
shark	[ʃɑːk]	鯊魚
shellfish _(PL)_ shellfish	['ʃelfɪʃ]	水生有殼動物
snail	[sneɪl]	蝸牛
snake	[sneɪk]	蛇

EXAMPLE 例句

We don't have any <u>pets</u>. 我們沒有養寵物。

species	['spiːʃɪz]	種類物種；*a species of fish* 魚的一種；
(PL) **species**		*an endangered species* 瀕危物種
spider	['spaɪdə]	蜘蛛
squid	[skwɪd]	魷魚
squirrel	['skwɪrəl]	松鼠
stag	[stæg]	雄鹿
swan	[swɒn]	天鵝
tadpole	['tædpəʊl]	蝌蚪
tiger	['taɪgə]	虎
toad	[təʊd]	蟾蜍
tortoise	['tɔːtəs]	烏龜
turkey	['tɜːki]	火雞
wasp	[wɒsp]	黃蜂；*Wasps can sting people.* 黃蜂會螫人。
whale	[weɪl]	鯨
wolf	[wʊlf]	狼
(PL) **wolves**	[wʊlvz]	
worm	[wɜːm]	蠕蟲
zebra	['zebrə, 'ziː-]	斑馬

PARTS OF ANIMALS 動物的身體各部位

antenna	[æn'tenə]	觸鬚
(PL) **antennae**	[æn'teniː]	
antler	['æntlə]	鹿角

beak	[bi:k]	鳥喙
hoof	[hu:f]	（馬、牛等）蹄
(PL) **hooves**	[hu:vz]	
fur	[fɜ:]	軟毛
feather	['feðə]	羽毛
claw	[klɔ:]	爪
coat	[kəʊt]	動物皮毛
hair	[heə]	毛髮
horn	[hɔ:n]	角
mane	[meɪn]	鬃毛
paw	[pɔ:]	（貓、狗、熊等）爪
shell	[ʃel]	殼
snout	[snaʊt]	（豬等）鼻子、口鼻部
tail	[teɪl]	尾巴
trunk	[trʌŋk]	象鼻
tusk	[tʌsk]	象的長牙
wing	[wɪŋ]	翅膀

EXAMPLES 例句

He heard the sound of horses' <u>hooves</u> behind him. 他聽到身後傳來馬蹄聲。

Cat <u>hair</u> makes me sneeze. 貓毛令我打噴嚏。

The kitten was black, with white <u>paws</u>. 小貓是黑色的，貓爪是白色的。

PLACES WHERE ANIMALS ARE FOUND 動物居住的處所

aquarium	[ə'kweərɪəm]	**1** 水族館 **2** 魚缸
cage	[keɪdʒ]	籠子
field	[fiːld]	牧場
kennel	['kenəl]	狗窩
nest	[nest]	鳥巢 *build a nest* 築巢
web	[web]	蜘蛛網
zoo	[zuː]	動物園

OTHER ANIMAL NOUNS 其他與動物相關的名詞

bite	[baɪt]	咬一口
collar	['kɒlə]	(狗、貓的)頸圈
egg	[eg]	蛋；*lay an egg* 下蛋
sting	[stɪŋ]	刺痛
trap	[træp]	捕捉器

EXAMPLES 例句

A canary was singing in a cage. 金絲雀在籠裏唱歌。

How do you treat a wasp sting? 你如何處理黃蜂的螫傷呢？

The rabbit was caught in a trap. 兔子被捕捉器夾住了。

VERBS 動詞

NOISES ANIMALS MAKE 動物發出的聲音

baa	[bɑ:]	咩咩
bark	[bɑ:k]	狗吠
buzz	[bʌz]	嗡嗡聲
growl	[graʊl]	狂吠
hiss	[hɪs]	嘶嘶聲
miaow	[mɪˈaʊ,mjəʊ]	喵
moo	[mu:]	哞
neigh	[neɪ]	（馬）嘶鳴
purr	[pɜ:]	（貓）呼嚕聲
quack	[kwæk]	（鴨）嘎嘎叫
roar	[rɔ:]	咆哮
snort	[snɔ:t]	（豬、牛、鹿、馬等）哼哼

EXAMPLES 例句

Our dog always <u>barks</u> at the postman. 我們的狗總是對郵差狂吠。

Bees <u>buzzed</u> in the flowers. 蜜蜂在花叢中嗡嗡地飛來飛去。

The cat sat on the sofa, <u>purring</u> happily. 貓坐在沙發上，愜意地打着呼嚕。

WAYS IN WHICH ANIMALS MOVE 動物的動作

crawl	[krɔ:l]	爬
fly	[flaɪ]	飛
gallop	['gæləp]	（馬）飛跑
hop	[hɒp]	雙腳跳
roam	[rəʊm]	漫遊
slither	['slɪðə]	蛇行
swim	[swɪm]	游動
trot	[trɒt]	（馬）小跑
wag	[wæg]	搖尾巴

OTHER ANIMAL VERBS 其他與動物相關的動詞

bite	[baɪt]	咬
feed	[fi:d]	**1** 餵動物　**2** 吃東西；進食
graze	[greɪz]	放牧
hibernate	['haɪbəneɪt]	冬眠；蟄伏

EXAMPLES 例句

The bird <u>flew</u> away as I came near. 當我走近時，鳥都飛走了。

The horse <u>trotted</u> around the field. 馬繞着草地小跑着。

hunt	[hʌnt]	打獵
sting	[stɪŋ]	刺

(ADJECTIVES 形容詞)

stray	[streɪ]	走失的； *a stray dog* 走失的狗
tame	[teɪm]	養馴的
wild	[waɪld]	野生的； *a wild animal* 野生動物

EXAMPLE 例句

The deer never became <u>tame</u>; they ran away if you went near them.
鹿從來沒有被馴服，當你走近時，牠們會逃跑。

Art and photography 藝術和攝影

art	[ɑːt]	1 藝術作品；*an art gallery* 美術館
		2 藝術創作；*an art class* 藝術創作課
art gallery	[ˈɑːt ˌgæləri]	美術館
artist	[ˈɑːtɪst]	藝術家
background	[ˈbækgraʊnd]	背景
brush	[brʌʃ]	刷子
camera	[ˈkæmrə]	照相機
canvas	[ˈkænvəs]	畫布
clay	[kleɪ]	陶土；*a clay pot* 陶罐
collage	[ˈkɒlɑːʒ]	拼貼畫
design	[dɪˈzaɪn]	1 設計；*studying design* 學習設計
		2 圖樣；*drawing a design* 繪製設計圖樣
		3 圖案；*a floral design* 花卉圖案
designer	[dɪˈzaɪnə]	設計師；*a fashion designer* 時裝設計師
digital camera	[ˌdɪdʒɪtəl ˈkæmrə]	數碼相機
easel	[ˈiːzəl]	畫架

EXAMPLES 例句

He studied <u>art</u> and design. 他學習藝術和設計。

I looked at the man in the <u>background</u> of the photograph.
我看了看照片背景上的那男人。

My brother has a talent for <u>design</u>. 我的兄弟有設計天份。

The tablecloths come in three different <u>designs</u>. 桌布有三種不同圖案。

exhibition	['eksɪ,bɪʃən]	展覽
foreground	['fɔ:graʊnd]	前景
frame	[freɪm]	畫框
graphics	['græfɪks]	圖像
illustration	[,ɪlə'streɪʃən]	插圖
landscape	['lændskeɪp]	景色
logo	['laʊgəʊ]	標誌；*a corporate logo* 公司商標
oil paint	['ɔɪl ,peɪnt]	油畫顏料
oil painting	['ɔɪl ,peɪntɪŋ]	油畫
paint	[peɪnt]	油漆
painter	['peɪntə]	畫家
painting	['peɪntɪŋ]	**1** 油畫；*a famous painting* 一幅著名的油畫 **2** 繪畫；*I enjoy painting.* 我喜歡畫畫。
pattern	['pætən]	圖案
photograph	['fəʊtə,grɑ:f]	照片；*take a photograph* 照相
photographer	[fə'tɒgrəfə]	攝影師
photography	[fə'tɒgrəfi]	攝影

EXAMPLES 例句

The game's <u>graphics</u> are very good, so you can see things clearly.
這款遊戲圖像逼真，你可以看得很清楚。

He is very good at <u>painting</u> flowers. 他擅長畫花卉。

The carpet had a <u>pattern</u> of light and dark stripes. 地毯是明暗相間的條紋圖案。

picture	['pɪktʃə]	**1** 繪畫；*paint a picture* 畫圖畫
		2 照片；*take a picture* 拍照
portrait	['pɔːtrət]	人物肖像
poster	['pəʊstə]	海報
pottery	['pɒtəri]	製陶技藝；*pottery classes* 陶藝班
primary colour	['praɪməri ˌkʌlə]	基本色
sculptor	['skʌlptə]	雕刻家
sculpture	['skʌlptʃə]	**1** 雕塑品　**2** 雕刻術
sketch	[sketʃ]	草圖
statue	['stætʃuː]	雕塑
still life	[stɪl 'laɪf]	**1** 靜物畫　**2** 靜物畫畫派
watercolour	['wɔːtəkʌlə]	**1** 水彩顏料　**2** 水彩畫

EXAMPLES 例句

She drew a <u>picture</u> with a piece of coloured chalk. 她用彩色粉筆畫了一幅畫。

Paul did a quick <u>sketch</u> in pencil. 保羅用鉛筆畫了一幅速寫。

VERBS 動詞

design	[dɪ'zaɪn]	設計
draw	[drɔ:]	繪畫
frame	[freɪm]	鑲邊；*a framed photograph* 鑲了框的照片
paint	[peɪnt]	用顏料畫
sketch	[sketʃ]	速寫

EXAMPLE 例句

Monet <u>painted</u> hundreds of pictures of water lilies. 莫內畫了幾百幅睡蓮的畫。

Bikes 單車

back light	['bæk laɪt]	後燈
bell	[bel]	單車鈴
bicycle	['baɪsɪkəl]	單車
bike	[baɪk]	**1** 單車　**2** 電單車
brake	[breɪk]	刹車；*put the brakes on* 按刹車；阻止
chain	[tʃeɪn]	鏈條
crossbar	['krɒsbɑː]	車架
cycle lane	['saɪkəl leɪn]	單車車道；*stay in the cycle lane* 留在單車車道
cycle path	['saɪkəl pɑːθ]	單車車道；*ride on the cycle path* 在單車車道騎車
cycling	['saɪklɪŋ]	騎單車
cyclist	['saɪklɪst]	騎單車的人
fall	[fɔːl]	跌；*have a bad fall* 重重地跌了一跤
flat *(AmE.)*		一見 **puncture**
flat tyre	[flæt 'taɪə]	癟了的輪胎
frame	[freɪm]	單車構架
front light	['frʌnt laɪt]	前燈
gears	[gɪəz]	排擋

EXAMPLES 例句

'How did you get there?' – 'I went by <u>bike</u>.'
"你怎麼去那裏的？" "我騎單車去的。"

'How did you get here?' – 'I came by <u>bike</u>.'
"你怎麼來這裏的？" "騎單車來的。"

We rode along the <u>cycle path</u> through the forest. 我們騎單車穿行在林間小路上。

On hills, you use low <u>gears</u>. 上斜坡時，要用低速擋。

handlebars	['hændəlbɑːz]	單車把手
helmet	['helmɪt]	頭盔
hub	[hʌb]	輪轂
inner tube	['ɪnə tjuːb]	內胎； *a spare inner tube* 備用內胎
motorcycle	['məʊtəsaɪkəl]	摩托車
mountain bike	['maʊntɪn baɪk]	爬山車
mudguard	['mʌdgɑːd]	擋泥板
padlock	['pædlɒk]	掛鎖
pedal	['pedəl]	腳踏板
pump	[pʌmp]	打氣筒； *a bicycle pump* 單車打氣筒
puncture	['pʌŋktʃə]	小洞； *have a puncture* 有個小洞； *mend a puncture* 修補小洞 *(AmE.* **flat***)*
puncture repair kit	['pʌŋktʃə rɪ'peə kɪt]	車胎修補用具
reflector	[ri'flektə]	反光鏡
ride	[raɪd]	騎車旅行； *go for a ride* 騎車去旅行
saddle	['sædəl]	（單車或摩托車）車座
speed	[spiːd]	**1** 速度； *increase / decrease your speed* 加/減速 **2** 迅速； *travel at speed* 疾馳
spoke	[spəʊk]	輻條

EXAMPLE 例句

Cyclists should always wear <u>helmets</u>. 騎單車的人應該戴頭盔。

tyre	['taɪə]	輪胎
valve	[vælv]	氣門
wheel	[wiːl]	車輪

VERBS 動詞

brake	[breɪk]	剎車
change gear		變速；*change into first gear* 換到一擋
cycle	['saɪkəl]	騎車
pedal	['pedəl]	踏板；*pedal faster / more slowly* 踩快些/慢些
pump up a tyre		替輪胎充氣
ride	[raɪd]	騎車
signal	['sɪgnəl]	示意；*to signal right / left* 示意向右/向左
stop	[stɒp]	停下

ADJECTIVES 形容詞

| **shiny** | ['ʃaɪni] | 光亮的 |
| **rusty** | ['rʌsti] | 生銹的 |

EXAMPLES 例句

My bike's got a flat <u>tyre</u>. 我的單車沒氣了。

I need a new front / back <u>wheel</u>. 我需要一個新的前/後輪。

Belinda <u>braked</u> suddenly. 貝琳達突然剎車。

Every day he <u>cycled</u> to work. 他每天騎單車上班。

When you <u>ride</u> a bike, you exercise all your leg muscles.
騎單車時，所有腿部肌肉都得到鍛煉。

Boats, water and the coast 船、水和海岸

NOUNS 名詞

anchor	[ˈæŋkə]	錨
bank	[bæŋk]	河岸
bay	[beɪ]	灣
beach	[biːtʃ]	沙灘；*at the beach* 在沙灘上
boat	[bəʊt]	船；*a fishing boat* 漁船；*a rowing boat* 划艇；*a sailing boat* 帆船；*a motor boat* 摩托艇
bridge	[brɪdʒ]	橋
cabin	[ˈkæbɪn]	船艙
canal	[kəˈnæl]	運河
canoe	[kəˈnuː]	獨木舟
captain	[ˈkæptɪn]	船長
cargo	[ˈkɑːgəʊ]	貨物
cliff	[klɪf]	懸崖
coast	[kəʊst]	海岸
cruise	[kruːz]	乘船度假
current	[ˈkʌrənt]	水流；*a strong current* 急流

EXAMPLES 例句

The bay is surrounded by steep <u>cliffs</u>. 海灣的四周是懸崖峭壁。

We walked along the <u>beach</u>. 我們沿着沙灘散步。

We went there by <u>boat</u>. 我們坐船到那裏。

The ship was carrying a <u>cargo</u> of bananas. 船上裝滿了香蕉。

We drove along the <u>coast</u>. 我們沿着海岸開車。

James and his wife went on a <u>cruise</u> around the world.
占士和他妻子乘坐郵輪環遊世界。

The couple were swept away by a strong <u>current</u>. 一對夫婦被急流沖走了。

deck	[dek]	甲板
dock	[dɒk]	碼頭
ferry	['feri]	渡船
fisherman	['fɪʃəmən]	漁民
harbour	['hɑːbə]	港口
horizon	[hə'raɪzən]	地平線；*on the horizon* 地平線上
island™	['aɪlənd]	島
jet ski™	['dʒet skiː]	噴氣式滑艇
kayak	['kaɪæk]	皮艇
lake	[leɪk]	湖
lifebelt	[laɪfbelt]	救生圈
lifeboat	['laɪfbəʊt]	救生船
lifeguard	['laɪfgɑːd]	救生員
lighthouse	['laɪthaʊs]	燈塔
mouth	[maʊθ]	入海口
navy	['neɪvi]	海軍
oar	[ɔː]	船槳
ocean	['əʊʃən]	**1** 海洋；*the Indian Ocean* 印度洋 **2** 同 **sea**；*The ocean was calm.* 大海風平浪靜。

EXAMPLES 例句

We went on a luxury ship with five passenger <u>decks</u>.
我們乘坐一艘豪華遊輪，有五層遊客甲板。

The next <u>ferry</u> departs at 7 o'clock. 下一班渡輪 7 點鐘開出。

The fishing boats left the <u>harbour</u>. 漁船離開了海港。

A small boat appeared on the <u>horizon</u>. 地平線上出現了一艘小船。

Her son was in the <u>Navy</u>. 她兒子是海軍。

paddle	['pædəl]	船槳
pebble	['pebəl]	鵝卵石
pond	[pɒnd]	池塘
port	[pɔ:t]	**1** 港口　**2** 港口城市
quay	[ki:]	碼頭
river	['rɪvə]	河流
sail	[seɪl]	帆
sailing	['seɪlɪŋ]	帆船運動；*go sailing* 進行帆船運動
sailor	['seɪlə]	**1** 海員 **2** 駕船人
sand	[sænd]	沙
sea	[si:]	**1** （覆蓋地球表面的）海洋；洋； *The sea was calm.* 海洋風平浪靜。 **2** （大洋的部分或近海岸的）海； *the North Sea* 北海
seaside	['si:saɪd]	海濱；*at the seaside* 在海邊
seaweed	['si:wi:d]	海藻
shell	[ʃel]	貝殼
ship	[ʃɪp]	船

EXAMPLES 例句

We swam in the <u>river</u>. 我們在河裏游泳。

I live by the <u>sea</u>. 我住在海邊。

Ayr is a <u>seaside</u> town on the west coast of Scotland.
艾爾是蘇格蘭西海岸的一個海濱城市。

We spent a day at the <u>seaside</u>. 我們在海邊留了一天。

shore	[ʃɔ:]	岸
speedboat	['spi:dbəʊt]	快艇
stream	[stri:m]	溪
submarine	[ˌsʌbməˈri:n]	潛水艇
surfboard	['sɜ:fbɔ:d]	衝浪板
swimmer	['swɪmə]	**1** 會游泳的人；*He's a fast swimmer.* 他游泳很快。 **2** 正在游泳的人； *There are swimmers in the lake.* 有人在湖裏游泳。
swimming	['swɪmɪŋ]	游泳；*go swimming* 去游泳
tide	[taɪd]	潮； *at low / high tide* 低潮/高潮
voyage	['vɔɪɪdʒ]	航行
water	['wɔ:tə]	水
wave	[weɪv]	海浪
yacht	[jɒt]	快艇

VERBS 動詞

board	[bɔ:d]	上船
dive	[daɪv]	**1** 跳水　**2** 潛水

EXAMPLES 例句

We walked along the <u>shore</u>. 我們沿着海岸散步。

I'm going to buy a <u>surfboard</u> and learn to surf. 我要去買一塊衝浪板學衝浪。

They began the long <u>voyage</u> down the river. 他們開始了順流而下的漫長旅行。

<u>Waves</u> crashed against the rocks. 海浪擊打着岩石，發出巨響。

We went <u>diving</u> to look at fish. 我們潛水去看魚。

drown	[draʊn]	溺死
float	[fləʊt]	浮
launch	[lɔːntʃ]	使船下水
navigate	['nævɪˌɡeɪt]	導航
row	[rəʊ]	划船
sail	[seɪl]	航行
sink	[sɪŋk]	下沉
steer	[stɪə]	駕駛
surf	[sɜːf]	衝浪
swim	[swɪm]	游泳

ADJECTIVES 形容詞

calm	[kɑːm]	風平浪靜的；*The sea was calm.* 海上風平浪靜。
coastal	['kəʊstəl]	沿海的
marine	[məˈriːn]	海的；*marine animals* 海洋生物
rough	[rʌf]	洶湧的；*The sea was rough.* 海水波濤洶湧。
sandy	['sændi]	鋪滿沙的
seasick	['siːsɪk]	暈船的

EXAMPLES 例句

Rubbish <u>floated</u> on the surface of the river. 垃圾漂在河面上。

The Titanic was <u>launched</u> in 1911. 鐵達尼號於 1911 年首航。

We <u>sailed</u> across the bay. 我們駕船駛過了海灣。

The boat hit the rocks and began to <u>sink</u>. 船撞到了岩石，開始下沉。

Do you like <u>swimming</u>? 你喜歡游泳嗎？

<u>Coastal</u> areas were flooded. 靠近海岸的地區遭洪水淹沒了。

Nha Trang has a beautiful <u>sandy</u> beach. 芽莊有美麗的沙灘。

Do you get <u>seasick</u>? 你暈船嗎？

Body 身體

NOUNS 名詞

PARTS OF THE BODY 身體各部位

ankle	['æŋkəl]	腳踝
arm	[ɑ:m]	胳膊
artery	['ɑ:təri]	動脈
back	[bæk]	背
blood	[blʌd]	血
body	['bɒdi]	身體
bone	[bəʊn]	骨頭
bottom	['bɒtəm]	臀
brain	[breɪn]	大腦
breast	[brest]	乳房
calf	[kɑ:f]	小腿
(PL) **calves**	[kɑ:vz]	
cheek	[tʃi:k]	臉頰
chest	[tʃest]	胸
chin	[tʃɪn]	下巴
ear	[ɪə]	耳朵
elbow	['elbəʊ]	手肘
eye	[aɪ]	眼睛

EXAMPLE 例句

'What colour are your <u>eyes</u>?' – 'I have blue <u>eyes</u>.'
"你的眼睛是甚麼顏色的？" "我的眼睛是藍色的。"

eyebrow	['aɪbraʊ]	眉
eyelash	['aɪlæʃ]	睫毛
eyelid	['aɪlɪd]	眼皮
face	[feɪs]	臉
feature	['fi:tʃə]	臉的一部分
finger	['fɪŋgə]	手指
fist	[fɪst]	拳頭
flesh	[fleʃ]	肉
foot	[fʊt]	腳
(PL) **feet**	[fi:t]	
forehead	['fɔ:hed]	前額
hair	[heə]	**1** 頭髮；*I have black hair.* 我的頭髮是黑色的。
		2 毛髮；*He has hair on his chest.* 他有胸毛。
hand	[hænd]	手
head	[hed]	頭
heart	[hɑ:t]	心臟
heel	[hi:l]	腳跟

EXAMPLES 例句

Sarah made a gesture with her <u>fist</u>. 莎拉做了一個握拳的姿勢。

The doctor felt my <u>forehead</u> to see if it was hot.
醫生摸了我的前額，看是否發燒了。

'What colour is your <u>hair</u>?' – 'I have light-brown hair.'
"你的頭髮是甚麼顏色的？" —— "我的頭髮是淺棕色的。"

Your <u>hair</u> looks nice – have you had it cut? 你的髮型很好看，新剪的嗎？

hip	[hɪp]	臀部
jaw	[dʒɔ:]	下顎
kidney	['kɪdni]	腎
knee	[ni:]	膝蓋
leg	[leg]	腿
lips	[lɪps]	嘴唇
liver	['lɪvə]	肝臟
lung	[lʌŋ]	肺
mouth	[maʊθ]	口
muscle	['mʌsəl]	肌肉
nail	[neɪl]	指甲
neck	[nek]	脖子
nose	[nəʊz]	鼻子
organ	['ɔ:gən]	器官
rib	[rɪb]	肋骨
shoulder	['ʃəʊldə]	肩膀
shin	[ʃɪn]	脛

EXAMPLE 例句

She bites her <u>nails</u>. 她咬指甲。

skeleton	['skelɪtən]	骨骼
skin	[skɪn]	皮膚
spine	[spaɪn]	脊椎
stomach	['stʌmək]	1 胃；*a full stomach* 吃飽了 2 腹部；*lie on your stomach* 俯臥
thigh	[θaɪ]	大腿
throat	[θrəʊt]	1 喉嚨　2 脖子/頸前部
thumb	[θʌm]	拇指
toe	[təʊ]	腳趾
tongue	[tʌŋ]	舌頭
tooth	[tuːθ]	牙齒
(PL) **teeth**	[tiːθ]	
vein	[veɪn]	靜脈
voice	[vɔɪs]	聲音
waist	[weɪst]	腰
wrist	[rɪst]	手腕

DESCRIBING PEOPLE 描寫人的詞

age	[eɪdʒ]	年齡
beard	[bɪəd]	絡腮鬍鬚
complexion	[kəm'plekʃən]	面色；*a pale complexion* 面色蒼白
expression	[ɪk'spreʃən]	表情；*a shocked expression* 驚訝的表情
false teeth	[fɔːls 'tiːθ]	假牙

fringe	[frɪndʒ]	劉海；*a short fringe* 短劉海	
freckles	['frekəlz]	雀斑	
gesture	['dʒestʃə]	姿勢；*make a gesture* 做手勢	
glasses	['glɑːsɪz]	眼鏡；*wear glasses* 戴眼鏡	
hairstyle	['heəstaɪl]	髮型；*a new hairstyle* 新髮型	
height	[haɪt]	身高；*a man of average height* 中等身高的男人	
measurement	['meʒəmənt]	尺寸；*your hip / waist / chest measurement* 你的臀圍／腰圍／胸圍	
mole	[məʊl]	黑痣	
moustache	[mə'stɑːʃ]	上唇的鬍鬚	
scar	[skɑː]	傷疤	
size	[saɪz]	尺寸	
smile	[smaɪl]	微笑；*give a smile* 笑一下	
spot	[spɒt]	粉刺	
tears	[tɪəz]	眼淚	
weight	[weɪt]	體重	
wrinkles	['rɪŋkəlz]	皺紋	

EXAMPLES 例句

He has short red hair and <u>freckles</u>. 他短頭髮，臉上有雀斑。

'What size are you?' – '<u>Size</u> ten.' "你穿甚麼尺碼的衣服？" "10 碼。"

I've got a big <u>spot</u> on my nose. 我鼻子上長了一個很大的粉刺。

He had <u>tears</u> in his eyes. 他眼中充滿淚水。

She has put on <u>weight</u>. 她胖了。

He has lost <u>weight</u>. 他瘦了。

VERBS 動詞

grow	[grəʊ]	長大
look	[lʊk]	看來；*He looks sad.* 他看起來很悲傷。
look like		看起來像；*What does he look like?* 他長得像誰呢？
weigh	[weɪ]	重；*She weighs 50 kilos.* 她體重是 50 公斤。

THINGS PEOPLE DO WITH THEIR BODIES 人們用身體做的事

blow your nose		擤鼻子
cry	[kraɪ]	哭
fold your arms		交叉雙臂
go red		變紅
have your hair cut		剪頭髮
nod	[nɒd]	點頭
shake your head		搖頭
shake hands with someone		握手

EXAMPLES 例句

His face was covered with <u>wrinkles</u>. 他的臉上長滿了皺紋。

Sara has <u>grown</u> a lot. 莎拉長高了好多。

Maria <u>looks like</u> her mother. 瑪莉亞長得像她媽媽。

She was <u>crying</u>. 她正在哭。

'Are you okay?' I asked. She <u>nodded</u> and smiled.
"你還好嗎？"我問道。她微笑着點點頭。

'Did you see Magda?' Anna <u>shook her head</u>.
"你看見瑪格達了嗎？"安娜搖了搖頭。

Claude <u>shook hands with</u> David. 克勞德和大衛握了握手。

shrug	[ʃrʌg]	聳肩
smile	[smaɪl]	微笑
wave at someone		向某人招手

SENSES 感官

feel	[fi:l]	**1** 覺得；*I feel cold.* 我覺得冷。
		2 給人某種感覺；*This room feels cold.* 這房子冷冰冰的。
		3 摸起來；*feel someone's forehead* 摸摸某人的額頭
		4 感覺到；*feel the wind on your face* 感受吹到臉上的風
hear	[hɪə]	聽見
see	[si:]	看見
smell	[smel]	**1** 有…氣味；*This flower smells sweet.* 花聞起來很香。
		2 聞到；*I can smell smoke.* 我能聞到煙味。
taste	[teɪst]	**1** 有…味道；*This soup tastes delicious.* 湯的味道很香。
		2 嚐出；*I can taste salt in this soup.* 我可以嚐出湯裏鹽的味道。

EXAMPLES 例句

He was <u>smiling</u>. 他正在笑。

It's too dark – I can't <u>see</u> anything. 太黑了，我甚麼都看不見。

I can <u>hear</u> music. 我能聽到音樂的聲音。

touch	[tʌtʃ]	觸摸

BODY POSITIONS 身體姿勢

crouch	[kraʊtʃ]	蹲
kneel	[ni:l]	跪
lie	[laɪ]	躺；*lie on the ground* 躺在地上
lie down		平躺
sit	[sɪt]	坐
sit down		坐下
stand	[stænd]	站
stand up		起立
stretch	[stretʃ]	伸展

(ADJECTIVES 形容詞)

bald	[bɔ:ld]	禿頂的
beautiful	['bju:tɪfʊl]	美麗的
big	[bɪg]	大的
blind	[blaɪnd]	失明的

EXAMPLES 例句

She reached down and <u>touched</u> her toes. 她伸手觸到腳趾頭。

I <u>crouched</u> down to stroke the dog. 我蹲下來摸摸小狗。

John was <u>lying</u> on the sofa. 約翰躺在沙發上。

Why don't you go upstairs and <u>lie down</u>? 你為甚麼不上樓躺一會？

Tom <u>sat</u> down beside me. 湯姆坐在我旁邊。

He yawned and <u>stretched</u>. 他打哈欠，伸伸懶腰。

She was a <u>beautiful</u> woman with fine features. 她長得很漂亮，面容娟好。

blonde	[blɒnd]	**1**（頭髮）金黃色的；
		She has blonde hair. 她的頭髮是金黃色的。
		2（人）頭髮金黃的；
		She is blonde. 她是金髮女郎。
curly	['kɜ:li]	捲曲的；*curly hair* 鬈髮
dark	[dɑ:k]	黑色的；*dark hair* 黑頭髮；*dark eyes* 黑眼睛
deaf	[def]	聾的
disabled	[dɪ'seɪbəld]	殘障的
dyed	[daɪd]	染色的
fair	[feə]	淺色的
fat	[fæt]	胖的
handsome	['hænsəm]	帥氣的
old	[əʊld]	**1** 年老的；*an old man* 老人
		2 年齡；*six years old* 六歲
overweight	[ˌəʊvə'weɪt]	超重的
pretty	['prɪti]	漂亮的
short	[ʃɔ:t]	矮的
skinny	['skɪni]	極瘦的
slim	[slɪm]	苗條的
small	[smɔ:l]	小巧的
straight	[streɪt]	直的；*straight hair* 直髮

EXAMPLES 例句

'How <u>old</u> are you?' – 'I'm 34.' "你多大了？" "我 34 歲。"

'What does she look like?' – 'She is <u>short</u>, and has curly blonde hair.'
"她長得甚麼樣？" "她長得不高，金黃色鬈髮。"

A <u>slim</u> young girl was standing in the middle of the room.
一個身材苗條的年輕女孩站在房間中央。

tall	[bːl]	**1** 高的：*a tall woman* 一名高個女人
		2 高度：*How tall are you?* 你有多高呢？
thin	[θɪn]	瘦的
ugly	[ˈʌgli]	難看的
young	[jʌŋ]	年輕的

EXAMPLES 例句

He is <u>taller</u> than you. 他比你高。

She is 1.47 metres <u>tall</u>. 她身高為 1 米 47。

He was a tall, <u>thin</u> man with a grey beard. 他高高瘦瘦，留着灰鬍鬚。

Business 商業

accounts	[ə'kaʊnts]	賬目
ad (mainly AmE.)		→見 **advert**
advert	['ædvɜːt]	廣告（AmE. **ad**）
advertising	['ædvətaɪzɪŋ]	廣告業；an advertising campaign 廣告宣傳活動；an advertising agency 廣告公司
agent	['eɪdʒənt]	經紀人
AGM	[ˌeɪ dʒiː 'em]	年會
boom	[buːm]	繁榮；an economic boom 經濟繁榮 a boom in tourism 旅遊業興盛
brand	[brænd]	品牌
budget	['bʌdʒɪt]	預算
business	['bɪznɪs]	**1** 生意；do business with someone 和某人做生意 **2** 營業額；Business is good. 生意還不錯。 **3** 商店；a hairdressing business 理髮店

EXAMPLES 例句

I work in <u>advertising</u>. 我在一家廣告公司上班。

You are buying direct, rather than through an <u>agent</u>.
你直接購買，而不是通過中介。

What is your favourite <u>brand</u> of coffee? 你最喜歡喝哪個品牌的咖啡？

Our company does not have a large <u>budget</u> for training.
我們公司用於培訓的預算不多。

They worried that German companies would lose <u>business</u>.
他們擔心德國公司失去生意。

My brother runs a thriving furniture <u>business</u>. 我兄弟經營一間傢具店，生意非常好。

The government is not doing enough to help small and medium-sized <u>businesses</u>.
政府幫助中小企業發展的力度還不夠。

CEO	[ˌsiː iː ˈəʊ]	總裁
chair	[tʃeə]	主席
client	[ˈklaɪənt]	客戶
commerce	[ˈkɒmɜːs]	商業
company	[ˈkʌmpəni]	公司
competition	[ˌkɒmpɪˈtɪʃən]	競爭
consumer	[kənˈsjuːmə]	消費者
corporation	[ˌkɔːpəˈreɪʃən]	大公司
costs	[kɒsts]	成本
customer	[ˈkʌstəmə]	顧客；*customer services* 客戶服務；*customer relations* 客戶關係
deal	[diːl]	協議；交易；*do a deal* 做一筆交易
debt	[det]	**1** 債務；*a £50,000 debt* 5 萬鎊的債務 **2** 負債情況；*be in debt* 負債
director	[daɪˈrektə]	董事
executive	[ɪɡˈzekjʊtɪv]	主管領導
firm	[fɜːm]	同 **company**

EXAMPLES 例句

A lawyer and his client were sitting at the next table.
律師和他的當事人坐旁邊的桌子。

The company owes money to more than sixty banks. 公司欠了 60 多家銀行的錢。

They faced competition from new online companies. 他們面臨網上新公司的競爭。

We need to cut costs. 我們需要降低成本。

The supermarket wants to attract new customers. 超市想吸引新顧客。

They are still paying off their debts. 他們仍在償還債務。

Many firms were facing bankruptcy. 很多公司正面臨破產。

growth	[grəʊθ]	增長
management	['mænɪdʒmənt]	**1** 管理　**2** 管理層
manager	['mænɪdʒə]	經理
market	['mɑːkɪt]	市場
market research	[ˌmɑːkɪt rɪ'sɜːtʃ]	市場調研
marketing	['mɑːkɪtɪŋ]	行銷
meeting	['miːtɪŋ]	集會
PR	[ˌpiː'ɑː]	公共關係
product	['prɒdʌkt]	產品
profit	['prɒfɪt]	利潤；*make a profit* 獲利；盈利
promotion	[prə'məʊʃən]	促銷
publicity	[pʌ'blɪsɪti]	關注
retail	['riːteɪl]	零售
sales	[seɪlz]	銷量
shareholder	['ʃeəhəʊldə]	股東

EXAMPLES 例句

The zoo needed better management rather than more money.
動物園需要的是更好的管理，而不是更多的資金。

The market for organic wines is growing. 購買有機酒的人數在增長。

There were meetings between senior management and staff.
高層管理人員和普通職員召開了多次會議。

This mobile phone is one of our most successful products.
這款手機是我們最成功的產品之一。

The group made a profit of £1.05 million. 集團贏利 105 萬英鎊。

stocks and shares	[ˌstɒks ənd ˈʃeəz]	股份與股票
supervisor	[ˈsuːpəvaɪzə]	主管
trade	[treɪd]	商業
turnover	[ˈtɜːnəʊvə]	（一定時期內的）營業額；成交量

VERBS 動詞

advertise	[ˈædvətaɪz]	做廣告
break even		收支平衡
buy	[baɪ]	購買
employ	[ɪmˈplɔɪ]	僱用
expand	[ɪkˈspænd]	**1** 擴大（僱用更多員工、生產更多貨物）：*Our business expanded.* 我們的生意擴大了規模。 **2** 擴張；*expand services* 擴展業務
go out of business		停業
improve	[ɪmˈpruːv]	改進
invest	[ɪnˈvest]	投資

EXAMPLES 例句

They bought <u>shares</u> in US-AIR. 他們購買美航的股份。

Texas has a long history of <u>trade</u> with Mexico.
德克薩斯州和墨西哥長期有貿易往來。

The company had a <u>turnover</u> of £3.8 million last year.
公司去年的營業額達到了 380 萬英鎊。

The airline hopes to <u>break even</u> next year and make a profit the following year.
航空公司希望明年實現收支平衡，後年有盈利。

The firm <u>employs</u> 800 staff. 公司僱用了 800 名員工。

I want to <u>expand</u> my business. 我想擴展業務。

Many airlines could <u>go out of business</u>. 許多航空公司可能倒閉。

We need to <u>improve</u> performance. 我們需要提高業績。

launch	[bːntʃ]	發行
manage	['mænɪdʒ]	管理
market	['mɑːkɪt]	推銷
negotiate	[nɪ'gəʊʃieɪt]	協商
owe	[əʊ]	欠錢；*owe someone money* 欠某人錢
sell	[sel]	出售

ADJECTIVES 形容詞

bankrupt	['bæŋkrʌpt]	破產的；*go bankrupt* 破產
commercial	[kə'mɜːʃəl]	商業的
medium-sized	['miːdiəm-'saɪzd]	中等的；*a medium-sized firm* 中等規模的公司
online	['ɒnlaɪn]	線上的；*an online service* 線上服務；*online retailing* 線上零售；*online shopping* 在線購物
private	['praɪvɪt]	私有的
profitable	['prɒfɪtəbəl]	有盈利的
senior	['siːnjə]	級別高的
small	[smɔːl]	小型的；*a small business* 小型企業
thriving	[θraɪvɪŋ]	繁榮的

IDIOMS 慣用語

at the cutting edge	在…的尖端
blue-sky thinking	新穎的想法
think outside the box	創造性地思考

EXAMPLES 例句

The firm <u>launched</u> a new clothing range. 公司發佈了新的服裝系列。

If the firm cannot <u>sell</u> its products, it will go bankrupt.
如果產品賣不出去，公司將會破產。

New York is a centre of <u>commercial</u> activity. 紐約是商業活動的中心。

Drug manufacturing is the most <u>profitable</u> business in America.
在美國，製藥是最賺錢的行業。

This company is <u>at the cutting edge</u> of technology. 這家公司站在技術的尖端。

Cars and road travel 汽車和道路交通

NOUNS 名詞

accelerator	[æk'seləreɪtə]	油門（*AmE.* **gas pedal**）
accident	['æksɪdənt]	事故
ambulance	['æmbjʊləns]	救護車；*call an ambulance* 叫救護車
bonnet	['bɒnɪt]	引擎蓋（*AmE.* **hood**）
boot	[buːt]	（汽車後部的）行李箱（*AmE.* **trunk**）
brake	[breɪk]	刹車
breakdown	['breɪkdaʊn]	故障；*have a breakdown* 出故障
bumper	['bʌmpə]	保險桿
bus	[bʌs]	巴士；*a school bus* 校車；*a tour bus* 旅遊巴士；*a double-decker bus* 雙層巴士；*catch a bus* 趕上巴士
car	[kɑː]	小汽車；*drive / park a car* 開/停車；*a sports car* 跑車；*a racing car* 賽車；*a police car* 警車
caravan	['kærəvæn]	旅行拖車

EXAMPLES 例句

There's been an <u>accident</u>. 發生一宗交通事故。

Six people were injured in the <u>accident</u>. 六人在這次事故中受傷。

He opened the <u>boot</u> and put my bags in. 他打開車尾行李箱，把我的袋子放進去。

He missed his last <u>bus</u> home. 他錯過了回家的尾班車。

They arrived by <u>car</u>. 他們開車來的。

The <u>car</u> won't start. 車子發動不了。

car park	['kɑː pɑːk]	停車場　（AmE. **parking lot**）
clutch	[klʌtʃ]	離合器踏板
coach	[kəʊtʃ]	長途汽車；*a coach tour / trip* 乘坐長途客車旅行
crossroads	['krɒsrəʊdz]	十字路口
dashboard	['dæʃbɔːd]	儀錶盤
direction	[daɪ'rekʃən]	方向
directions	[daɪ'rekʃənz]	指示；*give someone directions* 指路
distance	['dɪstəns]	距離；*travel a short / long distance* 長/短距離旅行
driver	['draɪvə]	司機
driver's license (AmE.)		→見 **driving licence**
driving license	['draɪvɪŋ ˌlaɪsəns]	駕照　（AmE. **driver's license**）
engine	['endʒɪn]	引擎；發動機
fire engine	['faɪə ˌendʒɪn]	消防車　（AmE. **fire truck**）
fire truck (AmE.)		→見 **fire engine**
flat (AmE.)		→見 **puncture**
freeway (AmE.)		→見 **motorway**

EXAMPLES 例句

Where's the nearest car park? 最近的停車場在哪裏呢？

You're going in the wrong direction. 你走錯了方向。

He gave us directions to the hospital. 他教我們怎樣走到醫院的路。

Do you have a driving licence? 你有駕駛執照嗎？

He got into the driving seat and started the engine. 他坐到駕駛席，然後啟動引擎。

garage	['gærɑːʒ]	**1** 車庫 **2** 停車場 **3** 汽車修理廠
		4 *AmE.* 同 **petrol station**
gas *(AmE.)*		一見 **petrol**
gas pedal *(AmE.)*		一見 **accelerator**
gear	[gɪə]	傳動裝置
gear shift *(AmE.)*		一見 **gear stick**
gear stick	['gɪə stɪk]	變速器 （*AmE.* **gear shift**）
handbrake	['hædbreɪk]	手刹
headlights	['hedlaɪts]	前燈
hood *(AmE.)*		一見 **bonnet**
horn	[hɔːn]	喇叭
indicator	['ɪndɪkeɪtə]	轉向燈 （*AmE.* **turn signal**）
journey	['dʒɜːni]	旅行
lane	[leɪn]	**1** 小路；*a country lane* 鄉間小路
		2 車道；*the fast lane* 快車道
license plate *(AmE.)*		一見 **number plate**
lorry	['lɒri]	卡車； （*AmE.* **truck**）

EXAMPLES 例句

The car was in fourth <u>gear</u>. 車掛在四擋上。

It's a 3-hour <u>journey</u>. 車程為 3 個小時。

Have a good <u>journey</u>! 旅途愉快！

make	[meɪk]	品牌；**a make of car** 車的牌子
motorbike	['məʊtəbaɪk]	同 **motorcycle**；*ride a motorbike* 騎電單車
motorcycle	['məʊtəsaɪkəl]	電單車
motorway	['məʊtəweɪ]	高速公路（*AmE.* **freeway**）
number plate	['nʌmbə pleɪt]	車牌（*AmE.* **license plate**）
oil	[ɔɪl]	石油
one-way street	[,wʌnweɪ stri:t]	單行路
parking lot (*AmE.*)		一見 **car park**
parking space	['pɑ:kɪŋ speɪs]	停車位
passenger	['pæsɪndʒə]	乘客
pedestrian	[pɪ'destriən]	行人
petrol	['petrəl]	汽油（*AmE.* **gas**）
petrol station	['petrəl ,steɪʃən]	加油站
puncture	['pʌŋktʃə]	小孔；（*AmE.* **flat**）
rear-view mirror	['rɪəvju: 'mɪrə]	後視鏡
registration number	[,redʒɪ'streɪʃən ,nʌmbə]	車牌號

EXAMPLES 例句

'What <u>make</u> of car do you drive?' – 'A Honda.'
"你開的車是甚麼牌子？" "本田。"

Yesterday, traffic was light on the <u>motorway</u>. 昨天，高速公路上的車不多。

We drove around for 20 minutes trying to find a <u>parking space</u>.
我們為了找車位開了 20 分鐘車。

Mr Smith was a <u>passenger</u> in the car when it crashed.
發生車禍時，史密夫先生是車上的一名乘客。

road	[rəʊd]	道路
road sign	['rəʊd saɪn]	路標
roof rack	['ruːf ræk]	車頂行李架
roundabout	['raʊndəbaʊt]	環島
seat belt	['siːt belt]	安全帶
service station	['sɜːvɪs ˌsteɪʃən]	服務站
side-view mirror (AmE.)		一見 **wing mirror**
spare part	[ˌspeə 'pɑːt]	零件
speed	['spiːd]	速度
speed camera	['spiːd ˌkæmrə]	超速監控攝像機
speed limit	['spiːd ˌlɪmɪt]	限速
speedometer	[spiːˈdɒmɪtə]	速度計
street	[striːt]	街道
taxi	['tæksi]	計程車；*take / catch a taxi* 叫計程車
traffic	['træfɪk]	路上行駛的車輛；交通；*heavy traffic* 繁忙的交通；*oncoming traffic* 駛來的車輛
traffic jam	['træfɪk dʒæm]	交通擠塞

EXAMPLES 例句

Take the road to Nottingham. 走到諾定咸的那條路。

Don't forget to put on your seat belt. 別忘了繫安全帶。

There was hardly any traffic on the road. 路上幾乎沒有甚麼車。

There is heavy traffic between Junctions 14 and 18.
14 號到 18 號交叉路口的車流量大。

traffic lights	['træfɪk laɪts]	交通信號燈
traffic warden	['træfɪk ˌwɔːdən]	交通管理員
trailer	['treɪlə]	拖車
transport	[trænspɔːt]	交通運輸系統；*road / air / rail transport* 路運/空運/鐵路運輸
truck *(AmE.)*		→見 **lorry**
trunk *(AmE.)*		→見 **boot**
turn signal *(AmE.)*		→見 **indicator**
tyre	['taɪə]	輪胎
van	[væn]	廂式運貨車
vehicle	['viːɪkəl]	交通工具；車輛
wheel	[wiːl]	**1** 車輪；*the front / back wheel* 前/後輪 **2** 方向盤；*a steering wheel* 方向盤
windscreen (*AmE.* **windshield**)	['wɪndskriːn]	擋風玻璃
windshield (*AmE.*)		→見 **windscreen**
wing mirror	['wɪŋ ˌmɪrə]	側翼後視鏡 （*AmE.* **sideview mirror**）

VERBS 動詞

accelerate	[æk'seləreɪt]	加速

EXAMPLE 例句

There are too many vehicles on the road. 路上車太多了。

brake	[breɪk]	刹車
break down		出故障；*The car broke down.* 汽車出故障了。
crash	[kræʃ]	碰撞
drive	[draɪv]	**1** 開車；*Can you drive?* 你會開車嗎？
		2 駕車送人：
		I'll drive you home. 我開車送你回家。
give way		讓路（*AmE.* **yield**）
hitch-hike	[ˈhɪtʃhaɪk]	搭順風車
overtake	[ˌəʊvəˈteɪk]	超過
park	[pɑːk]	停車
skid	[skɪd]	側滑
speed	[spiːd]	超速駕駛
steer	[stɪə]	駕駛
stop	[stɒp]	停止
travel	[ˈtrævəl]	旅行
tow	[təʊ]	拖
yield (*AmE.*)		→見 **give way**

EXAMPLES 例句

A dog ran across the road and I <u>braked</u> quickly. 一隻狗跑過馬路，我馬上刹車。

I <u>crashed</u> into the back of a lorry. 我撞在一輛貨車的尾部。

We were <u>driving</u> at 100 kilometres an hour. 我們開車的速度是每小時 100 公里。

I'll <u>drive</u> you to work. 我開車送你上班。

Jeff <u>hitch-hiked</u> to New York. 查夫搭車去紐約。

You should slow down when you are <u>overtaking</u> a cyclist.
當你駕車超過騎單車的人時應該減速。

The car <u>skidded</u> on the icy road. 車在結冰的路面上打滑。

People often <u>travel</u> hundreds of miles to get here. 人們常走幾百英里到這裏來。

He uses the lorry to <u>tow</u> his trailer. 他用卡車拖走拖車。

slow down   減速

speed up   加速

start up   發動

PHRASES 短語

no entry   禁止駛入

roadworks   道路修補

EXAMPLES 例句

You're going too fast – <u>slow down</u>. 你開得太快了，慢一點。

Eric <u>started up</u> the car and drove off. 艾里克發動汽車，然後開走了。

Celebrations and ceremonies 慶典和儀式

NOUNS 名詞

baptism	['bæptɪzəm]	洗禮
bar mitzvah	[ˌbɑː 'mɪtsvə]	受誡禮
birth	[bɜːθ]	出生；*the birth of our daughter* 女兒出生
birthday	['bɜːθdeɪ]	生日
bride	[braɪd]	新娘
cemetery	['semətri]	墓地
ceremony	['serɪməni]	儀式
christening	['krɪsənɪŋ]	（基督教的）洗禮
Christmas	['krɪsməs]	聖誕節；*at Christmas* 在聖誕期間
Christmas Day	[ˌkrɪsməs 'deɪ]	聖誕日；*on Christmas Day* 在聖誕日
Christmas Eve	[ˌkrɪsməs 'iːv]	平安夜；*on Christmas Eve* 在平安夜
death	[deθ]	死亡
Easter	['iːstə]	復活節；*at Easter* 在復活節
engagement	[ɪn'geɪdʒmənt]	訂婚
Father's Day	['fɑːðəz deɪ]	父親節；*on Father's Day* 在父親節
festival	['festɪvəl]	節日
festivities	[fes'tɪvɪtiz]	慶祝活動

EXAMPLES 例句

I'm going to my grandson's <u>baptism</u> tomorrow. 明天我將參加我孫兒的洗禮儀式。

It's my <u>birthday</u> today. 今天是我的生日。

I'm going to the <u>cemetery</u> to visit my grandma's grave. 我將去公墓給祖母掃墓。

The <u>Christmas</u> festivities lasted for more than a week.
聖誕節的慶祝活動持續了一個多星期。

I always visit my parents at <u>Christmas</u>. 在聖誕期間，我總回家探望父母。

fireworks	['faɪəwɜːks]	煙火；*a fireworks display* 煙火表演
funeral	['fjuːnərəl]	葬禮
gift	[gɪft]	同 **present**
graduation	[ˌgrædʒʊ'eɪʃən]	畢業典禮
grave	[greɪv]	墳墓
greetings card	['griːtɪŋˌkɑːd]	賀卡
groom	[gruːm]	新郎
Hanukkah	['hɑːnʊkə]	修殿節；*during Hanukkah* 在修殿節期間
honeymoon	['hʌniˌmuːn]	蜜月
invitation	[ˌɪnvɪ'teɪʃən]	邀請
Lent	[lent]	大齋節；*during Lent* 在大齋節期間
marriage	['mærɪdʒ]	**1** 婚姻；*a happy marriage* 幸福的婚姻 **2** 同 **wedding**；*a marriage ceremony* 婚禮慶典
Mother's Day	['mʌðəz deɪ]	母親節；*on Mother's Day* 在母親節

EXAMPLES 例句

We watched the <u>fireworks</u> from our balcony. 我們在陽台上觀看了煙火表演。

I need to choose a <u>gift</u> for my mum's birthday. 我要給我媽媽選一件生日禮物。

We went to Paris for our <u>honeymoon</u>. 我們在巴黎渡蜜月。

We received an <u>invitation</u> to their wedding. 我們收到了參加他們婚禮的邀請。

Maureen gave up chocolate for <u>Lent</u>. 莫蓮在大齋節期間沒有吃朱古力。

New Year's Day [ˌnjuː jɪəz 'deɪ]   元旦；*on New Year's Day* 在元旦

New Year's Eve [ˌnjuː jɪəz 'iːv]   除夕；*on New Year's Eve* 在除夕

occasion [ə'keɪʒən]   特別的事情（或儀式、慶典）；
a special occasion 特別的事情

party ['pɑːti]   派對；*have a party* 開一次派對

Passover ['pɑːsəʊvə]   逾越節；*during Passover* 在逾越節期間

present ['prɪzənt]   禮物

procession [prə'seʃən]   行列

public holiday [ˌpʌblɪk 'hɒlɪdeɪ]   公共假日

Ramadan ['ræmədæn]   齋月；*during Ramadan* 在齋月期間

retirement [rɪ'taɪəmənt]   退休；*a retirement party* 退休聚會

Thanksgiving [ˌθæŋks'ɡɪvɪŋ]   感恩節；*on Thanksgiving* 在感恩節

Valentine's Day ['væləntaɪnz ˌdeɪ]   情人節；*on Valentine's Day* 在情人節

EXAMPLES 例句

We wished our neighbours a happy <u>New Year</u>. 祝我們的鄰居新年快樂！

I'm having a <u>party</u> on Friday night – would you like to come?
週五晚上我要開一次派對，您能來嗎？

This necklace was an anniversary <u>present</u> from my husband.
這條項鏈是我丈夫送給我的結婚紀念禮物。

The supermarket is closed on Sundays and <u>public holidays</u>.
超市在星期日和公眾假期休息。

We went out for dinner on <u>Valentine's Day</u>. 情人節那天我們出去吃晚餐。

wake	[weɪk]	守夜
wedding	['wedɪŋ]	婚禮
wedding anniversary	['wedɪŋ ænɪ,vɜ:səri]	結婚週年紀念日;*our 10th wedding anniversary* 我們結婚十週年紀念

VERBS 動詞

baptize	[bæp'taɪz]	給… 洗禮;*baptize a baby* 給孩子洗禮
be born		出生
bury	['beri]	埋葬
celebrate	['selɪ,breɪt]	慶祝;*celebrate your birthday* 慶祝你的生日
cremate	[krɪ'meɪt]	火化
die	[daɪ]	死亡
fast	[fɑ:st]	齋戒
get married		**1** 結婚;*John and Linda got married.* 約翰和蓮達結了婚。 **2** 嫁娶;*John got married to Linda.* 約翰娶了蓮達。
get engaged		**1** 訂婚;*Sue and Rishi got engaged.* 蘇和里時訂了婚。 **2** 和…訂婚;*I got engaged to my boyfriend.* 我和我男朋友訂了婚。

EXAMPLES 例句

My sister <u>was born</u> in 1995. 我妹妹出生於 1995 年。

We're <u>celebrating</u> the birth of our baby boy. 我們正在慶祝我兒子出生。

My dad <u>died</u> two years ago. 我父親兩年前去世了。

We <u>fasted</u> during Ramadan. 齋月期間,我們禁食。

invite	[ɪn'vaɪt]	邀請；*invite someone to a party* 邀請某人參加聚會
marry	['mæri]	同 **get married**
organize	['ɔːgə,naɪz]	組織；*organize a party* 組織聚會
turn	[tɜːn]	到達一定年齡；*turn 40* 40 歲了
wish	[wɪʃ]	祝願；*wish someone a happy birthday* 祝某人生日快樂

PHRASES 短語

| **Happy Christmas!** | 聖誕快樂！ |
| **Happy birthday!** | 生日快樂！ |

EXAMPLES 例句

Let's <u>invite</u> some friends over for dinner. 我們請一些朋友來吃晚飯吧！

My brother has just <u>turned</u> 17. 我弟弟剛剛 17 歲。

Clothes 服飾

NOUNS 名詞

bathing suit (*AmE.*)		一見 **swim suit**
belt	[belt]	腰帶
bikini	[bɪˈkiːni]	比基尼
blouse	[blaʊz]	（女式）短上衣；（女式）襯衫
boots	[buːts]	靴子；*a pair of boots* 一雙靴子
bra	[brɑː]	胸罩
button	[ˈbʌtən]	扣子
cap	[kæp]	軟扁帽
cardigan	[ˈkɑːdɪgən]	開襟的針織毛上衣
clothes	[kləʊðz]	衣服
clothing	[ˈkləʊðɪŋ]	一同 **clothes**
coat	[kəʊt]	外衣
collar	[ˈkɒlə]	衣領；
dress	[dres]	**1** 連衣裙；*a black dress* 一件黑色連衣裙 **2** 衣服；*people in traditional dress* 身穿傳統服裝的人們
dressing gown	[ˈdresɪŋ gaʊn]	晨袍

EXAMPLES 例句

He was <u>dressed</u> in a shirt, dark trousers and boots.
他身穿襯衣，黑褲，腳穿一雙靴。

Isabel's striped <u>dress</u> suited her very well. 伊莎貝爾那件條紋式連衣裙很適合她。

fashion	['fæʃən]	**1** 時尚；*a fashion designer* 時裝設計師； *a fashion show* 時裝表演 **2** 流行款式；*the latest fashion* 最新款
gloves	[glʌvz]	手套；*a pair of gloves* 一對手套
hat	[hæt]	帽子
high heels	[haɪ 'hiːlz]	高跟鞋
hood	[hʊd]	風帽
jacket	['dʒækɪt]	短上衣
jeans	[dʒiːnz]	牛仔褲
jumper	['dʒʌmpə]	針織套衫（*AmE.* **sweater**）
kaftan	['kæftæn]	阿拉伯長袍
kimono	[kɪ'məʊnəʊ]	和服
knickers	['nɪkəz]	女式短襯褲（*AmE.* **panties**）
nightdress	['naɪtdres]	女式睡衣
panties *(AmE.)*	[pænts]	→見 **knickers**
pants		**1** 短褲 **2**（*AmE.*）→見 **trousers pantyhose** （*AmE.*）→見 **tights**
pattern	['pætən]	圖案

pocket	[ˈpɒkɪt]	口袋
pyjamas	[pəˈdʒɑːməz]	睡衣
sandals	[ˈsændəlz]	涼鞋
sari	[ˈsɑːri]	莎麗（印度婦女裹在身上的長巾）
scarf	[skɑːf]	圍巾；領巾
(PL) **scarves**	[skɑːvz]	
shirt	[ʃɜːt]	襯衫
shoes	[ʃuːz]	鞋
shoelaces	[ˈʃuːleɪsiz]	鞋帶
shorts	[ʃɔːts]	短褲：*a pair of shorts* 一條短褲
size	[saɪz]	尺碼
skirt	[skɜːt]	女裙
sleeve	[sliːv]	袖子
slippers	[ˈslɪpəz]	拖鞋

EXAMPLES 例句

People were standing outside in their pyjamas. 人們穿着睡衣站在外面。

He put on a pair of sandals and walked down to the beach.
他穿着一雙涼鞋走向海灘。

I take size 38 in shoes. 我穿 38 碼的鞋子。

I need a new pair of shoes. 我需要一雙新鞋。

What size do you take? 你穿哪個號的衣服？

What shoe size do you take? 你穿多大碼的鞋？

sneakers (AmE.)		一見 **trainers**
socks	[sɒks]	襪子
suit	[suːt]	西裝
sweater (AmE.)		一見 **jumper**
swimming trunks	['swɪmɪŋ trʌŋks]	（男式）游泳褲
swimsuit	['swɪmsuːt]	女式泳衣 （AmE. **bathing suit**）
tie	[taɪ]	領帶
tights	[taɪts]	（女用）連褲襪；緊身褲 （AmE. **pantyhose**）； *a pair of tights* 一條連褲襪
top	[tɒp]	**inf** 上衣
trainers	['treɪnəz]	運動鞋；便鞋 （AmE. **sneakers**）
trousers	['trauzəz]	褲子（AmE. **pants**）； *a pair of trousers* 一條褲子
T-shirt	['tiːʃɜːt]	**T** 恤衫
turban	['tɜːbən]	頭巾

EXAMPLE 例句

He was wearing a dark business <u>suit</u>. 他穿着黑色的西裝。

underpants	['ʌndəpænts]	（男用）內褲
underwear	['ʌndəweə]	內衣
uniform	['juːnɪfɔːm]	制服
vest	[vest]	**1** 背心　**2**（*AmE.*）→見 **waistcoast**
waistcoat	['weɪstkəut]	背心（*AmE.* **vest**）
zip	[zɪp]	（*AmE.* **zipper**）拉鏈
zipper *(AmE.)*		→見 **zip**

VERBS 動詞

dress up		**1** 穿正式服裝　**2** 化粧；打扮
fit	[fɪt]	適合
get changed		換衣服
get dressed		穿衣服

EXAMPLES 例句

You don't need to <u>dress up</u> for dinner. 你不需要穿正式的衣服去吃晚飯。

My son <u>dressed up</u> as a cowboy for the fancy dress party.
化粧舞會上，我兒子打扮成牛仔。

The dress <u>fitted</u> me perfectly. 這件連衣裙非常合身。

When I get home from school I <u>get changed</u>. 放學回家後，我換了衣服。

In the morning I <u>get dressed</u>. 早上我穿好衣服。

Sarah <u>got dressed</u> quickly and went to work. 莎拉很快穿好衣服去上班。

get undressed		脱衣服
put something on		穿衣服
suit	[sju:t]	相配
take something off		脱衣服
wear	[weə]	穿；戴
zip	[zɪp]	拉上拉鏈

ADJECTIVES 形容詞

casual	['kæʒʊəl]	休閒的；隨意的
checked	[tʃekt]	方格圖案的
fashionable	['fæʃənəbəl]	**1** 流行的；*fashionable clothes* 時尚服裝
		2 穿着時尚的：*a fashionable woman* 穿着時尚的女人
formal	['fɔ:məl]	正式的
long	[lɒŋ]	長的；*a long coat* 長外套
old-fashioned	[,əuld'fæʃənd]	過時的
short	[ʃɔ:t]	短的；*a short skirt* 短裙

EXAMPLES 例句

In the evening I get undressed. 晚上我脱了衣服。

He put his shirt on. 他穿上了襯衫。

Jason took off his jacket and loosened his tie. 傑森脱掉夾克，解開領帶。

He wore formal evening dress to the dinner. 他穿正式晚裝赴晚宴。

That suits you. 那件適合你。

He zipped up his jeans. 他拉上了牛仔褲的拉鏈。

You need to wear warm clothes when you go out today.
今天你要出去的話，要穿暖和點。

smart	[smɑ:t]	**1** 漂亮的； *You look smart.* 你穿這衣服很時髦。
		2 穿着講究的； *a smart suit* 一套講究的西服
spotted	['spɒtɪd]	有圓點的；
		a spotted handkerchief 一條有圓點的手帕
striped	[straɪpt]	條紋的； *a pair of striped pyjamas* 一套條紋睡衣
tight	[taɪt]	緊身的； *a tight skirt* 緊身裙
trendy	['trendi]	時尚的

EXAMPLE 例句

That's very smart. 那很時髦。

College and university 學院和大學

NOUNS 名詞

art school	[ˈɑːt skuːl]	美術學校
arts	[ɑːts]	文科
assignment	[əˈsaɪnmənt]	作業；任務
bachelor's degree	[ˈbætʃələz dɪˈgriː]	學士學位
bursary	[ˈbɜːsəri]	（通常指大學的）獎學金
campus	[ˈkæmpəs]	校園
college	[ˈkɒlɪdʒ]	大學；（英國）學院
course	[kɔːs]	課程；*complete a course* 修完一門課程
coursework	[ˈkɔːswɜːk]	課程作業
degree	[dɪˌgriː]	1 學位課程；*do a degree* 攻讀學位課程
		2 學位；*have a degree* 獲得學位
department	[dɪˈpɑːtmənt]	（大學的）系；*the English Literature department* 英國文學系
diploma	[dɪˈpləʊmə]	1 文憑課程；*do a diploma in journalism* 攻讀新聞學文憑課程
		2 文憑；*have a diploma* 獲得文憑

EXAMPLES 例句

We have to do written assignments as well as fieldwork.
我們必須完成書面作業和實地研究。

Cars are not allowed on campus. 校園內禁止車輛通行。

Joanna is doing business studies at a local college.
祖安娜在當地一所學院讀商業課程。

I did a course in computing. 我讀電腦課程。

He was awarded a diploma in social work. 他獲得社會工作文憑。

distance learning	['dɪstəns ˌlɜːnɪŋ]	遙距教育
essay	['eseɪ]	文章
exam	[ɪg'zæm]	考試；*sit an exam* 參加考試
examination	[ɪgˌzæmɪ'neɪʃən]	**FORMAL** 同 **exam**
faculty	['fækəlti]	系；院；*the Faculty of Arts* 文學院
fieldwork	['fiːldwɜːk]	實地研究
finals	['faɪnəlz]	期末考試；*sit your finals* 參加期末考試
first	[fɜːst]	優等成績
graduate	['grædʒʊəɪt]	大學畢業生
graduation	[ˌgrædʒʊ'eɪʃən]	畢業典禮
grant	[grɑːnt]	撥款
halls of residence	[ˌhɔːlz əv 'rezɪdəns]	（大學）學生宿舍
honours degree	['ɒnəz dɪˌgriː]	榮譽學位
invigilator	[in'vidʒɪleɪtə]	監考人

EXAMPLES 例句

We had to write an <u>essay</u> on Shakespeare.
我們必須寫一篇關於莎士比亞的論文。

Professor Akimoto is Dean of the Science <u>faculty</u>. 秋本教授是科學系的系主任。

She has a <u>first</u> in Biology. 她獲生物學一級榮譽學位。

law school	['lɔː skuːl]	法學院
lecture	['lektʃə]	講座
lecturer	['lektʃərə]	（尤指英國大學的）講師
major	['meɪdʒə]	主修課程；專業課
master's degree	['mɑːstəz dɪˌgriː]	碩士學位
medical school	['medɪkəl 'skuːl]	醫學院
natural sciences	[ˌnætʃərəl 'saɪənsiz]	自然科學
PGCE	[ˌpiː dʒiː siː 'iː]	研究生教育證書
PhD	[ˌpiː eɪtʃ 'diː]	1 博士學位；*do a PhD* 攻讀博士學位 2 博士學位；*have a PhD* 獲得博士學位
plagiarism	['pleɪdʒərɪzəm]	抄襲
prospectus	[prə'spektəs]	簡介
reading list	['riːdɪŋ lɪst]	書目清單
research	[rɪ'sɜːtʃ]	研究

EXAMPLES 例句

He is a <u>lecturer</u> in the Geography department of Moscow University.
他是莫斯科大學地理系的一名講師。

He has a <u>master's degree</u> in Business Administration.
他獲得了工商管理學的碩士學位。

Marc has a <u>PhD</u> in Linguistics. 馬克獲得了語言學的博士學位。

scholarship	['skɒləʃɪp]	獎學金
school	[sku:l]	學院；the School of Humanities 人文學院
semester	[sə'mestə]	學期
seminar	['semɪnɑ:]	專題討論
social sciences	['səʊʃəl ˌsaɪənsɪz]	社會科學
student	['stju:dənt]	學生
student accommodation	['stju:dənt əkɒmə'deɪʃən]	學生宿舍
student loan	['stju:dənt 'ləun]	學生貸款；apply for a student loan 申請學生貸款
student union	['stju:dənt 'ju:njən]	**1** 學生會　**2** 學生活動中心
syllabus	['sɪləbəs]	教學大綱
technical college	['teknɪkəl ˌkɒlɪdʒ]	工學院
term	[tɜ:m]	學期
thesis (PL) **theses**	['θi:sɪs] [θi:si:z]	論文

EXAMPLES 例句

Phuong was awarded a <u>scholarship</u> to study business management.
蓬獲得了攻讀工商管理的獎學金。

Please read this chapter before next week's <u>seminar</u>.
下週專題討論前請閱讀這章。

He was awarded his PhD for a <u>thesis</u> on industrial robots.
他以一篇關於工業機器人的論文獲得博士學位。

tuition fees	[tjuˈɪʃən ˌfiːz]	學費
tutor	[ˈtjuːtə]	導師
tutorial	[tjuːˈtɔːriəl]	**1** 同 **seminar**：*attend a tutorial* 參加專題討論課 **2** 大學導師的導修課
undergraduate	[ˌʌndəˈɡrædʒʊət]	大學本科生
university	[ˌjuːnɪ ˈvɜːsɪti]	大學
viva	[ˈvaɪvə]	口試
vocational course	[vəʊˈkeɪʃənəl ˌkɔːs]	職業課程

VERBS 動詞

enrol	[ɪnˈrəʊl]	招生
graduate	[ˈɡrædʒʊeɪt]	畢業
invigilate	[ɪnˈvɪdʒɪleɪt]	監考
register	[ˈredʒɪstə]	註冊
study	[ˈstʌdi]	學習
work	[wɜːk]	工作

EXAMPLES 例句

The government are planning to increase tuition fees. 政府正計劃提高學費。

She went to university where she got a BA and then an MA.
她讀了大學，獲得了學士和碩士學位。

She graduated in English and Drama from Manchester University.
她畢業於曼徹斯特大學，主修英語和戲劇。

What do you want to do after you graduate? 你大學畢業後要做甚麼呢？

She spends most of her time studying. 她大多數時間都用來學習。

He studied History and Geography at university. 他大學讀的是歷史和地理。

(ADJECTIVES 形容詞)

academic	[ˌækə'demɪk]	學術的；*an academic journal* 學術期刊
full-time	['fʊltaɪm]	全日制的；*a full-time course* 全日制課程； *a full-time student* 全日制學生
part-time	['pɑ:ttaɪm]	部分時間的；*a part-time course* 非全日制課程； *a part-time student* 非全日制學生

EXAMPLE 例句

Their <u>academic</u> standards are high. 他們的學術標準很高。

Colours 顏色

beige	[beɪʒ]	淺褐色（的）
black	[blæk]	**1** 黑色（的）　**2** 不加牛奶的
blue	[blu:]	藍色（的）
brown	[braʊn]	棕色（的）
cream	[kri:m]	淡黃色（的）
gold	[gəʊld]	金色（的）
green	[gri:n]	綠色（的）
grey	[greɪ]	灰色（的）
navy blue	['neɪvi 'blu:]	海軍藍（的）；
		a navy blue suit 一套海軍藍的衣服
orange	['ɒrɪndʒ]	橙黃色（的）
pink	[pɪŋk]	粉色（的）
purple	['pɜ:pl]	紫色（的）
red	[red]	紅色（的）
silver	['sɪlvə]	銀色（的）
turquoise	['tɜ:kwɔɪz]	青綠色（的）
white	[waɪt]	**1** 白（的）　**2** 白葡萄酒的　**3** 加奶的
yellow	['jeləʊ]	黃（的）

EXAMPLES 例句

Blue suits you. 藍色適合你。

'What colour are your eyes?' – 'Blue.' "你的眼睛甚麼顏色？" "藍色。"

I bought some blue shoes. 我買了幾雙藍色鞋子。

'What colour is your hair?' – 'Brown.' "你的頭髮甚麼顏色？" "棕色。"

The room is decorated in soft browns and creams.
這間房子粉刷成了淺棕色和淡黃色。

She has green eyes. 她有一雙綠色眼睛。

'Do you have this T-shirt in green?' "這件 T 恤有綠色的嗎？"

'What's your favourite colour?' – 'Red.' "你最喜歡甚麼顏色？" "紅色。"

You look good in white. 你穿白衣服很好看。

ADJECTIVES 形容詞

bright	[braɪt]	鮮豔的：*a bright red dress* 一條鮮紅亮麗的連衣裙
dark	[dɑːk]	深色的：*dark brown hair* 深棕色頭髮
light	[laɪt]	淺色的：*light brown hair* 淺棕色頭髮
pale	[peɪl]	淺色的：*pale blue eyes* 淡藍色眼睛
rich	[rɪtʃ]	強烈的
soft	[sɒft]	柔和的

VERBS 動詞

blush	[blʌʃ]	（因尷尬或害羞）臉紅
change colour		變色
go red		（因尷尬或生氣）臉紅
paint	[peɪnt]	在⋯上刷油漆：*paint something blue* 把某物漆成藍色

PHRASES 短語

| **a black eye** | | 青腫眼眶 |

EXAMPLES 例句

She's wearing a light blue T-shirt. 她穿了一件淺藍色的 T 恤衫。

The leaves on the trees are changing colour. 樹上的葉子變色了。

Mum went red in the face with anger. 媽媽氣得臉都變紅了。

He had a black eye, and several cuts on his face. 他眼睛青了，臉上還有幾道劃痕。

Computers and the internet 電腦和網絡

NOUNS 名詞

attachment	[əˈtætʃmənt]	附件
blog	[blɒg]	網誌
broadband	[ˈbrɔːdbænd]	寬頻連線
browser	[ˈbraʊzə]	瀏覽器
bug	[bʌg]	故障
CD	[siː ˈdiː]	光碟
CD-ROM	[ˌsiːdiː ˈrɒm]	唯讀光碟
chat	[tʃæt]	聊天；*internet chat* 網上聊天
computer	[kəmˈpjuːtə]	電腦；*a computer game* 電腦遊戲；*a computer system* 電腦系統
connection	[kəˈnekʃən]	連接；*an internet connection* 網路連接
cursor	[ˈkɜːsə]	游標
data	[ˈdeɪtə]	數據
database	[ˈdeɪtəbeɪs]	資料庫

EXAMPLES 例句

Many internet users now have a <u>broadband</u> connection at home.
現在許多互聯網用戶家裏都有寬頻連接。

You need an up-to-date web <u>browser</u>. 你要安裝最新的網絡瀏覽器。

There is a <u>bug</u> in the software. 軟件中有個程式錯誤。

A <u>CD-ROM</u> can hold huge amounts of data. 唯讀光碟可以儲存大量資料。

desktop	['desktɒp]	桌面
disk	[dɪsk]	磁碟
disk drive	['dɪsk draɪv]	磁碟機
document	['dɒkjəmənt]	文件
email	['iːmeɪl]	**1** 電子郵件（通訊方式）； *send a file by email* 通過電子郵件發送檔 **2** 電子郵件；*send an email* 發送電子郵件
email address	['iːmeɪl ə,dres]	電子郵寄地址
file	[faɪl]	文件
folder	['fəʊldə]	資料夾
font	[fɒnt]	字體
hacker	['hækə]	黑客
hard disk	[hɑːd 'dɪsk]	硬碟
hard drive	[hɑːd 'draɪv]	硬碟驅動器
hardware	['hɑːdweə]	硬件
home page	['həʊm peɪdʒ]	主頁
I.T.	[aɪ 'tiː]	資訊技術（*information technology* 的縮略形式）
icon	['aɪkɒn]	圖示

EXAMPLES 例句

You can rearrange the icons on your <u>desktop</u>. 你可以重新排列你桌面上的圖示。

You can cut and paste whole paragraphs from one <u>document</u> to another.
你可以從一個文件檔剪貼整個段落到另外一個。

Could you <u>email</u> David Ferguson and arrange a meeting?
請您發電郵給大衛・弗格森安排開會，好嗎？

The company needs people with <u>I.T.</u> skills. 公司需要具備資訊技術的人。

inbox	['ɪnbɒks]	收件箱
ink cartridge	[ɪŋk ˌkɑːtrɪdʒ]	墨水匣
the internet	[ði ˈɪntənet]	互聯網
italics	[iˈtælɪks]	斜體字；*This sentence is in italics.*
		這個句子是用斜體顯示的。
key	[kiː]	鍵
keyboard	[ˈkiːbɔːd]	鍵盤
laptop	[ˈlæptɒp]	筆記簿型電腦
memory	[ˈmeməri]	儲存器；記憶體
memory stick	[ˈmeməri ˌstɪk]	儲存棒；記憶棒
menu	[ˈmenjuː]	菜單；*a dropdown menu* 下拉式菜單
modem	[ˈməʊdem]	數據機
monitor	[ˈmɒnɪtə]	顯示器
mouse	[maʊs]	滑鼠
mouse mat	[ˈmaus mæt]	滑鼠墊
network	[ˈnetwɜːk]	互聯網路
operating system	[ˈɒpəreɪtɪŋ ˌsɪstəm]	作業系統
password	[ˈpɑːswɜːd]	密碼

EXAMPLES 例句

I had 50 emails in my <u>inbox</u>. 我的收件箱中有 50 份郵件。

I found all the information I needed on <u>the internet</u>.
我在互聯網上找到了所需的一切資料。

PC	[piː'siː]	個人電腦（*personal computer* 的縮略形式）
printer	['prɪntə]	印表機
printout	['prɪntaʊt]	列印件
program	['prəʊɡræm]	程式
screen	[skriːn]	螢幕
social networking	[ˌsəʊʃəl 'netwɜːkɪŋ]	社交網絡
software	['sɒftweə]	軟件
spam	[spæm]	垃圾郵件
spreadsheet	['spredʃiːt]	試算表程式
USB	[juː es 'biː]	通用序列匯流排；*a USB port* USB 埠
username	['juːzəneɪm]	用戶名
virus	['vaɪərəs]	病毒
the web	[ðə web]	互聯網

EXAMPLES 例句

The printer plugs into the computer's USB port. 印表機接入到電腦的 USB 埠。

I clicked the mouse and a message appeared on the screen.
我點了滑鼠，一則信息出現在螢幕上。

Have you used a social networking site such as MySpace or Facebook?
你是否上過社交網站，比如 MySpace 或 Facebook ？

The software allows you to browse the internet on your mobile phone.
這個軟件支援用手機上網絡。

You should protect your computer against viruses.
你應該保護好電腦免受病毒侵襲。

webcam	['webkæm]	網絡攝錄鏡頭
website	['websaɪt]	網站
website address	['websaɪt ə,dres]	網址
window	['wɪndəʊ]	窗口

VERBS 動詞

browse	[braʊz]	瀏覽
back something up		備份; *back up a file* 備份檔案
boot up a computer		開機
click	[klɪk]	點擊; *click on a link* 點選連結
copy	['kɒpi]	複印; *copy a file* 複印文件
crash	[kræʃ]	崩潰; *The computer crashed.* 電腦崩潰了。
cut and paste		剪貼
delete	[dɪ'li:t]	**1** 刪除; *delete a file* 刪除檔 **2** 刪去; *delete a paragraph* 刪去一段

EXAMPLES 例句

Go over to your computer and <u>boot it up</u>. 去打開你的電腦。

My computer <u>crashed</u> for the second time that day. 那天我的電腦第二次崩潰了。

The report was too long so I <u>deleted</u> a few paragraphs.
報告太長了,我刪了一些段落。

download	[daʊnˈləʊd]	下載
email	[ˈiːmeɪl]	給郵件；*email someone* 給某人發郵件
format	[ˈfɔːmæt]	安排版式
key something in		鍵入；*key in data* 鍵入數據
log in		登入
log off		退出系統
print	[prɪnt]	列印；*print ten copies of a document* 把文檔列印十份
program	[ˈprəʊgræm]	編寫程式；*program a computer* 給電腦寫程式
save	[seɪv]	保存；*save your work* 保存你的工作
scroll	[skrəʊl]	滾動；*scroll down the page* 翻頁
zip	[zɪp]	壓縮檔

ADJECTIVES 形容詞

bold	[bəʊld]	黑體的；*bold capitals* 黑體大寫字母

EXAMPLES 例句

You can download software from this website. 你可以從這個網站上下載軟件。

She turned on her computer and logged in. 她先開機，然後登入。

This is how to zip files so that you can send them via email.
這樣壓縮檔案，你就可以電郵傳送它們了。

desktop	['desktɒp]	座台式電腦
electronic	[ɪlek'trɒnik]	電子的
offline	[ɒf'laɪn]	離線的；*The computer is offline.* 電腦離了線。
online	[ɒn'laɪn]	**1** 聯網的；*an online store* 網店
		2 線上的；*people who are online* 在線人數
portablex	['pɒːtəbəl]	手提的
wireless	['waɪələs]	無線的；*a wireless connection* 無線連接

(ADVERBS 副詞)

| **offline** | [ɒf'laɪn] | 離線；*work offline* 離線工作 |
| **online** | [ɒn'laɪn] | 線上；*search online* 線上搜尋 |

(IDIOM 慣用語)

| **surf the net** | | 上網瀏覽 |

EXAMPLES 例句

Your computer is currently <u>offline</u>. 目前你的電腦離了線。

I buy most of my clothes <u>online</u>. 我大多數衣服都是在網上買的。

Some teenagers spend hours <u>surfing the net</u>.
一些青少年花大量時間上網。

Cooking 烹飪

barbecue	['bɑ:bɪkju:]	燒烤架
blender	['blendə]	攪拌機
bottle opener	['bɒtəl ˌəʊpənə]	開瓶器
broiler (*AmE.*)		一見 **grill**
cake tin	['keɪk tɪn]	**1** 金屬焗蛋糕器　**2** 金屬蛋糕盒
chopping board	['tʃɒpɪŋ bɔ:d]	砧板
coffee maker	['kɒfi ˌmeɪkə]	咖啡機
cook	[kʊk]	廚師
cooker	['kʊkə]	爐具
corkscrew	['kɒ:kskru:]	瓶塞鑽
dish	[dɪʃ]	盤
food processor	['fu:d ˌprəʊsesə]	食物加工器
fork	[fɔ:k]	叉
frying pan	['fraɪɪŋ pæn]	長柄平底煎鍋
grater	['greɪtə]	磨碎器

EXAMPLES 例句

My mum is a good <u>cook</u>. 我媽媽是個好廚師。

We bought a new <u>cooker</u>. 我們買了一個新煮食爐。

grill	[grɪl]	**1** 焙盤
		2（置於火上）的烤架 （*AmE.* **broiler**）
hob	[hɒb]	架
kettle	['ketəl]	水壺
knife	[naɪf]	刀；*a carving knife* 切肉刀；
		a bread knife 麵包刀
ladle	['leɪdəl]	長柄勺
microwave	['maɪkrəʊweɪv]	微波爐
mixing bowl	['mɪksɪŋ ˌbəʊl]	碗
oven	['ʌvən]	烤爐
pan	[pæn]	平底鍋
peeler	['piːlə]	去皮器；*a potato peeler* 土豆削皮器
pot	[pɒt]	鍋
recipe	['resɪpi]	食譜
rolling pin	['rəʊlɪŋ pɪn]	擀麵杖
saucepan	['sɔːspən]	深煮鍋
scale (*AmE.*)		一見 **scales**

EXAMPLES 例句

Put the pan on the hob, add flour, and cook for one minute.
放平底鍋在架上，加入麵粉，烘烤一分鐘。

Put the dish in the oven for 40 minutes. 放菜入烤箱烘烤 40 分鐘。

No salt is required in this recipe. 這道食譜不需要放鹽。

scales	[skeɪlz]	秤 （AmE. **scale**）
sieve	[sɪv]	篩
spatula	['spætʃʊlə]	鏟
spoon	[spu:n]	匙羹 *a wooden spoon* 木勺
toaster	['təʊstə]	多士爐
timer	['taɪmə]	計時器
tin opener	['tin ˌəʊpənə]	開罐器
tongs	[tɒŋz]	鉗
whisk	[wɪsk]	攪拌器；*an electric whisk* 電動攪拌器；*a hand whisk* 手動攪拌器

VERBS 動詞

bake	[beɪk]	烘烤
beat	[bi:t]	快速攪拌 *beat an egg* 打雞蛋
boil	[bɔɪl]	**1** 燒開； *boil water* 燒水 **2** 用沸水煮； *boil potatoes* 煮土豆
bring something to the boil		把⋯煮開
broil *(AmE.)*		一見 **grill**
carve	[kɑ:v]	切塊；*carve the meat* 把肉切成塊

EXAMPLES 例句

Beat the eggs with a wooden <u>spoon</u>. 用一把木勺子打蛋。

Gradually bring the sauce to the <u>boil</u>. 慢慢煮沸調味汁。

<u>Carve</u> the beef into thin slices. 把牛肉切成薄片。

chop	[tʃɒp]	切碎 *chop the vegetables* 切菜	
cook	[kʊk]	烹飪	
fry	[fraɪ]	油炸	
grill	[grɪl]	燒；(*AmE.* **broil**)	
mash	[mæʃ]	搗碎	
melt	[melt]	熔化	
peel	[pi:l]	去皮	
prepare	[prɪ'peə]	預備	
roast	[rəʊst]	烤	
serve	[sɜːv]	端上	
slice	[slaɪs]	切薄；*slice the mushrooms* 把蘑菇切薄片	
stir	[stɜː]	攪拌	
weigh	[weɪ]	稱重	
whisk	[wɪsk]	攪動	

ADJECTIVES 形容詞

baked	[beɪkt]	烤的；*a baked potato* 烤土豆
boiled	[bɔɪld]	煮的；*a boiled egg* 煮雞蛋
chopped	[tʃɒpt]	切碎的；*a tin of chopped tomatoes* 一罐番茄醬
fried	[fraɪd]	炒的；*fried rice* 炒米飯
grated	[greɪtɪd]	磨碎的；*grated cheese* 磨成細絲的芝士

EXAMPLES 例句

<u>Chop</u> the butter into small pieces. 把牛油切成小塊。

<u>Mash</u> the bananas with a fork. 用叉子搗碎香蕉。

Top with whipped cream and <u>serve</u>. 把攪好的忌廉澆在上面端上來。

<u>Serve</u> the soup with crusty bread. 把湯和脆皮麵包端上來。

Helen <u>sliced</u> the cake. 海倫把蛋糕切成片。

mashed	[mæ ʃt]	搗爛的；*mashed potatoes* 馬鈴薯泥
medium	['miːdiəm]	燒得適中的
poached	[pəʊtʃt]	煮的；*a poached egg* 煮雞蛋
rare	[reə]	嫩的
roast	[rəʊst]	烤的；*roast beef* 烤牛肉
scrambled	['skræmbəld]	炒蛋的
steamed	[stiːmd]	蒸的；*steamed vegetables* 蒸蔬菜
well done	[ˌwel 'dʌn]	全熟的

EXAMPLE 例句

I'd like my steak <u>well done</u>. 我喜歡吃煎得熟透的牛排。

Countryside 鄉村

NOUNS 名詞

agriculture	[ˈægrɪkʌltə]	農業
barn	[bɑːn]	畜棚
bulldozer	[ˈbʊldəʊzə]	推土機
cave	[keɪv]	洞穴；*an underground cave* 地下洞穴
cliff	[klɪf]	懸崖；*walk along the cliffs* 沿着懸崖行走
combine harvester	[ˌkɒmbaɪn ˈhɑːvɪstə]	聯合收割機
country	[ˈkʌntri]	同 **countryside**
countryside	[ˈkʌntriˌsaɪd]	農村；*We live in the countryside.* 我們住在農村。
crop	[krɒp]	農作物；*plant a crop* 種農作物
ditch	[dɪtʃ]	渠
estate	[ɪˈsteɪt]	莊園
farm	[fɑːm]	農場
farmer	[ˈfɑːmə]	農民
farmyard	[ˈfɑːmjɑːd]	農場；*farmyard animals* 農場動物
fence	[fens]	圍欄
field	[fiːld]	地

EXAMPLES 例句

Lisa and Andrew live in the <u>country</u>. 麗莎和安德魯住在農村。

Both of the boys work on the <u>farm</u>. 這兩個男孩都在農場工作。

There is not enough good <u>farm</u> land here. 這裏沒有足夠的肥沃農地。

We drove past <u>fields</u> of sunflowers. 我們開車經過一塊又一塊向日葵花田。

fishing	[ˈfɪʃɪŋ]	釣魚
forest	[ˈfɒrɪst]	森林
gate	[geɪt]	大門；*close the gate* 關門
ground	[graʊnd]	地；地面
harvest	[ˈhɑːvɪst]	**1** 收割
		2 收成；*a good / poor harvest* 好收成/歉收
hay	[heɪ]	乾草
hedge	[hedʒ]	樹籬
hike	[haɪk]	遠足
hill	[hɪl]	山；*a steep hill* 陡峭的山；*climb a hill* 爬山
hunt	[hʌnt]	打獵；*go on a hunt* 去打獵
hunter	[ˈhʌntə]	獵人
lake	[leɪk]	湖
land	[lænd]	土地
market	[ˈmɑːkɪt]	市場
marsh	[mɑːʃ]	濕地
meadow	[ˈmedəʊ]	草地
moor	[mʊə]	曠野
mountain	[ˈmaʊntɪn]	高山；*climb a mountain* 爬山

EXAMPLES 例句

I walked through the <u>gate</u> and into the field. 我穿過門，走進田野。

The women prepare the <u>ground</u> for planting. 女人在準備土地作播種之用。

Mt. McKinley is the highest <u>mountain</u> in North America. 麥金利山是北美最高的山。

mud	[mʌd]	泥
path	[pɑ:θ]	小路
picnic	['pɪknɪk]	野餐
plough	[plaʊ]	犁
pond	[pɒnd]	池塘
produce	['prɒdju:s]	農產品
quarry	['kwɒri]	採石場
river	['rɪvə]	河；*a river bank* 河岸
rock	[rɒk]	**1** 岩石　**2** 巨石塊
ruins	['ru:ɪnz]	廢墟
scarecrow	['skeəkrəʊ]	稻草人
scenery	['si:nəri]	風景
soil	[sɔɪl]	土壤
spring	[sprɪŋ]	地下泉
stable	['steɪbəl]	馬廐
stick	[stɪk]	樹的幼枝條

EXAMPLES 例句

We went for a picnic. 我們去野餐了。

The restaurant uses as much local produce as possible.
餐廳使用盡可能多的當地農產品。

We tried to dig, but the ground was solid rock.
我們盡力去挖掘，但地面石塊堅硬。

Maria sat on a rock and looked out across the sea.
瑪莉亞坐在石頭上，放眼眺望大海。

The soil here is good for growing vegetables. 這裏土壤適合種菜。

stone	[stəʊn]	**1** 岩石　**2** 地上的小石塊
stream	[striːm]	溪
track	[træk]	**1** 小道；小徑；*a muddy track* 泥濘小徑 **2** 足跡；蹤跡；*animal tracks* 動物足跡
tractor	['træktə]	拖拉機；*drive a tractor* 開拖拉機
valley	['væli]	山谷；*a steep mountain valley* 陡峭的山谷
view	[vjuː]	景色
village	['vɪlɪdʒ]	村莊
walk	[wɔːk]	散步；*go for a walk* 去散步
waterfall	['wɒːtəˌfɔːl]	瀑布
well	[wel]	井
wellingtons	['welɪŋtənz]	高筒膠靴
windmill	['wɪndmɪl]	風車
wood	[wʊd]	**1** 木頭　**2** 樹林；*in the woods* 在樹林裏

EXAMPLES 例句

She could feel cool, smooth stone beneath her feet.
她能感覺到腳下涼涼的光滑石頭。

Loose stones on the ground made walking difficult.
地面上是疏鬆的石頭，走起來很困難。

Zak found fresh bear tracks in the snow. 雅克在雪地裏發現了熊的新腳印。

The view from the top of the hill was magnificent. 從山頂上看，風景特別壯觀。

VERBS 動詞

climb	[klaɪm]	攀登；爬；*climb a hill* 爬山；*climb to the top* 爬到頂
go camping		去野營度假
harvest	['hɑːvɪst]	收割；*harvest crops* 收割莊稼
hike	[haɪk]	去…遠足；徒步旅行
hunt	[hʌnt]	打獵
plough	[plaʊ]	犁田；耕地

ADJECTIVES 形容詞

peaceful	['piːsfʊl]	安靜的
rural	['rʊərəl]	鄉村的

PHRASES 短語

in the open air		在戶外

EXAMPLES 例句

The group <u>hiked</u> along a track in the forest.
一群人在森林裏沿着一條小道徒步旅行。

The service is ideal for people who live in <u>rural</u> areas.
這種服務對住在農村地區的人來説很理想。

We eat our meals <u>in the open air</u>. 我們在戶外野餐。

Employment 職業

NOUNS 名詞

annual leave	[ˈænjʊəl ˈliːv]	年假；*take annual leave* 休年假；*be on annual leave* 在休年假
application form	[ˌæplɪˈkeɪʃən fɔːm]	申請表；*fill in an application form* 填申請表
apprentice	[əˈprentɪs]	學徒
benefits	[ˈbenɪfɪts]	救濟金；*live on benefits* 靠救濟金過活
bonus	[ˈbəʊnəs]	獎金；*a bonus payment* 獎金發放
boss	[bɒs]	老闆
career	[kəˈrɪə]	職業
colleague	[ˈkɒliːg]	同事
company	[ˈkʌmpəni]	公司
contract	[ˈkɒntrækt]	合同
covering letter	[ˌkʌvərɪŋ ˈletə]	附信
co-worker	[kəʊˈwɜːkə]	同事
CV	[siː ˈviː]	履歷
disability	[ˌdɪsəˈbɪlɪti]	障礙

EXAMPLES 例句

Their son Dominic is an <u>apprentice</u> woodworker.
他們的兒子多明尼克是一名木工學徒。

Please send your <u>CV</u> and a <u>covering letter</u> to the following address.
請把簡歷和附信郵寄到下面的地址。

discrimination	[dɪsˌkrɪmɪ'neɪʃən]	歧視；*age discrimination* 年齡歧視；*racial / sexual discrimination* 種族/性別歧視
employee	[ɪm'pbɪi:]	僱員
employer	[ɪm'pbɪə]	僱主
employment	[ɪm'pbɪmənt]	工作
equality	[ɪ'kwɒlɪti]	平等
flexitime	['fleksitaɪm]	彈性工作時間制
freelancer	['fri:lɑ:nsə]	自由職業者
human resources	[ˌhju:mən ri'zɔ:si:z]	人力資源部
income	['ɪnkʌm]	收入
interview	['ɪntəvju:]	面試；*ask someone for an interview* 讓某人來面試
job	[dʒɒb]	**1** 工作 *get a good job* 找到一份好工作 **2** 一項任務 *do a good job* 任務完成得很好
job centre	['dʒɒb ˌsentə]	就業服務中心
maternity leave	[mə'tɜ:nɪti ˌli:v]	產假

EXAMPLES 例句

His former chauffeur is claiming unfair dismissal on the grounds of racial <u>discrimination</u>.
他原來的司機聲稱因受種族歧視而遭無理解僱。

When I went for my first <u>interview</u> for this job I arrived early.
第一次參加面試時，我早早就到了。

minimum wage	[ˌmɪnɪməm ˈweɪdʒ]	最低工資；*on the minimum wage* 拿最低工資
notice	[ˈnəʊtɪs]	辭職信；*give in / hand in your notice* 遞交辭呈
occupation	[ˌɒkjʊˈpeɪʃən]	工作；*What is your occupation?* 你從事甚麼工作？
overtime	[ˈəʊvətaɪm]	加班
paternity leave	[pəˈtɜːnɪti ˌliːv]	父親照顧新生兒的休假
pay	[peɪ]	付費
profession	[prəˈfeʃən]	行業
promotion	[prəˈməʊʃən]	提升；*get promotion* 得到提拔
rate of pay	[reit əv ˈpeɪ]	工資；*a higher / lower rate of pay* 高/低工資
recruitment	[rɪˈkruːtmənt]	招收
redundancy	[rɪˈdʌndənsi]	裁員；*redundancy pay* 裁員補償
reference	[ˈrefrəns]	推介信
retirement	[rɪˈtaɪəmənt]	退休
rise	[raɪz]	加薪；*get a rise* 加工資

EXAMPLES 例句

These workers are not even on the <u>minimum wage</u>.
這些工人甚至拿不到最低工資。

You have to give one month's <u>notice</u>. 你應該提前一個月提交辭職信。

Thousands of bank employees are facing <u>redundancy</u> as their employers cut costs.
由於僱主削減開支，幾千名銀行職員面臨裁員。

Could you write me a <u>reference</u>? 你能替我寫一封推薦信嗎？

salary	['sæləri]	薪金
seasonal work	['si:zənl ˌwɜ:k]	臨時工
sick leave	['sɪk li:v]	病假
staff	[stɑ:f]	員工
strike	[straɪk]	罷工；*go on strike* 進行罷工
temp	[temp]	臨時僱員
temping agency	['tempɪŋ ˌeɪdʒənsi]	臨時工介紹所
trade union	[treɪd 'ju:njən]	工會
training	['treɪnɪŋ]	培訓；*a training course* 培訓課
the unemployed	[ði ˌʌnɪm'plɔɪd]	失業者
unemployment	[ˌʌnɪm'plɔɪmənt]	失業
wages	['weɪdʒiz]	工資；*get your wages* 領工資
work	[wɜ:k]	**1** 工作；*find work* 找到工作 **2** 工作地點；*go to work* 去上班
working week	[ˌwə:kɪŋ wi:k]	一週工作時間； *a 35-hour working week* 一週工作 35 個小時

VERBS 動詞

apply for a job	申請工作

EXAMPLES 例句

Staff at the hospital went on <u>strike</u> yesterday. 醫院員工昨天罷工。

We want to create jobs for <u>the unemployed</u>. 我們想給失業者創設工作崗位。

I start <u>work</u> at 8.30 a.m. and finish at 5 p.m.
我早上 8 點半開始上班，下午 5 點下班。

I'm lucky. I can walk to <u>work</u>. 我是幸運的，可以走路去上班。

discriminate	[dɪsˈkrɪmɪneɪt]	歧視
dismiss	[dɪsˈmɪs]	解僱
earn	[ɜːn]	賺；*earn money* 賺錢
employ	[ɪmˈplɔɪ]	僱用
fire	[faɪə]	**inf** 解僱 *She was fired from that job.* 她被解僱了。
give someone the sack		解僱
hire	[haɪə]	僱用
interview	[ˈɪntəvjuː]	面試
pay	[peɪ]	付酬；*well / badly paid* 工資高/工資低
promote	[prəˈməʊt]	晉升
recruit	[rɪˈkruːt]	招聘
resign	[rɪˈzaɪn]	辭職
retire	[rɪˈtaɪə]	退休
strike	[straɪk]	罷工
temp	[temp]	打散工；做臨時工
work	[wɜːk]	工作

EXAMPLES 例句

Richard has just been <u>promoted</u> to general manager. 理查剛被提升為總經理。

Workers have the right to <u>strike</u>. 工人有罷工權利。

Mrs Lee has been <u>temping</u> since losing her job. 失業後，李太太一直在打散工。

Many people in the country are still <u>working</u> for less than the minimum wage.
在農村，許多人的收入仍比最低工資少。

ADJECTIVES 形容詞

absent	['æbsənt]	缺席的
blue-collar	[bluːˈkɒlə]	藍領的
freelance	['friːlɑːns]	自由職業的
full-time	[fʊlˈtaɪm]	全職的
part-time	[pɑːtˈtaɪm]	兼職的
permanent	['pɜːmənənt]	長久的
redundant	[rɪˈdʌndənt]	多餘的
temporary	['tempərəri]	臨時的；*a temporary job* 臨時工作；*temporary workers* 臨時工
unemployed	[ʌnɪmˈplɔɪd]	失業的
white-collar	[waɪtˈkɒlə]	白領的

PHRASES 短語

What do you do (for a living)?	你從事甚麼工作？

IDIOM 慣用語

a golden handshake	一大筆離職金
get a foot in the door	邁出第一步
the rat race	激烈競爭；*get out of the rat race* 離開激烈競爭

EXAMPLE 例句

Have you been <u>unemployed</u> for over six months? 你失業已超過 6 個月了嗎？

Environment 環境

NOUNS 名詞

bottle bank	['bɒtəl bæŋk]	玻璃瓶回收點
carbon dioxide	[ˌkɑːbən daɪˈɒksaɪd]	二氧化碳
carbon monoxide	[ˌkɑːbən məˈnɒksaɪd]	一氧化碳
chemical	['kemɪkəl]	化學製品
climate change	['klaɪmɪt tʃeɪndʒ]	氣候變化
conservation	[ˌkɒnsəˈveɪʃən]	保護；a conservation group 保護組織
crisis (PL) **crises**	['kraɪsɪs] ['kraɪsiːz]	危機
damage	['dæmɪdʒ]	破壞
diesel	['diːzəl]	柴油
disaster	[dɪˈzɑːstə]	災難
Earth	[ɜːθ]	地球
electric car	[ɪˈlektrɪk ˈkɑː]	電動汽車
endangered species	[ɪnˈdeɪndʒəd ˈspiːʃiz]	瀕臨滅絕物種
energy	['enədʒi]	能源
the environment	[ði ɪnˈvaɪərənmənt]	環境
exhaust fumes	[ɪgˈzɔːst fjuːmz]	汽車排出的廢氣

EXAMPLES 例句

I'm going to take these bottles to the <u>bottle bank</u>.
我要把這些瓶子放到玻璃瓶回收點。

Pandas are an endangered <u>species</u>. 熊貓是一種頻臨滅絕的物種。

You can save <u>energy</u> by switching off your computer when you are not using it.
電腦不用時就把關掉它，這樣可以節約能源。

These gases are harmful to <u>the environment</u>. 這些氣體對環境有害。

fuel	[fju:əl]	燃料
fumes	[fju:mz]	氣；煙
global warming	[ˌgləʊbəl 'wɔ:mɪŋ]	全球變暖
greenhouse effect	[gri:nhaʊs ɪˌfekt]	溫室效應
habitat	['hæbɪtæt]	棲息地
hydro-electric power	[haɪdrəʊ'lektrɪk 'paʊə]	水力發電
industrial waste	[ɪnˌdʌstrɪəl 'weɪst]	工業廢料
landfill	['lændfɪl]	**1** 廢物填埋；*the cost of landfill* 廢物填埋成本 **2** 廢物填埋地；*a landfill site* 廢物填埋場地
low-energy bulb	[ləʊ ˌenədʒɪ 'bʌlb]	節能燈泡
nature	['neɪtʃə]	自然
nuclear power	[ˌnju:klɪə 'paʊə]	核能
nuclear waste	[ˌnju:klɪə 'weɪst]	核廢料
oxygen	['ɒksɪdʒən]	氧氣
ozone layer	['əʊzəʊn ˌleɪə]	臭氧層；*a hole in the ozone layer* 臭氧層空洞

EXAMPLES 例句

Scientists are trying to find a solution to global warming.
科學家正在盡力尋找解決全球暖化的辦法。

The pollution of rivers destroys the habitats of many fish.
河流污染破壞了許多魚的棲息地。

Millions of plastic bags go to landfill every day.
每天幾百萬塑膠袋被填埋。

planet	['plænɪt]	行星
pollution	[pə'lu:ʃən]	**1** 污染；*the pollution of our oceans* 海洋污染
		2 污染物；*high levels of pollution* 高度污染
population	[ˌpɒpjʊ'leɪʃən]	人口
rainforest	['reɪnfɒrɪst]	熱帶雨林
recycling	[ˌri:'saɪklɪŋj]	回收利用
renewable energy	[rɪ'nju:əbəl ˌenədʒi]	可再生能源
sewage	['su:ɪdʒ]	污物
solar panel	[ˌsəʊlə 'pænl]	太陽能電池板
solar power	[ˌsəʊlə 'paʊə]	太陽能
solution	[sə'lju:ʃən]	解決辦法
unleaded petrol	[ˌʌnˌledɪd 'petrəl]	無鉛汽油
wildlife	['wɪldlaɪf]	野生動物
wind power	['wɪnd paʊə]	風力
world	[wɜ:ld]	地球

EXAMPLES 例句

The government have plans to reduce air pollution.
政府制定了降低空氣污染的計劃。

The population of Bangladesh is rising every year.
孟加拉的人口數每年都在增長。

We watched a programme about the destruction of the Amazon rainforest.
我們看了關於亞馬遜熱帶雨林遭到破壞的節目。

We installed solar panels on our roof last year.
去年我們在房頂上安裝了太陽能電池板。

This car runs on unleaded petrol. 這輛汽車用的是無鉛汽油。

VERBS 動詞

ban	[bæ:n]	禁止；*ban the use of chemicals* 禁止使用化學用品
damage	['dæmɪdʒ]	毀壞
destroy	[dɪ'strɔɪ]	摧毀
dispose of something		處理；*dispose of waste* 處理廢物
dump	[dʌmp]	丟棄
harm	[ha:m]	同 **damage**
pollute	[pə'lu:t]	污染
preserve	[prɪ'zɜ:v]	保護（環境）；*preserve nature* 保護自然
protect	[prə'tekt]	保護（物種）；*protect wildlife* 保護野生生物
recycle	[ri:'saɪkəl]	回收利用
save	[seɪv]	**1** 拯救；*save the rainforests* 拯救熱帶雨林 **2** 節約；*save paper* 節約紙張
use something up		耗盡；*use up resources* 耗盡資源

ADJECTIVES 形容詞

biodegradable [ˌbaɪəʊdɪ'greɪdəbəl]		可生物分解的； *biodegradable packaging* 可生物分解包裝
eco-friendly	[ˌi:kəʊ'frendli]	同 **environmentally friendly**； *an eco-friendly product* 環保型產品

EXAMPLES 例句

This book was printed on <u>recycled</u> paper. 這本書是用可再生紙張印刷的。

We should <u>recycle</u> our rubbish. 我們應該回收垃圾循環再用。

They are developing a new kind of <u>biodegradable</u> plastic.
他們在發明一種新型的、可生物分解的塑膠。

These houses were built using <u>eco-friendly</u> materials.
這些房子是用環保型材料修建的。

environmentally friendly　　　　　環保型的
　[ɪn,vaɪərən,mentəli 'frendli]

extinct　　　[ɪk'stɪŋkt]　　　已滅絕的；*This species is extinct.* 這個物種已滅絕
　　　　　　　　　　　　　　　　　了。

green　　　[gri:n]　　　環境保護的；*green policies* 環保政策

harmful　　　['hɑ:mfʊl]　　　有害的

organic　　　[ɔ:'gænɪk]　　　有機的

sustainable　　　[sə'steɪnəbəl]　　　可持續的；

　　　　　　　　　　　　　sustainable farming 合理耕作；
　　　　　　　　　　　　　sustainable development 可持續發展

EXAMPLES 例句

How can we make our company more underline{environmentally friendly}?
我們怎麼做才能使我們公司更環保？

Many animals will soon be extinct. 許多動物快要滅絕了。

We are trying to be greener by walking to work rather than driving.

我們盡量步行，而不是開車上班，步行上班更環保些。

This shop sells organic food. 這家商店賣有機食品。

All our furniture is made of wood from sustainable sources.
我們所有傢具都用可持續發展木料製成。

Feelings and personal qualities 感情和個人品質

anger	['æŋgə]	怒
excitement	[ɪk'saɪtmənt]	激動
fear	[fɪə]	害怕
feeling	['fiːlɪŋ]	感覺
feelings	['fiːlɪŋz]	感情；*hurt someone's feelings* 傷害某人的感情
guilt	[gɪlt]	內疚
happiness	['hæpinɪs]	快樂
honesty	['ɒnɪsti]	誠實
intelligence	[ɪn'telɪdʒəns]	智力
kindness	['kaɪndnɪs]	仁慈
mood	[muːd]	心情
nature	['neɪtʃə]	本性；*a friendly nature* 友好本性
personality	[ˌpɜːsə'nælɪti]	性格

EXAMPLES 例句

Everyone is in a state of great <u>excitement</u>. 每個人都極度興奮。

My whole body was shaking with <u>fear</u>. 我害怕得全身發抖。

Sara has a <u>fear</u> of mice. 莎拉怕老鼠。

I have a <u>feeling</u> that everything will be all right. 我有一種感覺，一切都會沒事的。

They have strong <u>feelings</u> about politics. 他們對政治有很強烈的感情。

She felt a lot of <u>guilt</u> about her children's unhappiness. 孩子們不快樂令她很內疚。

I am always in a good <u>mood</u>. 我總是心情很好。

He is in a bad <u>mood</u>. 他心情不好。

She is a very <u>good-natured</u> child. 她是一個本性非常善良的孩子。

pride	[praɪd]	**1** 自豪；驕傲；*a sense of pride* 自豪感
		2 自尊；自尊心
quality	['kwɒlɪti]	品質
regret	[rɪ'gret]	失望；*express regret* 表示失望
relief	[rɪ'liːf]	寬慰
spite	[spaɪt]	怨恨；*He did it out of spite.*
		他是為了洩憤才那樣做的。
stupidity	[stjuː'pɪdɪti]	糊塗
surprise	[sə'praɪz]	驚訝

(ADJECTIVES 形容詞)

ambitious	[æm'bɪʃəs]	有雄心的
angry	['æŋgri]	憤怒的
annoyed	[ə'nɔɪd]	惱怒的
anxious	['æŋkʃəs]	焦慮的
ashamed	[ə'ʃeɪmd]	慚愧的

EXAMPLES 例句

He takes great <u>pride</u> in his work. 他為自己的工作而自豪。

His <u>pride</u> wouldn't allow him to ask for help. 他的自尊心使他不願尋求幫助。

She has lots of good <u>qualities</u>. 她有很多好的品質。

He had no <u>regrets</u> about leaving. 對於離開，他沒有一點遺憾。

I breathed a sigh of <u>relief</u>. 我如釋重負地鬆了口氣。

To my <u>surprise</u>, I found I liked working hard.
令我驚奇的是，我發現我喜歡努力工作。

I was <u>ashamed</u> of myself for getting so angry. 我為自己如此生氣而很慚愧。

bored	[bɔːd]	厭倦的；*get bored* 感到厭倦
calm	[kɑːm]	鎮靜的；*Try to keep calm.* 盡力保持鎮定。
cheerful	['tʃɪəfʊl]	快樂的
competent	['kɒmpɪtənt]	勝任的
confident	['kɒnfɪdənt]	自信的
curious	['kjʊəriəs]	好奇的
depressed	[dɪ'prest]	沮喪的
dishonest	[dɪs'ɒnɪst]	不誠實的
dissatisfied	[dɪs'sætɪsfaɪd]	不滿意的；*dissatisfied customers* 不滿的顧客
embarrassed	[ɪm'bærəst]	尷尬的
enthusiastic	[ɪn,θjuːzi'æstɪk]	熱情的
envious	['enviəs]	羨慕的
excited	[ɪk'saɪtɪd]	激動的
friendly	['frendli]	友好的；*Samir was friendly to me.* 薩米爾對我很友好。
frightened	['fraɪtənd]	驚嚇的
frustrated	[frʌ'streɪtɪd]	沮喪的
funny	['fʌni]	好笑的
furious	['fjʊəriəs]	狂怒的
glad	[glæd]	高興的；愉快的

EXAMPLES 例句

She was very <u>depressed</u> after her husband died. 丈夫去世後她非常沮喪。

He looked a bit <u>embarrassed</u> when he noticed his mistake.
當他發現自己出錯時顯得有點尷尬。

Tom was not very <u>enthusiastic</u> about the idea. 湯姆對這個想法不太感興趣。

I have to admit I was a little <u>envious</u>. 我不得不承認我有點嫉妒。

I was <u>excited</u> about playing football again. 能再踢足球令我興奮。

She was <u>frightened</u> of making a mistake. 她怕犯錯。

They seemed <u>glad</u> to see me. 他們看到我似乎很高興。

grateful	['greɪtfʊl]	感激的
guilty	['gɪlti]	愧疚的；*feel guilty* 感到愧疚
happy	['hæpi]	快樂的；*a happy child* 快樂的孩子
helpful	['helpfʊl]	有益的；有幫助的
honest	['ɒnɪst]	誠實的
hurt	[hɜːt]	受傷的
impatient	[ɪm'peɪʃənt]	**1** 沒有耐心的　**2** 焦躁的
independent	[,ɪndɪ'pendənt]	獨立的
insecure	[,ɪnsɪ'kjʊə]	缺乏自信的
intelligent	[ɪn'telɪdʒənt]	聰明的
jealous	['dʒeləs]	**1** 因別人搶去自己心愛的人或事物而感到忌恨　**2** 因欠缺別人擁有的而感到妒忌
kind	[kaɪnd]	友好的
lonely	['ləʊnli]	寂寞的

EXAMPLES 例句

She was grateful to him for being so helpful. 她非常感激他的幫助。

She was deeply hurt by Ali's remarks. 阿里的話深深地傷害了她。

People are impatient for the war to be over. 人們沒耐心等待戰爭結束。

Try not to be impatient with your kids. 盡力對你的孩子耐心點。

Children become more independent as they grow. 孩子們越成長越獨立。

Most people are a little insecure about their looks. 大多數人對自己的相貌沒信心。

He got jealous and there was a fight. 他醋意大發，動手打了架。

She was jealous of her sister's success. 她嫉妒姐姐的成功。

loving	['lʌvɪŋ]	充滿愛的；*a loving husband* 深情的丈夫
mean	[mi:n]	刻薄的
miserable	['mɪzərəbəl]	非常難受的
naughty	['nɔ:ti]	頑皮的；*a naughty boy* 頑皮的男孩
nervous	['nɜ:vəs]	焦慮的
nice	[naɪs]	宜人的
optimistic	[ˌɒptɪ'mɪstɪk]	樂觀的
pessimistic	[ˌpesɪ'mɪstɪk]	悲觀的
pleased	[pli:zd]	高興的；*I am very pleased with your work.* 我對你的工作非常滿意。
polite	[pə'laɪt]	有禮貌的
proud	[praʊd]	**1** 自豪的　**2** 傲慢的
relaxed	[rɪ'lækst]	放鬆的
relieved	[rɪ'li:vd]	放心的
rude	[ru:d]	粗魯的
sad	[sæd]	悲哀的
satisfied	['sætɪsfaɪd]	滿意的
scared	[skeəd]	害怕的；*I'm not scared of him.* 我不怕他。
selfish	['selfɪʃ]	自私的

EXAMPLES 例句

Don't be <u>mean</u> to your brother! 別對你的兄弟那麼刻薄！

They were extremely <u>nice</u> to me. 他們對我非常好。

His dad was very <u>proud</u> of him. 他父親以他為驕傲。

We are <u>relieved</u> to be back home. 我們回到家，鬆了一口氣。

sensitive	['sensɪtɪv]	**1** 體貼的 **2** 易生氣的	
serious	['sɪərɪəs]	嚴肅的	
shocked	[ʃɒkt]	震驚的	
shy	[ʃaɪ]	害羞的	
stupid	['stjuːpɪd]	愚蠢的	
surprised	[sə'praɪzd]	驚訝的	
suspicious	[sə'spɪʃəs]	感覺可疑的	
thoughtful	['θɔːtfʊl]	關心別人的	
thoughtless	['θɔːtləs]	不顧及他人的	
uncomfortable	[ʌn'kʌmftəbə]	尷尬的	
unhappy	[ʌn'hæpi]	**1** 難過的 **2** 不滿的	
upset	[ʌp'set]	難過的；*Marta looked upset.* 瑪塔顯得生氣。	
well-behaved	[ˌwelbɪ'heɪvd]	彬彬有禮的；*well-behaved little boys* 乖巧的男孩們	
worried	['wʌrid]	擔心的	

EXAMPLES 例句

The classroom teacher must be <u>sensitive</u> to a child's needs.
老師必須察覺孩子的需求。

Young people can be <u>sensitive</u> about their appearance. 年輕人特別留意外貌。

She was deeply <u>shocked</u> when she heard the news. 聽到消息她深感詫异。

We were <u>surprised</u> by the play's success. 我們驚訝於演出的成功。

It was <u>thoughtless</u> of me to forget your birthday. 忘記你的生日我實在太粗心。

The request for money made them feel <u>uncomfortable</u>.
要錢的請求令他們覺得不舒服。

We were <u>unhappy</u> with the way we played on Friday.
我們對自己上週五的表現不滿意。

When she did not come home, they became <u>worried</u>. 她還沒回家，他們很擔心。

VERBS 動詞

become	[bɪ'kʌm]	變得；*become anxious* 變得焦慮
behave	[bɪ'heɪv]	表現；*behave strangely* 行為古怪
calm down		平靜下來；鎮定下來
enjoy	[ɪn'dʒɔɪ]	喜愛
enjoy yourself		玩得愉快
feel	[fiːl]	覺得；*How do you feel?* 你感覺怎樣？
grow	[grəʊ]	逐漸變得；*Lisbet soon grew bored.* 麗思貝絲變得煩悶起來。
hurt	[hɜːt]	使不快
suffer	['sʌfə]	感到痛苦、悲傷或擔憂
upset	[ʌp'set]	使煩惱

IDIOM 慣用語

down in the dumps	沮喪
get on someone's nerves	使某人惱怒
hit the roof	勃然大怒
over the moon	興高采烈

EXAMPLES 例句

I enjoyed playing basketball. 我喜歡打籃球。

I'm really sorry if I hurt your feelings. 如果我傷害了你的感情，我深感抱歉。

His behaviour really upset me. 他的行為真令我很生氣。

Food and drink 食物和飲料

food [fu:d] 食物

MEAT AND FISH 肉和魚

bacon	['beɪkən]	鹹豬肉；*eggs and bacon for breakfast* 雞蛋和鹹肉早餐
beef	[bi:f]	牛肉
chicken	['tʃɪkɪn]	**1** 雞 **2** 雞肉；*chicken sandwiches* 雞肉三明治
fish	[fiʃ]	魚
gravy	['greɪvi]	肉汁
ground beef (*AmE.*)		一見 **mince**
ham	[hæm]	火腿；*ham sandwiches* 火腿三明治
hamburger	['hæmbɜ:gə]	漢堡
lamb	[læm]	羊肉
meat	[mi:t]	肉
mince	[mɪns]	免治（肉）；肉碎（*AmE.* **ground beef**）
pork	[pɔ:k]	豬肉
sausage	['sɒsɪdʒ]	香腸
seafood	['si:fu:d]	海鮮；*a seafood restaurant* 海鮮餐館

EXAMPLES 例句

We had roast <u>beef</u> for lunch. 我們午餐吃的是烤牛肉。

I don't eat <u>meat</u> or <u>fish</u>. 我不吃肉和魚。

For supper, she served <u>lamb</u> and vegetables. 晚餐她煮的是羊肉和蔬菜。

Fry the <u>mince</u> in a frying pan. 在煎鍋中把肉碎煎一下。

They ate <u>sausages</u> for breakfast. 他們早餐吃的是香腸。

| **steak** | [steɪk] | **1** 牛排；*steak and chips* 牛排和薯條 |
| | | **2** 魚排；魚塊；*a salmon steak* 三文魚排 |

EGGS, CHEESE AND MILK PRODUCTS 雞蛋、奶油和乳製品

butter	['bʌtə]	牛油
cheese	[tʃiːz]	芝士
cream	[kriːm]	忌廉；*whipped cream* 攪打過的忌廉
custard	['kʌstəd]	吉士
egg	[eg]	雞蛋；*a boiled egg* 煮蛋；*a hard-boiled egg* 煮老的雞蛋；
		a poached egg 荷包蛋；*scrambled eggs* 炒蛋
ice-cream	['aɪs kriːm]	**1** 雪糕；*chocolate ice-cream* 朱古力雪糕
		2 一份雪糕；*two ice-creams* 兩份雪糕
margarine	[mɑːdʒə'riːn]	人造牛油；*a tub of margarine* 一桶人造牛油
mayonnaise	[meɪə'neɪz]	蛋黃醬
omelette	['ɒmlət]	奄列；*a cheese omelette* 芝士奄列
yoghurt	['jɒgət]	乳酪

BREAD'CAKES AND BISCUITS 麵包、蛋糕和餅乾

| **biscuit** | ['bɪskɪt] | 餅乾；*a chocolate biscuit* 朱古力餅乾 |
| | | （*AmE.* **cookie**） |

EXAMPLES 例句

Jordi spread some <u>butter</u> on a roll. 約第在麵包上抹了一些牛油。

We had apple pie and <u>custard</u> for dessert. 我們甜點吃的是蘋果批和吉士。

Break the <u>eggs</u> into a bowl. 把雞蛋打進碗裏。

bread	[bred]	麵包；*a slice of bread* 一片麵包
cake	[keɪk]	蛋糕；*a birthday cake* 生日蛋糕
cookie *(mainly AmE.)*		→見 **biscuit**
loaf	[ləʊf]	（一條）麵包；*a loaf of bread* 一條麵包
pancake	['pænkeɪk]	薄餅
roll	[rəʊl]	小麵包
sandwich	['sænwɪdʒ]	三文治；*a cheese sandwich* 芝士三文治；*a toasted sandwich* 烘三文治
toast	[təʊst]	多士；*slices of toast* 烘多士

OTHER FOOD 其他食物

candy *(AmE.)*		→見 **sweets**
cereal	['sɪəriəl]	**1** 穀類食物；*a bowl of cereal* 一碗麥皮 **2** 穀類植物；*cereal grains such as corn and wheat* 玉米和小麥等穀物
chips	[tʃɪps]	**1** 薯條；*fish and chips* 炸魚薯條 （AmE. **fries**） **2** (AmE.) 見 **crisps**
chocolate	['tʃɒkələt]	**1** 朱古力；*a bar of chocolate* 一塊朱古力 **2** 朱古力糖；*a box of chocolates* 一盒朱古力糖
crisps	[krɪsps]	（AmE. **chips**）薯片

EXAMPLES 例句

Patricia put two pieces of <u>bread</u> on a plate and buttered them.
派翠西亞把兩片麵包放在盤子裏，然後塗上牛油。

He spread some butter on a <u>roll</u>. 他在麵包上塗了些牛油。

I blew out the candles and Mum sliced the <u>cake</u>. 我吹滅蠟燭，媽媽切蛋糕。

Raul ate a piece of <u>chocolate cake</u>. 勞爾吃了一塊朱古力蛋糕。

curry	[ˈkʌri]	咖喱；*vegetable curry* 蔬菜咖喱
dish	[dɪʃ]	一道菜；菜餚； *a chicken dish* 一盤雞肉
fast food	[fɑːst ˈfuːd]	快餐；*a fast food restaurant* 快餐店
flour	[ˈflaʊə]	麵粉；*wholemeal flour* 全麥麵粉
fries (*AmE.*)		一見 **chips**
honey	[ˈhʌni]	蜂蜜 *a jar of honey* 一罐蜂蜜
jam	[dʒæm]	果占；*strawberry jam* 草莓果占　（*AmE.* **jelly**）
jelly	[ˈdʒeli]	**1** 啫喱；*jelly and ice cream* 啫喱和雪糕
		2 (*AmE.*) 一見 **jam**
lasagne	[ləˈsænjə]	千層麵
noodles	[ˈnuːdəlz]	麵條；*a bowl of noodles* 一碗麵條
oil	[ɔɪl]	食用油；*vegetable oil* 植物油
pasta	[ˈpæstə]	意大利麵

EXAMPLES 例句

Shall we go for a <u>curry</u> tonight? 今天晚上我們吃咖喱好嗎？

My favourite dish is <u>lasagne</u>. 我最喜歡吃的菜式是千層麵。

The <u>pasta</u> is cooked in a garlic and tomato sauce. 意大利麵用了大蒜和番茄醬。

pastry	['peɪstrɪ]	酥餅
pâté	['pæteɪ]	醬；*liver Pâté* 肝醬
pepper	['pepə]	胡椒；*salt and pepper* 鹽和胡椒
pie	[paɪ]	批
pizza	['piːtsə]	薄餅
rice	[raɪs]	米；*plain boiled rice* 米飯
salad	['sæləd]	沙律；*a green salad* 蔬菜沙律；*a mixed salad* 什錦沙律
salt	[sɒlt]	鹽
sauce	[sɔːs]	醬；*pasta sauce* 意大利麵調味醬
snack	[snæk]	小吃；*have a snack* 吃小吃
soup	[suːp]	湯；*home-made soup* 家裏做的湯
spaghetti	[spə'geti]	意大利麵
stew	[stjuː]	燉菜
sugar	['ʃʊgə]	糖；*a spoonful of sugar* 一勺糖

EXAMPLES 例句

Bruno ordered a thin-crust pizza. 布魯諾點了一份薄皮的薄餅。

The children have a snack when they come home from school.
孩子們從學校回家後吃些小吃。

She gave him a bowl of beef stew. 她給了他一碗燉牛肉。

Do you take sugar in your coffee? 你咖啡裏放糖嗎？

| **sweets** | [swi:ts] | 糖果 （*AmE.* **candy**） |
| **vinegar** | ['vɪnɪgə] | 醋 |

DRINKS 飲料

alcoholic drink	[ælkə,hɒlɪk drɪŋk]	酒精飲料
beer	[bɪə]	啤酒
cider	['saɪdə]	蘋果酒
coffee	['kɒfi]	咖啡；*strong coffee* 濃咖啡；*Two coffees, please.* 請來兩杯咖啡。
hot chocolate	[hɒt 'tʃɒkəlɪt]	熱朱古力
ice cube	['aɪs kju:b]	冰塊
juice	[dʒu:s]	果汁；*orange / apple / lemon / fruit juice* 橙/蘋果/檸檬/水果汁
lemonade	[lemə'neɪd]	檸檬水
milk	[mɪlk]	牛奶
mineral water	['mɪnərəl ,wɔ:tə]	礦泉水
soft drink	[sɒft 'drɪŋk]	軟飲料
tap water	['tæp wɔ:tə]	自來水
tea	[ti:]	茶；*a pot of tea* 一壺茶
whisky	['wɪski]	威士忌
wine	[waɪn]	酒；*red / white wine* 紅/白酒；*a glass of wine* 一杯酒

EXAMPLES 例句

Eat more fruit and vegetables and fewer <u>sweets</u>. 多吃水果和蔬菜，少吃糖果。

We ordered a couple of <u>beers</u> and asked for the menu.
我們點了幾瓶啤酒，然後要了菜牌。

ITEMS USED FOR EATING, DRINKING AND SERVING MEALS 吃、喝及端菜用具

bottle	['bɒtəl]	瓶
bowl	[bəʊl]	碗
chopsticks	['tʃɒpstɪks]	筷子
cup	[kʌp]	杯；*a cup of coffee* 一杯咖啡
dish	[dɪʃ]	盤；*a serving dish* 盛食物的盤子；*a dish of hot vegetables* 一盤熱蔬菜
fork	[fɔ:k]	叉；*knives and forks* 刀叉
glass	[glɑ:s]	玻璃杯
jug	[dʒʌg]	（有柄的）的壺；罐；*a milk jug* 奶罐
knife *(PL)* **knives**	[naɪf] [naɪvz]	刀；*a sharp / blunt knife* 鋒利的/鈍的刀子
mug	[mʌg]	大杯；*a mug of coffee* 一大杯咖啡
napkin	['næpkɪn]	紙巾
plate	[pleɪt]	盤；*a plate of sandwiches* 一盤三文治
saucer	['sɔ:sə]	茶碟
spoon	[spu:n]	勺；*a serving spoon* 公用勺
straw	[strɔ:]	吸管
teapot	['ti:pɒt]	茶壺

EXAMPLES 例句

Put the soup in a <u>bowl</u>. 把湯倒進碗裏。

Maisie was drinking juice with a <u>straw</u>. 梅西用吸管喝果汁。

| **teaspoon** | ['ti:spun] | 茶匙 |

CAFÉS AND RESTAURANTS 咖啡館和餐館

à la carte	[ˌɑː lɑː 'kɑːt]	按單點菜
bar	[bɑː]	酒吧
bill	[bɪl]	賬單（AmE. **check**）
café	[kæfeɪ]	咖啡館
check (AmE.)		一見 **bill**
chef	[ʃef]	廚師
menu	['menjuː]	菜單
order	['ɔːdə]	所點的菜餚或飲料
pub	[pʌb]	酒吧；go to the pub 去酒吧
restaurant	['restərɒnt]	餐館
service	['sɜːvɪs]	服務；give / get good / poor service 提供服務；得到好的/糟糕的服務
tip	[tɪp]	小費
waiter	['weɪtə]	男服務員
waitress	['weɪtrəs]	女服務員
wine list	['waɪn lɪst]	酒單

EXAMPLES 例句

Can we have the <u>bill</u> please? 請結賬。

Is <u>service</u> included in the price? 這價格包括服務費嗎？

I gave the waiter a <u>tip</u>. 我給了服務員小費。

The <u>waitress</u> brought our food and said, 'Enjoy your meal!'
女服務員給我們端來了食物並説："請慢用！"

EXPERIENCING FOOD 對食物的感受

flavour	['fleɪvə]	味道
hunger	['hʌŋgə]	餓
smell	[smel]	氣味；*a lovely smell* 好聞的味道
taste	[teɪst]	**1** 味道；*the taste of chocolate* 朱古力味道；*a horrible taste* 難吃的味道 **2** 試味時嚐的少許；*Have a taste of this.* 吃點這個吧。
thirst	[θɜ:st]	口渴

MEALS AND PARTS OF MEALS 一日三餐

breakfast	['brekfəst]	早餐；*have breakfast* 吃早餐
course	[kɔ:s]	一道菜；*a three-course meal* 有三道菜的正餐
dessert	[dɪ'zɜ:t]	甜品
dinner	['dɪnə]	晚餐；*have dinner* 吃晚餐；*invite someone for dinner* 請某人吃晚餐
lunch	[lʌntʃ]	午餐；*have lunch* 吃午餐
main course	[meɪn kɔ:s]	主菜
meal	[mi:l]	**1** 一餐飯　**2** 一餐所吃的食物
starter	['stɑ:tə]	前菜；開胃小吃

EXAMPLES 例句

I added some pepper for extra flavour. 我加了點胡椒粉調味。

There was a horrible smell in the fridge. 雪櫃裏有一股惡臭。

I just love the smell of freshly baked bread. 我就是喜歡新出爐麵包的氣味。

The meal consisted of chicken, rice and vegetables. 這餐飯有雞肉、米飯和蔬菜。

sweet	[swiːt]	同 **dessert**
tea	[tiː]	茶點

VERBS 動詞

drink	[drɪŋk]	**1** 喝；*drink some water* 喝水
		2 喝酒；*I don't drink.* 我不喝酒。
eat	[iːt]	吃
order	[ˈɔːdə]	點菜
serve	[sɜːv]	提供；*A waiter served us.*
		一名服務員為我們提供服務。
smell	[smel]	**1** 有⋯氣味；*That cake smells delicious.*
		那塊蛋糕聞起來很香。
		2 聞到；*I can smell garlic.* 我能聞到蒜的氣味。
swallow	[ˈswɒləʊ]	吞下
taste	[teɪst]	**1** 有⋯味道；*It tastes of lemons.* 有檸檬的味道。
		2 嚐；*Taste the soup.* 嚐嚐湯的味道。
		3 嚐出；*Can you taste the garlic?*
		你能嚐出蒜的味道嗎？

EXAMPLES 例句

Noah <u>served</u> me coffee and chocolate cake. 挪亞給我端來了咖啡和朱古力蛋糕。

That <u>smells</u> good! 聞起來好香啊！

Polly took a bite of the apple and <u>swallowed</u> it. 葆莉咬了一口蘋果便吞下去了。

The water <u>tasted</u> of metal. 水有一股金屬的味道。

Don't add salt until you've <u>tasted</u> the food. 在你品嚐食物之前不要放鹽。

The pizza <u>tastes</u> delicious. 薄餅很好吃。

(ADJECTIVES 形容詞)

canned *(AmE.)*		一見 **tinned**
delicious	[dɪˈlɪʃəs]	美味的
disgusting	[dɪsˈɡʌstɪŋ]	令人厭惡的
fizzy	[ˈfɪzi]	起泡的
fresh	[freʃ]	新鮮的；*fresh vegetables* 新鮮蔬菜
frozen	[ˈfrəʊzən]	冷凍的；*frozen vegetables* 冷凍蔬菜
hungry	[ˈhʌŋɡri]	饑餓的
juicy	[ˈdʒuːsi]	多汁的
off	[ɒf]	變質的；*gone off* 變質了
organic	[ɔːˈɡænɪk]	有機的
raw	[rɔː]	生的；*raw fish* 生魚
salty	[ˈsɔːlti]	鹹的
savoury	[ˈseɪvəri]	鹹味的
sour	[ˈsaʊə]	**1** 酸的　**2** 變質的；*sour milk* 變質的牛奶
stale	[steɪl]	不新鮮的；*stale bread* 不新鮮的麵包
sweet	[swiːt]	甜的
thirsty	[ˈθɜːsti]	渴的
tinned	[tɪnd]	罐裝的；*tinned tomatoes* 罐裝番茄 (*AmE.* **canned**)

(PHRASES 短語)

Can I take your order?	您要點菜嗎？
Cheers!	乾杯！
Enjoy your meal!	請慢用！
Is everything all right?	味道好嗎？

Friends and family 朋友和家人

NOUNS 名詞

acquaintance	[ə'kweɪntəns]	認識的人
adult	['ædʌlt]	成年人
aunt	[ɑ:nt]	姑;姨;伯母;嬸;舅母
aunty	['ɑ:nti]	**inf aunt**
baby	['beɪbi]	嬰兒
baby boy	[beɪbi 'bɔɪ]	男嬰
baby girl	[beɪbɪ 'gɜ:l]	女嬰
bachelor	['bætʃələ]	單身漢
boy	[bɔɪ]	男孩
boyfriend	['bɔɪfrend]	男朋友
brother	['brʌðə]	兄;弟
brother-in-law	['brʌðərin ˌlɔ:]	姐夫;妹夫
child	[tʃaɪld]	**1** 兒童　**2** 子女
Christian name	['krɪstʃən neɪm]	同 **first name**
couple	['kʌpəl]	夫婦
cousin	['kʌzən]	同輩表親（或堂親）
dad	[dæd]	**inf 1** 爸爸;*This is my dad.* 這是我爸爸。 **2** 對爸爸的稱呼語;*Hi, Dad!* 嗨，爸爸！
daughter	['dɔ:tə]	女兒
daughter-in-law	['dɔ:tərɪn ˌlɔ:]	兒媳婦

EXAMPLES 例句

He was just a casual <u>acquaintance</u>. 他只是泛泛之交。

I'm going to stay with my <u>aunty</u> during the holidays. 假期我要去我姨媽家。

Hannah is going to have a <u>baby</u>. 漢娜馬上要生孩子了。

Congratulations on the birth of your <u>baby boy</u>! 恭喜你生了個兒子！

Do you have any <u>brothers</u> or sisters? 你有兄弟姊妹嗎？

I have one <u>brother</u> and one sister. 我有一個哥哥和一個姐姐。

family	['fæmɪli]	家庭
father	['fɑːðə]	父親
father-in-law	['fɑːðərɪnˌlɔː]	公公；岳父
fiancé	[fi'ɒnseɪ]	未婚夫
fiancée	[fi'ɒnseɪ]	未婚妻
first name	['fɜːst neɪm]	名字
friend	[frend]	朋友
girl	[gɜːl]	女孩
girlfriend	['gɜːlfrend]	女朋友
grandchild	['grændtʃaɪld]	（外）孫子；（外）孫女
granddaughter	['grændɔːtə]	（外）孫女
grandfather	['grænfɑːðə]	（外）祖父
grandma	['grænmɑː]	**inf 1** （外）祖母；奶奶；外婆； *My grandma lives with us.* 我祖母跟我們住在一起。 **2** 對奶奶、外婆的稱呼語； *Look, Grandma!* 奶奶，看！
grandmother	['grænmʌðə]	（外）祖母
grandpa	['grænpɑː]	**inf 1** 爺爺；外公； *My grandpa is nearly 70.* 我爺爺快 70 歲了。 **2** 對爺爺、外公的稱呼語； *Hello, Grandpa!* 喂，爺爺！
grandparents	['grænpeərənts]	（外）祖父母
grandson	['grændsʌn]	孫子；外孫
grown-up	['grəʊnʌp]	成年人
husband	['hʌzbənd]	丈夫
maiden name	['meɪdən neɪm]	娘家姓

EXAMPLES 例句

May I introduce my fiancée, Cheryl Ferguson?
請允許我介紹一下我的未婚妻，些麗兒・弗格森小姐。

How many grandchildren have you got? 你有幾個孫兒呢？

I visit my grandma every weekend. 每個週末我都要去看我奶奶。

My grandmother is dead. 我奶奶死了。

mother	['mʌðə]	母親
mother-in-law	['mʌðərɪn‚lɔ]	岳母；婆婆
mum	[mʌm]	**inf 1** 媽媽；*This is my mum.* 這是我媽媽。 **2** 對媽媽的稱呼語； *Can I go out, Mum?* 我能出去嗎？媽媽？
name	[neɪm]	名字
neighbour	['neɪbə]	鄰居
nephew	['nefjuː]	姪子；外甥
nickname	['nɪkneɪm]	綽號；昵稱
niece	[niːs]	姪女；外甥女
old age	[əʊld 'eɪdʒ]	老年
only child	['əʊnli tʃaɪld]	獨生子女
orphan	['ɒːfən]	孤兒
parents	['peərənts]	父母
relative	['relətɪv]	親戚
single man	[‚sɪŋgl 'mæn]	單身男人
single parent	[‚sɪŋgl 'peərənt]	單親
single woman	[‚sɪŋgl 'wʊmən]	單身女人
sister	['sɪstə]	姐姐（或妹妹）
sister-in-law	['sɪstərɪn'lɔː]	小姑；小姨

EXAMPLES 例句

'What is your <u>name</u>?' – 'Daniela.' " 你叫甚麼名字呢？" "丹妮拉。"

His <u>name</u> is Paolo. 他叫保拉。

I am an <u>only child</u>. 我是獨生子女。

I get on well with my <u>parents</u>. 我跟我父母相處愉快。

I don't have any brothers or <u>sisters</u>. 我沒有兄弟姊妹。

My elder <u>sister</u> is at university. 我姐姐在讀大學。

son	[sʌn]	兒子
son-in-law	['sʌnɪnˌlɔ:]	女婿
stepbrother	['stepbrʌðə]	繼兄；繼弟
stepdaughter	['stepdɔ:tə]	繼女
stepfather	['stepfɑ:ðə]	繼父
stepmother	['stepmʌðə]	繼母
stepsister	['stepsɪstə]	繼姐；繼妹
stepson	['stepsʌn]	繼子
surname	['sɜ:neɪm]	姓
teenager	['ti:neɪdʒə]	青少年
triplets	['trɪpləts]	三胞胎
twins	[twɪnz]	雙胞胎
uncle	['ʌŋkəl]	叔伯
widow	['wɪdəʊ]	寡婦
widower	['wɪdəʊə]	鰥夫
wife	[waɪf]	妻子

VERBS 動詞

adopt	[ə'dɒpt]	領養；*adopt a child* 領養一個孩子

EXAMPLES 例句

I have three stepsisters. 我有三個繼姐妹。

'What is your surname?' – 'Smith.' "你姓甚麼呢？" "史密夫。"

My father is a widower. 我父親是一個鰥夫。

be born		出生
break up		**1** 分手；*Marianne and Pierre broke up last year.* 瑪芮安妮和皮埃爾去年分了手。
		2 破裂：*Their marriage broke up.* 他們的婚姻破裂了。
		3 與某人分手；*I've broken up with Jamie.* 我和傑米分了手。
die	[daɪ]	死亡
divorce	[dɪˈvɔːs]	離婚
fall out		**1** 爭吵；*We fell out.* 我們發生爭吵了。
		2 和某人爭吵： *Chris fell out with Mike.* 克麗絲和邁克爭吵了。
foster	[ˈfɒstə]	領養；*foster a child* 領養一個孩子
get divorced		離婚
get married		**1** 結婚： *John and Linda got married.* 約翰和蓮達結了婚。 **2** 嫁；娶： *John got married to Linda.* 約翰娶了蓮達。
live	[lɪv]	生存；*live to the age of 94* 活到 94 歲
marry	[ˈmæri]	和某人結婚

EXAMPLES 例句

I was born in 1990. 我 1990 年出生。

She died in 1995. 她 1995 年去世。

I fell out with my girlfriend last week, but we've made up now.
上週我和女朋友爭吵了，不過現在我們已和好了。

She married David Nichols in 2008. 她 2008 年嫁給了大衛・尼古拉斯。

give birth	生孩子
go out with someone	跟某人約會
grow up	成長
make friends	**1** 交朋友　**2** 與某人交朋友
make up	和解
split up	同 **break up**

(ADJECTIVES 形容詞)

dead	[ded]	死的
divorced	[dɪˈvɔːst]	離婚的
engaged	[ɪnˈgeɪdʒd]	訂婚的
grown-up	[grəʊnˈʌp]	長大的
married	[ˈmærid]	已婚的
pregnant	[ˈpregnənt]	懷孕的
separated	[ˈsepəreɪtɪd]	分居的
single	[ˈsɪŋgəl]	單身的

EXAMPLES 例句

'Are you <u>going out with</u> John?' – 'No; we're just good friends.'
"你和約翰在約會嗎？" "不，我們只是好朋友。"

I <u>grew up</u> in France. 我在法國長大。

I've just <u>split up</u> with my boyfriend. 我剛和我男朋友分手。

My parents are <u>divorced</u>. 我父母離了婚。

IDIOMS 慣用語

get on like a house on fire	一見如故
go back a long way	彼此熟悉
just good friends	（無戀愛關係）只是好朋友
your nearest and dearest	最親近的人
something runs in the family	一家人都有（品質、習慣等）
a tower of strength	可依靠的人
you would not give someone the time of day	不喜歡某人

EXAMPLES 例句

Singing runs in the family. 這家人都愛唱歌。

Judith was a tower of strength when my mum died.
我媽媽去世後，祖蒂絲就是依靠。

Fruit, nuts and vegetables 水果、堅果和蔬菜

NOUNS 名詞

FRUIT 水果

apple	[ˈæpəl]	蘋果；*apple pie* 蘋果批；*cooking apples* 煮熟的蘋果
apricot	[ˈeɪprɪkɒt]	杏；*apricot jam* 杏醬
avocado	[ˌævəˈkɑːdəʊ]	牛油果
banana	[bəˈnɑːnə]	香蕉；*a bunch of bananas* 一串香蕉
berry	[ˈberi]	莓
cherry	[ˈtʃeri]	車厘子
coconut	[ˈkəʊkənʌt]	**1** 椰子　**2** 椰蓉
date	[deɪt]	棗
fig	[fɪg]	無花果
fruit	[fruːt]	水果；*a piece of fruit* 一個水果；*fresh fruit and vegetables* 新鮮水果和蔬菜
grapefruit	[ˈgreɪpfruːt]	葡萄柚；西柚
grapes	[greɪps]	提子；*a bunch of grapes* 一串提子
lemon	[ˈlemən]	檸檬
mango	[ˈmæŋgəʊ]	芒果；*a mango smoothie* 芒果冰沙

EXAMPLES 例句

I always have a piece of <u>fruit</u> in my lunchbox. 我總在午餐盒裏放一個水果。

He squeezed the <u>lemon</u> over his fish. 他把檸檬汁擠在魚肉上。

I like a slice of <u>lemon</u> in my tea. 我喜歡在茶裏放一片檸檬。

melon	['melən]	瓜
nectarine	['nektəri:n]	蜜桃
orange	['ɒrɪndʒ]	橙
peach	[pi:tʃ]	桃
pear	[peə]	梨
peel	[pi:l]	果皮
pineapple	['paɪnæpəl]	菠蘿
pip	[pɪp]	種子
plum	[plʌm]	布林；李子；梅子
raisin	['reɪzən]	提子乾
raspberry	['rɑ:zbəri]	紅桑子；*raspberry jam* 紅桑子醬
rhubarb	['ru:bɑ:b]	大黃
skin	[skɪn]	皮
stone	[stəʊn]	果核；*a cherry stone* 車厘子核
strawberry	['strɔ:bəri]	士多啤梨；*strawberries and cream* 士多啤梨配忌廉

EXAMPLES 例句

I'd like a kilo of <u>oranges</u>, please. 請給我一公斤橙。

It was a very sweet and juicy <u>pear</u>. 這梨又甜又多汁。

Can I have half a kilo of <u>plums</u>, please? 請給我稱半公斤李子。

tomato	[təˈmɑːtəʊ]	番茄
		sliced / chopped tomatoes 番茄片/番茄丁；
		sun-dried tomatoes 番茄乾；
		tomato sauce / soup / juice 番茄醬/湯/汁；
		tomato puree / paste 番茄泥/醬；
		tomato ketchup 番茄汁

NUTS 堅果

brazil nut	[brəˈzɪl nʌt]	巴西堅果
cashew nut	[kæˈʃuːnʌt]	腰果
chestnut	[ˈtʃestnʌt]	栗子；*roasted chestnuts* 炒熟的板栗
hazelnut	[ˈheɪzəlnʌt]	榛子
peanut	[ˈpiːnʌt]	花生；*a packet of salted peanuts* 一袋鹽焗花生
walnut	[ˈwɔːlnət]	核桃

VEGETABLES 蔬菜

aubergine	[ˌəʊbəˈʒiːn]	茄子（*AmE.* **eggplant**）
beans	[ˈbiːnz]	豆；
		baked beans 番茄醬烘豆；　*green beans* 四季豆；
		broad beans 蠶豆；　*soya beans* 大豆
beet (*AmE.*)		一見 **beetroot**
beetroot	[biːtruːt]	甜菜根；*pickled beetroot* 醃甜菜根（*AmE.* **beet**）
broccoli	[ˈbrɒkəli]	綠菜花
cabbage	[ˈkæbɪdʒ]	包心菜
red cabbage		紅色的包心菜；*spring cabbages* 春甘藍
carrot	[ˈkærət]	甘筍；*grated carrot* 磨成絲的甘筍；
		raw carrot 生甘筍；*carrot cake* 甘筍蛋糕

EXAMPLE 例句

Add the fruit and sprinkle with the chopped <u>hazelnut</u>. 加水果後再撒上榛子末。

cauliflower	['kɒliflaʊə]	花椰菜； *cauliflower cheese* 芝士椰菜菜花
celery	['seləri]	芹菜；*a stick of celery* 一根芹菜； *celery sticks / stalks* 芹菜條/莖
courgette	[kʊə'ʒet]	翠玉瓜（*AmE.* **zucchini**）
cucumber	['kju:kʌmbə]	青瓜；*sliced cucumber* 青瓜片； *tomatoes and cucumber* 番茄和青瓜； *cucumber sandwiches* 青瓜三明治
eggplant *(AmE.)*		一見 **aubergine**
garlic	['gɑːlɪk]	蒜；*garlic bread* 蒜蓉麵包； *chopped / crushed garlic* 蒜末/蓉
herb	[hɜ:b]	香草；*dried / fresh herbs* 乾香草/新鮮香草； *mixed herbs* 混合香草
leek	[li:k]	韭葱
lentils	['lentɪlz]	小鷹嘴豆；*red / green lentils* 紅/綠鷹嘴豆； *lentil soup* 鷹嘴豆湯
lettuce	['letɪs]	生菜；*lettuce leaves* 生菜葉子
mushroom	['mʌʃru:m]	蘑菇；*sliced mushrooms* 蘑菇片； *wild mushrooms* 野生蘑菇； *button mushrooms* 草菇
olive	['ɒlɪv]	橄欖；*olive oil* 橄欖油； *green / black olives* 青/黑橄欖
onion	['ʌnjən]	洋葱；*sliced / chopped onion* 洋葱條/末； *fried onion* 煎洋葱；*red onions* 紅洋葱； *pickled onions* 醃洋葱

EXAMPLES 例句

When the oil is hot, add a clove of <u>garlic</u>. 油熱了再爆一瓣蒜。

Fry the mushrooms in a little <u>olive</u> oil and add the chopped herbs.
用一點橄欖油把蘑菇煎一下，然後加一點香草末。

parsley	['pɑ:sli]	荷蘭芹；*chopped parsley* 荷蘭芹末
peas	[pi:z]	豌豆；*frozen green peas* 冷凍豌豆
pepper	['pepə]	辣椒；*chopped / roasted peppers* 辣椒末；烤辣椒；*sweet / chilli peppers* 甜辣椒
potato	[pə'teɪtəʊ]	馬鈴薯；*roast potatoes* 烘馬鈴薯；*baked jacket potatoes* 焗/帶皮焗的馬鈴薯；*mashed / boiled / fried potatoes* 馬鈴薯泥，煮/煎馬鈴薯
pumpkin	['pʌmpkɪn]	南瓜；*pumpkin seeds* 南瓜子；*pumpkin pie* 南瓜批；*pumpkin soup* 南瓜湯
spinach	['spɪnɪdʒ]	菠菜
squash	[skwɒʃ]	（南瓜屬的）瓜（包括南瓜、翠玉瓜、西葫蘆）
sweetcorn	['swi:tkɔ:n]	甜玉米
turnip	['tɜ:nɪp]	蕪菁；蘿蔔
vegetable	['vedʒtəbəl]	蔬菜；*roasted vegetables* 烤蔬菜；*fruit and vegetables* 水果和蔬菜；*vegetable oil* 熟菜油
zucchini *(AmE.)*		一見 **courgette**

ADJECTIVES 形容詞

ripe	[raɪp]	成熟的
vegetarian	[ˌvedʒɪ'teəriən]	素食的；*a vegetarian diet / dish /meal* 素食/菜/餐

EXAMPLES 例句

Thinly slice two red or green <u>peppers</u>. 把兩個紅椒或者青椒切成薄片。

Choose firm but <u>ripe</u> fruit. 要選硬而成熟的水果。

Health 健康

(NOUNS 名詞)

accident	[ˈæksɪdənt]	事故
A&E (Accident & Emergency)	[eɪ ənd'iː]	急診室
ache	[eɪk]	疼痛
AIDS	[eɪdz]	愛滋病
ambulance	[ˈæmbjʊləns]	救護車；*call an ambulance* 叫救護車
appointment	[əˈpɔɪntmənt]	預約
aspirin	[ˈæspɪrɪn]	阿司匹靈；*take an aspirin* 吃一片阿司匹靈
bandage	[ˈbændɪdʒ]	繃帶
bruise	[bruːz]	青腫
cancer	[ˈkænsə]	癌症
chickenpox	[ˈtʃɪkɪnpɒks]	水痘
cold	[kəʊld]	感冒

EXAMPLES 例句

The boy was injured in an <u>accident</u> at a swimming pool.
男孩在泳池裏意外受了傷。

She made an <u>appointment</u> with her doctor. 她和醫生約好了時間。

How did you get that <u>bruise</u> on your arm? 你上臂上那瘀傷是怎麼來的？

She was diagnosed with breast <u>cancer</u>. 她被診斷患上乳癌。

I've got a <u>cold</u>. 我感冒了。

condom	['kɒndɒm]	避孕套；*use a condom* 用避孕套
cough	[kɒf]	咳嗽
crutch	[krʌtʃ]	腋杖
dentist	['dentɪst]	牙醫
the dentist's	[ðə 'dentɪsts]	牙科診所
diarrhoea	[ˌdaɪə'riːə]	腹瀉
diet	['daɪət]	日常飲食；*a balanced diet* 均衡飲食；*a healthy diet* 健康飲食
doctor	['dɒktə]	醫生
the doctor's	[ðə 'dɒktəz]	診所
drug	[drʌg]	藥物
earache	['ɪəreɪk]	耳痛
first aid kit	[fɜːst 'eɪd kɪt]	急救藥箱
flu	[fluː]	流行性感冒
germ	[dʒɜːm]	病菌
headache	['hedeɪk]	頭痛
health	[helθ]	健康；*in good health* 身體狀況良好；*health problems* 健康問題

EXAMPLES 例句

I've got a bad <u>cough</u>. 我咳嗽很嚴重。

I can walk without <u>crutches</u> now. 我現在可不用腋杖走路。

I'm going to <u>the dentist's</u> after work. 下班後我要去牙科診所。

I went to <u>the doctor's</u> today. 今天我去看病了。

This chemical is used for killing <u>germs</u>. 這種化學品是用來殺菌的。

I've got a <u>headache</u>. 我頭痛。

heart attack	[hɑːt ə,tæk]	心臟病發作；
		have a heart attack 有一次心臟病發作
hospital	['hɒspɪtəl]	醫院
illness	['ɪlnɪəs]	**1** 患病期　**2** 病症
injection	[ɪn'dʒekʃən]	注射；*have an injection* 打針
measles	['miːzəlz]	麻疹
medicine	['medsən]	**1** 醫學；*a career in medicine* 醫療事業
		2 藥；*take medicine* 吃藥
nurse	[nɜːs]	護士
ointment	['ɔɪntmənt]	軟膏
operation	[,ɒpə'reɪʃən]	手術
pain	[peɪn]	疼痛；*chest / back pain* 胸/背痛
patient	['peɪʃənt]	接受治療者；病人
pharmacy	['fɑːməsi]	藥房
pill	[pɪl]	藥丸；*take a pill* 吃藥
plaster	['plɑːstə]	護創膠布

EXAMPLES 例句

She is recovering from a serious <u>illness</u>. 她大病一場，正在康復。

He was away from work because of <u>illness</u>. 由於生病，他不得不離開工作崗位。

The <u>medicine</u> saved his life. 這種藥救了他的命。

Where do you feel the <u>pain</u>? 你覺得哪裏痛？

poison	['pɔɪzən]	毒藥
pregnancy	['pregnənsi]	懷孕
prescription	[prɪ'skrɪpʃən]	處方
pulse	[pʌls]	脈搏
scar	[skɑː]	傷疤
scratch	[skrætʃ]	刮傷
sling	[slɪŋ]	懸帶
sore throat	[sɔː 'θrəut]	喉嚨疼
splinter	['splɪntə]	碎片
spoonful	['spuːnfəl]	一匙之量；*a spoonful of medicine* 一匙藥
stomach-ache	['stʌmək eɪk]	胃痛
stress	[stres]	壓力；*suffer from stress* 承受壓力
sunburn	['sʌnbɜːn]	曬傷；*suffer sunburn* 被曬傷
surgery	['sɜːdʒəri]	外科手術；*knee surgery* 膝蓋手術； *heart surgery* 心臟手術

EXAMPLES 例句

We keep a record of your weight gain during <u>pregnancy</u>.
懷孕期間，我們會為您記錄體重增加情況。

Press very gently until you can feel the <u>pulse</u>. 輕輕壓，直到你能感覺到脈搏。

She's got her arm in a <u>sling</u>. 她用懸帶吊着手臂。

I've got a <u>sore throat</u>. 我喉嚨疼。

I've got a <u>splinter</u> in my toe. 我腳趾扎進一塊尖碎片。

I've got a <u>stomach-ache</u>. 我胃痛。

I had a terrible <u>stomach-ache</u>. 我胃痛得厲害。

It will need <u>surgery</u>. 需要做外科手術。

tablet	['tæblət]	藥片；*take a sleeping tablet* 吃一片安眠藥
temperature	['temprətʃə]	體溫
thermometer	[θə'mɒmɪtə]	體溫計
wheelchair	['wi:ltʃeə]	輪椅
wound	[wu:nd]	傷；*head wounds* 頭傷
X-ray	['eksreɪ]	1 X 光檢查；*have an X-ray* 進行 X 光檢查 2 X 光照片

VERBS 動詞

be ill		生病
be on a diet		節食
bleed	[bli:d]	流血
break	[breɪk]	骨折
breathe	[bri:ð]	呼吸
bruise	[bru:z]	瘀傷
burn	[bɜ:n]	燙傷

EXAMPLES 例句

The baby's <u>temperature</u> continued to rise. 孩子的體溫還在上升。

The <u>wound</u> is healing well. 傷口癒合得很好。

I <u>was</u> too <u>ill</u> to go to work. 我病了，不能上班。

His nose was <u>bleeding</u> heavily. 他鼻子流了很多血。

He's <u>broken</u> his arm. 他摔斷了手臂。

I've <u>burnt</u> myself. 我燙傷了自己。

catch cold / 　catch a cold		感冒
cough	[kɒf]	咳嗽
cure	[kjʊə]	治癒
cut	[kʌt]	刮破
die	[daɪ]	死亡
faint	[feɪnt]	昏厥
feel better		感覺好點
feel sick		噁心
get better		好轉
have a 　temperature		發燒
hurt	[hɜːt]	疼痛
itch	[ɪtʃ]	癢
look after 　someone		照料某人
lose weight		減肥
pass out		暈倒
put on weight		增肥
rest	[rest]	休息
scratch	[skrætʃ]	抓

EXAMPLES 例句

Dry your hair so you don't <u>catch cold</u>. 擦乾你的頭髮，這樣就不會感冒。

I <u>cut</u> my finger when I was preparing vegetables. 我做菜時切傷了手指。

He is <u>feeling</u> much <u>better</u> today. 他今天感覺好多了。

The thought of food made him <u>feel sick</u>. 一想到食物他就覺得很噁心。

Doctors have said that he may not <u>get better</u>. 醫生説他好不起來了。

I fell over and <u>hurt</u> myself. 我摔傷了。

Ouch! That <u>hurts</u>! 哎呦！好痛！

I <u>put on</u> a lot of <u>weight</u> and my symptoms got worse.
我長胖了很多，病徵越來越重。

sneeze	[sniːz]	打噴嚏
take someone's temperature		量體溫
treat	[triːt]	醫治
twist	[twɪst]	扭傷
vomit	['vɒmɪt]	嘔吐

(ADJECTIVES 形容詞)

bleeding	['bliːdɪŋ]	流血的；*bleeding gums* 牙齦出血
cold	[kəʊld]	冷的
feverish	['fiːvərɪʃ]	發燒的
fit	[fɪt]	健康的；健壯的；*keep fit* 保持健康
healthy	['helθi]	**1** 健康的　**2** 有益健康的
ill	[ɪl]	不舒服的
injured	['ɪndʒəd]	受傷的
in plaster	[in 'plɑːstə]	打着石膏的
off sick	[ɔf 'sɪk]	生病沒上班
painful	['peɪnfʊl]	疼痛的；*painful joints* 關節痛
pregnant	['pregnənt]	懷孕的

EXAMPLES 例句

Doctors treated the boy for a minor head wound. 醫生給那男孩治療頭上的小傷。

He twisted an ankle playing football. 他踢足球時扭了腳踝。

The headache was accompanied by nausea and vomiting. 頭痛伴隨着噁心和嘔吐。

People need to exercise to be healthy. 人需要鍛煉保持健康。

Try to eat a healthy diet. 盡量吃健康食物。

No one was seriously injured. 無人受重傷。

I had my arm in plaster for two months. 我手臂打了兩個月的石膏。

sick	[sɪk]	生病的；*a sick child* 生病的孩子
sore	[sɔ:]	酸痛的
sweaty	['sweti]	汗水濕透的
tired	['taɪəd]	疲倦的
uncomfortable	[ʌn'kʌmfətəbəl]	使人不舒服的
unconscious	[ʌn'kɒnʃəs]	無知覺的
wounded	['wu:ndɪd]	受傷的

IDIOMS 慣用語

(as) right as rain	痊癒
off-colour	精神不振的；*feel off-colour* 感覺精神不振
on the mend	正在康復
under the weather	不舒服的

EXAMPLES 例句

I sometimes feel <u>uncomfortable</u> after eating in the evening.
我有時吃過晚飯後感覺不舒服。

The baby had been poorly but seemed to be <u>on the mend</u>.
孩子身體不適，但似乎正在好起來。

I was still feeling a bit <u>under the weather</u>. 我仍覺得不舒服。

Hotels 酒店

NOUNS 名詞

alarm call	[ə'lɑ:m kɔ:l]	叫醒電話
baggage	['bægɪdʒ]	同 **luggage**
bar	[bɑ:]	酒吧；the hotel bar 旅館的酒吧間
bath	[bɑ:θ]	浴缸；I'd like a room with a bath. 我想住帶浴缸的房子。(AmE. **bathtub**)
bathroom	['bɑ:θru:m]	浴室
bathtub (AmE.)		→見 **bath**
bed and breakfast	[bed ənd 'brekfəst]	**1** 提供住宿加早餐的旅館 **2** 住宿加次日早餐
bellhop (AmE.)		→見 **porter**
bill	[bɪl]	賬單
breakfast	['brekfəst]	早餐
chambermaid	['tʃeɪmbəmeɪd]	打掃房間的女工
complaint	[kəm'pleɪnt]	抱怨；make a complaint 提出投訴
deposit	[dɪ'pɒzɪt]	押金

EXAMPLES 例句

Could I have an <u>alarm call</u> at 5.30 tomorrow morning, please?
明天早上 5 點半給我打個叫醒電話，好嗎？

Double rooms cost £180 per night for <u>bed and breakfast</u>.
雙人間（含早餐）每晚價格是 180 英鎊。

We stayed in a small <u>bed and breakfast</u> by the sea.
我們住在海邊一個提供住宿加早餐的旅館。

They paid the <u>bill</u> and left the hotel. 他們付了賬，離開了旅館。

What time is <u>breakfast</u> served? 幾點鐘提供早餐？

The <u>chambermaid</u> came to clean the room. 女工過來打掃房間。

No booking will be accepted unless the <u>deposit</u> is paid.
除非支付訂金，否則不接受預訂。

double room	[ˌdʌbəl 'ruːm]	雙人間
elevator (*AmE.*)		→見 **lift**
en-suite bathroom	[ɒn,swiːt 'bɑːθruːm]	與臥室配套的浴室
entrance	['en'trəns]	大門口；*the main entrance* 正門； *the hotel entrance* 酒店入口處
facilities	[fə'sɪlɪtiz]	設施
fire escape	['faɪə ɪ'skeɪp]	太平梯
floor	[flɔː]	樓層；*the ground / first / second / third floor* 第一／第二／第三／第四層
foyer	['fɔɪeɪ]	門廳
full board	[fʊl 'bɔːd]	全食宿
guest	[gest]	客人；*hotel guests* 旅館房客
guest house	['gest haʊs]	小旅館；*stay in a guest house* 住在小旅館
half board	[hɑːf 'bɔːd]	（不含午餐的）半食宿
hotel	[həʊ'tel]	酒店

EXAMPLES 例句

Would you like a single or a double room? 您要住單人房呢還是雙人房呢？

Every room has an en-suite bathroom. 每個房間都有與臥室配套的浴室。

The hotel has excellent sports facilities. 酒店有很好的運動設施。

All rooms have tea and coffee-making facilities.
所有房間都有泡茶、沖咖啡的器具。

Our hotel room was on the third floor. 我們的房間在酒店的三層。

The price includes six nights' full board. 這是 6 晚全食宿的價格。

Prices start from £121 per person for half board. 起步價是半食宿每人 121 英鎊。

Ali stayed the night in a small hotel near the harbour.
阿里在港口附近的一個小旅館過夜。

key	[ki:]	鑰匙
key card	['ki: ka:d]	房卡
lift	[lɪft]	電梯；*take / use the lift* 乘電梯（*AmE.* **elevator**）
luggage	['lʌgɪdʒ]	行李
manager	['mænɪdʒə]	經理；*a hotel manager* 酒店經理
minibar	['mɪniba:]	迷你吧
passport	['pɑ:spɔ:t]	護照
porter	['pɔ:tə]	行李員 （*AmE.* **bellhop**）
price	[praɪs]	價格
rate	[reɪt]	費用
reception	[rɪ'sepʃən]	接待處；前台
receptionist	[rɪ'sepʃənɪst]	接待員
restaurant	['restərɒnt]	餐館；*the hotel restaurant* 酒店餐廳
room	[ru:m]	房間

EXAMPLES 例句

Do you have any luggage? 您有行李嗎？

Is that price inclusive of VAT? 那個價格包括增值稅嗎？

The hotel offers a special weekend rate. 旅館提供週末優惠價。

I checked in at reception. 我在接待處辦理了入住手續。

I'd prefer a room overlooking the sea. 我要一間俯瞰大海的房間。

room number	['ru:m ˌnʌmbə]	房間號碼
room service	['ru:m ˌsɜ:vɪs]	客房送餐服務；*order room service* 要求客房送餐服務
safe	[seɪf]	保險箱
single room	['sɪŋgl ˌru:m]	單人房
stay	[steɪ]	停留期間
suitcase	['su:tkeɪs]	行李箱
swimming pool	['swɪmɪŋ pu:l]	泳池；*the hotel swimming pool* 酒店泳池
tip	[tɪp]	小費
twin room	[twɪn 'ru:m]	有兩張單人牀的房間
view	[vju:]	景色
youth hostel	['ju:θ ˌhɒstəl]	青年旅社

(VERBS 動詞)

book	[bʊk]	預訂
make a reservation		預訂房間
stay	[steɪ]	停留
tip	[tɪp]	給小費

EXAMPLES 例句

You are advised to deposit valuables in the hotel safe.
請將您的貴重物品存在酒店保險櫃裏。

Please contact the hotel reception if you have any problems during your stay.
在您停留期間如有任何問題，請聯繫酒店接待處。

He handed the bell boy a tip. 他付了小費給行李員。

From our hotel room we had a spectacular view of the sea.
從酒店房間我們可看到大海的壯麗景象。

I'd like to book a room. 我想預訂一個房間。

Samir made a reservation for two rooms at the hotel.
薩米爾預訂了酒店的兩間房間。

Wolfgang stayed at The Park Hotel, Milan. 沃爾夫岡住在米蘭的花園酒店。

Anna tipped the porter. 安娜付小費給服務員。

(ADJECTIVES 形容詞)

accessible	[æk'sesɪbəl]	可到達的
luxury	['lʌkʃəri]	豪華的；*a luxury hotel* 豪華酒店
three- / four- / **five- etc. star**		三/四/五星級的

(PHRASES 短語)

Do not disturb	請勿打擾
vacancies	空房

EXAMPLES 例句

The hotel is wheelchair <u>accessible</u>. 這是一家便利輪椅活動的酒店。

They own a <u>three-star</u> hotel. 他們擁有一家三星級酒店。

Houses and homes 房屋和家

(NOUNS 名詞)

accommodation [ə,kɒmə'deɪʃən]   住處；*rented accommodation* 租的住處

address [ə'dres]   地址；*postal address* 郵政地址

apartment (*mainly AmE.*)   一見 **flat**

apartment block (*mainly AmE.*)   一見 **block of flats**

attic ['ætɪk]   閣樓

balcony ['bælkəni]   陽台

basement ['beɪsmənt]   地下室；*a basement flat* 地下室套間

bathroom ['bɑ:θru:m]   浴室

bedroom ['bedru:m]   卧室

block of flats [blɒk əv 'flæts]   公寓大樓 （*AmE.* **apartment blcok**）

building ['bɪldɪŋ]   建築物；*an office building* 辦公大樓

ceiling ['si:lɪŋ]   天花板；*low / high ceilings* 低/高天花板

cellar ['selə]   地下室；*a wine cellar* 酒窖

chimney ['tʃɪmni]   煙囪

conservatory [kən'sɜ:vətri]   溫室

cottage ['kɒtɪdʒ]   小屋

detached house [dɪ'tætʃt ,haʊs]   獨立房屋

dining room ['daɪnɪŋ ru:m]   餐廳

EXAMPLES 例句

Please give your full name and <u>address</u>. 請提供您的全名和住址。

'What's your <u>address</u>?' – 'It's 24 Cherry Road, Cambridge, CB1 5AW.'
"您的地址是甚麼呢？" "劍橋櫻桃路 24 號，CB1 5AW。"

door	[dɔː]	門
doorbell	['dɔːbel]	門鈴
doorstep	['dɔːstep]	門階
driveway	['draɪvweɪ]	車道
elevator (*AmE.*)		→見 **lift**
entrance	['entrəns]	入口；進口
estate agent	[ɪ'steɪt ˌeɪdʒənt]	房地產經紀人（*AmE.* **realtor**）
flat	[flæt]	一套房間；公寓（*AmE.* **apartment**）
floor	[flɔː]	**1** 地板
		2 樓層：*the ground / first / second floor* 第一／二／三層
front door	[frʌnt'dɔː]	正門
garage	['gærɑːʒ]	車庫
garden	['gɑːdən]	花園：*the front / back garden* 前／後花園（*AmE.* **yard**）
gate	[geɪt]	大門
hall	[hɔːl]	門廳
home	[həʊm]	家

EXAMPLES 例句

I knocked at the front <u>door</u>, but there was no answer.
我敲門，但沒有人應門。

The <u>doorbell</u> rang. 門鈴響了。

I went and sat on the <u>doorstep</u>. 我走過去坐在門階上。

They are renting a two-bedroom <u>flat</u>. 他們正在出租一套兩室的公寓房。

There were no seats, so we sat on the <u>floor</u>. 沒有座位，因此我們就坐在地板上。

The bathroom was on the second <u>floor</u>. 浴室在第三層。

They have a lovely <u>home</u> in the Scottish countryside.
他們在蘇格蘭的鄉村有一處美麗的住所。

house	[haʊs]	房屋
kitchen	['kɪtʃɪn]	廚房
landing	['lændɪŋ]	樓梯平台
landlady	['lændleɪdi]	女房東
landlord	['lændlɔ:di]	房東
lavatory	['lævətri]	**FORMAL** 洗手間
lift	[lɪft]	電梯　（*AmE.* **elevator**）
living room	['lɪvɪŋ ru:m]	客廳
owner	['əʊnə]	物主 *property owners* 業主
patio	['pɑ:tiəʊ]	露台
porch	[pɔ:tʃ]	門廊
property	['propəti]	地產 *buy / sell property* 購買/出售地產；*private property* 私有房產
realtor (*AmE.*)		→見 **estate agent**
rent	[rent]	租金
roof	[ru:f]	屋頂
room	[ru:m]	房間
semi-detached house	[semidi'tætft ,haʊs]	半獨立式房屋
shutters	['ʃʌtəz]	活動護窗；*open / close the shutters* 打開/關上護窗

EXAMPLES 例句

I live in a three-bedroom <u>house</u>. 我住三居室的房子裏。

I'm having a party at my <u>house</u> tomorrow night. 明晚我在家裏舉行派對。

We have meals on the <u>patio</u> in the summer. 夏天我們在露台上吃飯。

She worked hard to pay the <u>rent</u> on the flat. 她努力工作，賺錢支付公寓的租金。

sitting room	['sɪtɪŋ ru:m]	同 **living room**
spare room	[speə 'ru:m]	客房
stairs	[steəz]	樓梯；*climb the stairs* 爬樓梯
step	[step]	台階；*go up / down the steps* 上/下台階
storey	['stɔ:ri]	樓層；*the top storey* 頂層
study	['stʌdi]	書房
tenant	['tenənt]	房客
terraced house	[terɪst 'haʊs]	排房
wall	[wɔ:l]	牆
window	['windəʊ]	窗戶
yard (AmE.)		→見 **garden**

VERBS 動詞

decorate	['dekəreɪt]	裝飾
live	[lɪv]	居住
move house		搬家
own	[əʊn]	擁有
rent	[rent]	租用

EXAMPLES 例句

Houses must not be more than two <u>storeys</u> high. 房子一定不要超過兩層。

They were <u>decorating</u> Claude's bedroom. 他們正在裝修克勞德的臥室。

Where do you <u>live</u>? 你住在哪裏？

When Dad got a new job, we had to <u>move house</u>.
爸爸找到一份新工作，我們不得不搬家。

He <u>owns</u> a flat in Paris. 他在巴黎有一套公寓。

She <u>rents</u> a house with three other women. 她和其他三個女人合租了一套房子。

ADJECTIVES 形容詞

downstairs	['daʊnsteəz]	樓下的；*a downstairs toilet* 樓下的廁所
furnished	['fɜ:nɪʃt]	配備傢具的；*a furnished flat* 帶傢具的公寓 *elegantly furnished rooms* 陳設講究帶傢具的房間
homeless	['həʊmləs]	無家的；*homeless people* 無家可歸的人
residential	[ˌrezɪ'denʃəl]	住宅的；*a residential area* 住宅區
upstairs	['ʌpsteəz]	樓上的；*an upstairs window* 樓上的窗戶

ADVERBS 副詞

at home	[ət 'həʊm]	在家
downstairs	[daʊn'steəz]	在樓下
home	[həʊm]	在家
next door	[nekst 'dɔ:]	在隔壁
upstairs	[ʌp'steəz]	在樓上

PHRASES 短語

Make yourself at home	請隨便，不要拘束，就像在家裏一樣
There's no place like home.	家是最好的港灣。

EXAMPLES 例句

At least 100,000 people were left <u>homeless</u> by the earthquake.
地震使至少十萬人無家可歸。
She wasn't <u>at home</u>. 她不在家。
Nobody lives <u>downstairs</u>. 樓下沒有住人。
She went <u>downstairs</u> to the kitchen. 她下樓去廚房了。
She wasn't feeling well and she wanted to go <u>home</u>. 她不舒服，想回家。
Hi Mum! I'm <u>home</u>! 嗨，媽媽，我回來了！
Who lives <u>next door</u>? 誰住在隔壁呢？
The children are <u>upstairs</u>. 孩子們在樓上。
He went <u>upstairs</u> and changed his clothes. 他上樓換衣服。

In the home 在家中

NOUNS 名詞

FURNITURE 傢具

armchair	['ɑ:mtʃeə]	扶手椅
bed	[bed]	牀；*a double / single bed* 雙人/單人牀
bookcase	['bʊkkeɪs]	書架
chair	[tʃeə]	椅子
chest of drawers	[tʃest əv 'drɔ:əz]	衣櫃
cot	[kɒt]	嬰兒牀；*a travel cot* 旅行嬰兒牀
cupboard	['kʌbəd]	櫥櫃；*a kitchen cupboard* 廚房用的櫥櫃
desk	[desk]	書桌；
drawer	['drɔ:ə]	抽屜；*open / close a drawer* 開/關抽屜；*a kitchen drawer* 廚房抽屜；*a desk drawer* 書桌抽屜
fireplace	['faɪəpleɪs]	壁爐
furniture	['fɜ:nɪtʃə]	傢具；*a piece of furniture* 一件傢具
lampshade	['læmpʃeɪd]	燈罩
mattress	['mætrəs]	牀墊
shelf	[ʃelf]	架
sofa	['səʊfə]	沙發
stool	[stu:l]	凳

EXAMPLES 例句

We went to <u>bed</u> at about 10 p.m. 我們在晚上 10 點左右睡覺。

Ana was already in <u>bed</u>. 安娜已經上牀休息了。

Francine rearranged all the <u>furniture</u>. 弗朗辛重新擺放了所有傢具。

| **table** | ['teɪbəl] | 桌子；*a wooden table* 木桌子
a kitchen table 廚房用桌；
a dining table 餐廳用桌 |
| **wardrobe** | ['wɔ:drəʊb] | 衣櫃 |

APPLIANCES 電器

appliance	[ə'plaɪəns]	電器；*a kitchen appliance* 廚房電器
computer	[kəm'pju:tə]	電腦；*computer software* 電腦軟體
cooker	['kʊkə]	廚灶；*an electric cooker* 電爐灶；*a gas cooker* 燃氣廚灶
dishwasher	['dɪʃwɒʃə]	洗碗機；*load / unload the dishwasher* 把碗碟放在洗碗機裏，取出碗碟
freezer	['fri:zə]	冷凍櫃
fridge	[frɪdʒ]	雪櫃
hairdryer	['heədraɪə]	吹風機
heater	['hi:tə]	暖氣；*an electric heater* 電暖氣；*a gas heater* 煤氣爐
iron	['aɪən]	熨斗
ironing board	['aɪənɪŋ bɔ:d]	熨衣板
kettle	['ketəl]	壺；*put the kettle on* 燒壺水
lamp	[læmp]	燈；*a bedside lamp* 牀頭燈

EXAMPLES 例句

He shut the <u>dishwasher</u> and switched it on. 他關上洗碗機的門，打開開關。

James put the <u>kettle</u> on for a cup of tea. 占士燒水沏茶。

He switched on the <u>lamp</u>. 他打開了燈。

microwave oven	['maɪkrəʊweɪv ˌʌvən]	微波爐
oven	['ʌvən]	烤箱
phone	[fəʊn]	同 **telephone**；*The phone rang.* 電話響了。；*make a phone call* 打電話；*a phone number* 電話號碼
radio	['reɪdiəʊ]	收音機；*listen to the radio* 聽收音機；*a radio programme* 電台節目
stereo	['stɪeriəʊ]	身歷聲音響；環繞聲音響
telephone	['telɪ'fəʊn]	電話
television	['telɪ'viʒən]	電視；*a television programme.* 電視節目；*a television show* 電視系列片
tumble-dryer	[ˌtʌmbəl 'draɪə]	滾筒式烘乾機
vacuum cleaner	['vækjuːm ˌkliːnə]	吸塵器
washing machine	['wɒʃɪŋ məˌʃiːn]	洗衣機

OTHER THINGS IN THE HOME 其他設施

bath	[bɑːθ]	浴缸；浴盆；*a hot bath* 熱水浴（AmE. **bathtub**）
bathtub *(AmE.)*		一見 **bath**
bin	[bɪn]	垃圾箱

EXAMPLES 例句

Put the potatoes in the <u>oven</u> for thirty minutes.
把馬鈴薯放在烤箱裏烘烤 30 分鐘。

He never answers his <u>phone</u>. 他從來沒有接過電話。

Can I use your <u>phone</u>? 我可以用你的電話嗎？

She's always on the <u>phone</u>. 她總在打電話。

What's on <u>television</u> tonight? 今天晚上有甚麼電視節目？

I took the letter and threw it in the <u>bin</u>. 我拿起信扔進垃圾箱。

blanket	['blæŋkɪt]	毯子
blinds	[blaɪndz]	窗簾；*close / open the blinds* 拉上/打開窗簾
brush	[brʌʃ]	刷子
bucket	['bʌkɪt]	桶；*a plastic bucket* 塑膠桶
carpet	['kɑːpɪt]	地毯；*a patterned carpet* 印有圖案的地毯
central heating	['sentrəl ,hiːtɪŋ]	集中供暖；*gas central heating* 燃氣供暖
clock	[klɒk]	鐘
curtain	['kɜːtən]	窗簾；*open / close the curtains* 拉開/關上窗簾
cushion	['kʊʃən]	軟墊
dust	[dʌst]	塵土
duster	['dʌstə]	抹布
duvet	['dʊːveɪ]	羽絨被
key	[kiː]	鑰匙；*a door key* 房門鑰匙
laundry	['lɔːndri]	**1** 要洗的衣物；*dirty laundry* 髒衣服 **2** 洗乾淨的衣物；*clean laundry* 乾淨衣服

EXAMPLES 例句

The blinds were drawn to shut out the sun. 拉上窗簾遮擋陽光。

He filled the bucket with water. 他把桶裏倒滿水。

She could hear the hall clock ticking. 她能聽到大廳裏鐘的滴答聲。

She closed her bedroom curtains. 她拉上了卧室的窗簾。

Fold the laundry neatly after washing and drying it. 洗完烘乾後把衣服疊好。

laundry liquid	[ˈlɒːndri ˌlɪkwɪd]	洗衣液
light	[ˈlaɪt]	電燈；*switch on/off the light* 開/關燈
light bulb	[ˈlaɪt bʌlb]	電燈泡
lock	[lɒk]	鎖
mirror	[ˈmɪrə]	鏡子；*look in the mirror* 照鏡子；*a full-length mirror* 全身鏡
ornament	[ˈɔːnəmənt]	裝飾品
pillow	[ˈpɪləʊ]	枕頭
plug	[plʌg]	**1** 插頭　**2** 塞子
radiator	[ˈreɪdieɪtə]	散熱器；暖氣片
rubbish	[ˈrʌbɪʃ]	垃圾 （*AmE.* **trash**）
rug	[rʌg]	小地毯
sheet	[ʃiːt]	牀單
shower	[ˈʃaʊə]	淋浴器

EXAMPLES 例句

She turned on all the <u>lights</u> and drew the curtains. 她打開所有的燈，拉上窗簾。

I turned the key in the <u>lock</u>. 我轉動鑰匙。

She put the <u>plug</u> in and turned on the taps. 她插上插頭，打開水龍頭。

sink	[sɪŋk]	洗滌池；*a kitchen sink* 廚房洗滌池；*a bathroom sink* 浴室裏的洗手池
soap	[səʊp]	肥皂；*Wash with soap and water.* 用肥皂和水洗
socket	['sɒkɪt]	插座
switch	[swɪtʃ]	開關
tablecloth	['teɪbəlklɒθ]	桌布
tap	[tæp]	水龍頭；*turn on / off a tap* 開/關水龍頭
tea towel	['tiː ˌtaʊəl]	擦杯盤用的抹布
toilet	['tɔɪlət]	馬桶；*go to the toilet* 上洗手間
toothpaste	['tuːθpeɪst]	牙膏
toy	[tɔɪ]	玩具
trash *(AmE.)*		→見 **rubbish**
tray	[treɪ]	碟
vase	[vɑːz]	花瓶
wallpaper	['wɔːlpeɪpə]	壁紙
washing-up liquid	['wɒʃɪŋˈʌp ˌlikwid]	洗滌液

VERBS 動詞

clean	[kliːn]	擦洗；*clean the windows* 擦窗戶

EXAMPLES 例句

I turned the bath <u>taps</u> on. 我打開了浴盆的龍頭。

He brought soapy water and brushes to <u>clean</u> the floor.
他拿來肥皂水和刷子清洗地板。

do housework		做家務
do the laundry		洗衣服
draw the curtains		拉窗簾
dust	[dʌst]	擦去
have/take a bath		洗澡
have/take a shower		洗淋浴
iron	['aɪən]	熨；*an ironed shirt* 熨過的襯衫
lock	[lɒk]	鎖門
plug something in		插上插頭
sweep	[swi:p]	掃；*sweep the floor* 清掃地板
switch something off		關上
switch something on		打開
throw something in the bin		把某物扔進垃圾桶
tidy things away		整理
vacuum	['vækju:m]	用真空吸塵器清掃

EXAMPLES 例句

Men are <u>doing</u> more <u>housework</u> nowadays. 現在男人們做越來越多的家務。

She got out of bed and <u>drew the curtains</u>. 她起牀了，拉開窗簾。

They had forgotten to <u>lock</u> the front door. 他們忘了鎖前門。

She <u>plugged in the telephone</u>. 她插上電話機的插頭。

She <u>switched off the television</u>. 她關了電視。

He <u>switched on the TV</u>. 他開了電視。

It's time for the children to <u>tidy away their toys</u>. 孩子們該整理玩具了。

Industry 行業

assembly line	[ə'sembli laɪn]	流水線
banking	['bæŋkɪŋ]	銀行業務
call centre	['kɔːl 'sentə]	呼叫中心
catering	['keɪtərerɪŋ]	餐飲供應；*a catering business* 餐飲業
clothing industry	['kləʊðɪŋ ˌɪndəstri]	服裝行業
construction	[kən'strʌkʃən]	建築業
engineering	[ˌendʒɪ'nɪərɪŋ]	（道路與橋樑等）工程行業
export	[ˌekspɔːt]	輸出品；出口物
factory	['fæktəri]	工廠
farming	['fɑːmɪŋ]	農業
film industry	['film ˌɪndəstri]	電影業
fishing	['fɪʃɪŋ]	漁業
forestry	['fɒrɪstri]	林業
goods	[gʊdz]	貨物

EXAMPLES 例句

He works on an <u>assembly line</u>. 他在裝配線上工作。

She wants a career in <u>banking</u>. 她想在銀行業工作。

Italy's <u>clothing industry</u> is one of the most successful in the world.
意大利的服裝業是世界上最繁榮的行業之一。

Jason was an engineer with a large <u>construction</u> company.
傑生是一家大型建築公司的工程師。

Ghana's main <u>export</u> is cocoa. 可可粉是加納主要的出口物品。

They invested £1 million in the British <u>film industry</u>.
他們在英國電影行業投資了一百萬英鎊。

Money can be exchanged for <u>goods</u> or services.
錢可以用來換取商品或服務。

heavy industry	['hevɪ ˌɪndəstri]	重工業
hospitality industry	[hɒspɪ'tælɪti ˌɪndəstri]	招待（包括餐飲和娛樂）行業
import	['ɪmpɔːt]	進口產品
industrial sector	[ɪn'dʌstrɪəl ˌsektə]	工業部門
industry	['ɪndəstri]	**1** 工業；*Industry is growing.* 工業正在發展。 **2** 行業；*the Scottish tourist industry* 蘇格蘭旅遊業
insurance industry	[ɪn'ʃʊərəns 'ɪndəstri]	保險業
invention	[ɪn'venʃən]	**1** 發明物；*a new invention* 一項新發明 **2** 發明；*the invention of the telephone* 電話的發明
leisure industry	['leʒə ˌɪndəstri]	休閒業
light industry	[ˌlaɪt 'ɪndəstri]	輕工業
machinery	[mə'ʃiːnəri]	大型機械

EXAMPLES 例句

John works in the <u>hospitality industry</u>. 約翰在招待業工作。

Farmers are angry about cheap <u>imports</u> of grain. 農民對便宜的進口糧食很惱火。

Antigua has a small <u>industrial sector</u> producing clothing and electronic equipment.
安提瓜擁有小規模的工業，包括服裝生產和電子設備製造。

The <u>insurance</u> industry lost billions of pounds because of the floods.
由於洪水，保險公司遭受上億英鎊的損失。

manufacturer	[ˌmænjʊˈfæktʃərə]	製造者；生產商
manufacturing	[ˌmænjʊˈfæktʃərɪŋ]	製造業
mass production	[ˌmæs prəˈdʌkʃən]	批量生產
mining	[ˈmaɪnɪŋ]	採礦業；*coal mining* 煤炭開採
oil drilling	[ˈɔɪl drɪlɪŋ]	石油開採
output	[ˈaʊtpʊt]	產量
plant	[plɑːnt]	**1** 工廠；*a clothes manufacturing plant* 製衣廠 **2** 發電廠；*a nuclear power plant* 核電站
private sector	[ˌpraɪvɪt ˈsektə]	私營部分
processing	[ˈprəʊsesɪŋ]	加工業
product	[ˈprɒdʌkt]	產品；製品
production	[prəˈdʌkʃən]	**1**（大量的）生產，製造；*the production of oil* 石油生產 **2** 產量；*the volume of production* 生產量
production line	[prəˈdʌkʃən ˌlaɪn]	生產線；裝配線；流水線
public sector	[ˌpʌblɪk ˈsektə]	公營部分；公營部門

EXAMPLES 例句

He works for the world's largest doll <u>manufacturer</u>.
他在全球最大的玩具生產公司工作。

During the 1980s, 300,000 workers in the <u>manufacturing</u> industry lost their jobs.
在 20 世紀 80 年代，曾有 30 萬製造業工人失業。

This equipment allows the mass <u>production</u> of baby food.
這種設備使嬰兒食品大規模生產成為可能。

Industry <u>output</u> has decreased. 工業產量下降。

raw materials	[ˌrɔː məˈtɪəriəlz]	原材料
research and development	[rɪˌsɜːtʃ ənd dɪˈveləpmənt]	研發
retailing	[ˈriːteɪlɪŋ]	零售業
service	[ˈsɜːvɪs]	服務
service sector	[ˈsɜːvɪs ˌsektə]	服務業
shipping	[ˈʃɪpɪŋ]	航運； *the international shipping industry* 國際航運業
supplier	[səˈplaɪə]	供應廠商
textile industry	[ˈtekstaɪl ˌɪndəstri]	紡織業
tourism	[ˈtʊərɪzəm]	旅遊業
trade	[treɪd]	貿易
transportation	[ˌtrænspɔːˈteɪʃən]	運輸

VERBS 動詞

assemble	[əˈsembəl]	組裝
deliver	[dɪˈlɪvə]	遞送
export	[ɪkˈspɔːt]	出口

EXAMPLES 例句

We import raw materials and export industrial products.
我們進口原材料，出口工業產品。

We are campaigning for better nursery and school services.
我們正在開展改善托兒所和學校服務的運動。

They are one of the U.K.'s biggest food suppliers.
他們是英國最大的食品供應商之一。

Another 75,000 jobs will be lost in the textile industry.
紡織行業又將有 75,000 人面臨失業。

Tourism is very important for the Spanish economy.
旅遊業在西班牙經濟佔有非常重要的地位。

Workers were assembling aeroplanes. 當時工人正在組裝飛機。

Canada exports beef to the U.S. 加拿大向美國出口牛肉。

import	[ɪm'pɔːt]	進口
invent	[ɪn'vent]	發明
manufacture	[ˌmænjʊ'fæktʃə]	生產
produce	[prə'djuːs]	製造
provide	[prə'vaɪd]	供應
ship	[ʃɪp]	運輸
subcontract	[sʌbkən'trækt]	轉包；*subcontract work to someone* 把工作轉包給某人
supply	[sə'plaɪ]	供應

(ADJECTIVES 形容詞)

corporate	['kɔːprət]	公司的；*the corporate sector* 公司部門
domestic	[də'mestɪk]	國內的
economic	[ˌiːkə'nɒmɪk]	經濟的
financial	[faɪ'nænʃəl]	財務的
foreign	['fɒrɪn]	外國的；*a foreign import* 海外進口
industrial	[ɪn'dʌstriəl]	**1** 工業的；*industrial machinery* 工業機械 **2** 工業高度發達的；*an industrial country* 一個工業發達的國家

EXAMPLES 例句

The U.S. <u>imports</u> over half of its oil.
美國進口的石油是其國內石油總產量的一半還多。

The company <u>produces</u> about 2.3 billion tons of steel a year.
這個公司年鋼材產量達 2.3 億噸。

We <u>provide</u> a wide range of products and services.
我們提供種類繁多的產品和服務。

They <u>supply</u> many cities with gas. 他們嚮多個城市供給天然氣。

We need to increase <u>domestic</u> oil production. 我們需要增加國內石油生產。

international	[ˌɪntəˈnæʃənəl]	國際的；**international trade** 國際貿易
modern	[ˈmɒdən]	當代的
private	[ˈpraɪvɪt]	私人的；**a private company** 私人公司
public	[ˈpʌblɪk]	國有的；**a public company** 國有公司

Jobs and careers 工作和職業

accountant	[ə'kaʊntənt]	會計
architect	['ɑ:kɪtekt]	建築師
attorney *(AmE.)*		一見 **lawyer**
builder	['bɪldə]	建築工人
businessman (PL)**businessmen**	['bɪznɪsmən] [bɪznɪsmən]	商人
businesswoman (PL)	['bɪznɪswʊmæn]	女商人
businesswomen	['bɪznɪswɪmɪn]	
carer	['keərə]	看護
carpenter	['kɑ:pɪntə]	木匠
cashier	[kə'ʃɪə]	收銀員
chef	[ʃef]	廚師
cleaner	['kli:nə]	清潔工
clerk	[klɑ:k]	辦事員
cook	[kʊk]	廚師
decorator	['dekəreɪtə]	油漆工
dentist	['dentɪst]	牙醫
doctor	['dɒktə]	醫生
editor	['edɪtə]	編輯
electrician	[ɪlek'trɪʃən, elek-]	電工

EXAMPLES 例句

She's a successful <u>businesswoman</u> who manages her own company.
她是個擁有自己公司的成功女商人。

Henry Harris is head <u>chef</u> at The Fifth Floor Restaurant in London.
亨利・哈里斯是倫敦五樓餐廳的主廚。

She is a <u>doctor</u>. 她是位醫生。

engineer	[ˌendʒɪˈnɪə]	工程師
factory worker	[ˈfæktri wɜːkə]	工人
farmer	[ˈfɑːmə]	農夫
firefighter	[ˈfaɪəfaɪtə]	消防員
hairdresser	[ˈheədresə]	髮型師
housewife	[ˈhaʊswaɪf]	家庭主婦
(PL) housewives	[ˈhaʊswaɪvz]	
journalist	[ˈdʒɜːnəlɪst]	記者
judge	[dʒʌdʒ]	法官
lawyer	[ˈbɪə]	律師 （AmE. **attorney**）
lecturer	[ˈlektʃərə]	講師
librarian	[laɪˈbreərɪən]	圖書管理員
mailman (PL)		一見 **postman**
mailmen (AmE.)		
manager	[ˈmænɪdʒə]	經理
mechanic	[mɪˈkænɪk]	技工
miner	[ˈmaɪnə]	礦工
monk	[mʌŋk]	修道士；僧侶
musician	[mjuːˈzɪʃən]	音樂家；樂師
nanny	[ˈnænɪ]	保姆

nun	[nʌn]	修女
nurse	[nɜːs]	護士
optician	[ɒpˈtɪʃən]	眼鏡配製技師；眼鏡商
painter	[ˈpeɪntə]	**1** 油漆匠　**2** 畫家
pilot	[ˈpaɪlət]	飛行員
plumber	[ˈplʌmbə]	水暖工
police officer	[pəˈliːs ˈɒfɪsə]	警官
porter	[ˈpɔːtə]	行李搬運工
postman	[ˈpəʊstmən]	郵差
(PL)postmen	[ˈpəʊstmən]	（AmE. **mailman**）
priest	[priːst]	牧師
programmer	[ˈprəʊgræmə]	程式設計員
publisher	[ˈpʌblɪʃə]	出版社
rabbi	[ˈræbaɪ]	猶太宗教領袖
receptionist	[rɪˈsepʃənɪst]	接待員
sales clerk (AmE.)		一見 **shop assistant**
sales representative	[ˈseɪlz ˌreprɪˈzentətɪv]	銷售代表
salesman	[ˈseɪlzmən]	推銷員
(PL) salesmen	[ˈseɪlzmən]	

saleswoman *(PL)*	['seɪlzwʊmən]	女推銷員
saleswomen	['seɪlzwɪmɪn]	
secretary	['sekrətri]	秘書
shop assistant	[,ʃɒp ə'sɪstənt]	商店售貨員 （*AmE.* **sales clerk**）
social worker	['səʊʃəl ,wɜːkə]	社工
soldier	['səʊldʒə]	士兵
solicitor	[sə'lɪsɪtə]	訴訟律師
surgeon	['sɜːdʒən]	外科醫生
surveyor	[sə'veɪjə]	測量師
teacher	['tiːtʃə]	教師
technician	[tek'nɪʃən]	技師
vet	[vet]	獸醫
waiter	['weɪtə]	男侍者
waitress	['weɪtrəs]	女侍者
writer	['raɪtə]	作家

EXAMPLE 例句

I was a <u>teacher</u> for 20 years. 我做過 20 年的教師。

Law 法律

NOUNS 名詞

accident	['æksɪdənt]	事故
assault	[ə'sɔ:lt]	侵犯他人身體
attorney *(AmE.)*		一見 **lawyer**
burglar	['bɜ:glə]	入室竊賊
burglary	['bɜ:gləri]	入室偷盜罪
charge	[tʃɑ:dʒ]	指控
corpse	[kɔ:ps]	屍體
court	[kɔ:t]	法院 （*AmE.* **courthouse**）
courthouse *(AmE.)*		一見 **court**
crime	[kraɪm]	犯罪；*commit a crime* 犯罪
criminal	['krɪmɪnəl]	罪犯
drug	[drʌg]	毒品
drug dealer	[,drʌg 'di:lə]	毒品販
evidence	['evɪdəns]	證據
fault	[fɔ:lt]	過失
fine	[faɪn]	罰款；*pay a fine* 交罰款

EXAMPLES 例句

The police say the man's death was an <u>accident</u>. 警察說那個人的死是個意外。

At the police station, he was <u>charged</u> with assault.
在警察局，他被控犯有侵犯他人身體罪。

They faced <u>charges</u> of murder. 他們面臨謀殺的指控。

She will appear in <u>court</u> later this month. 這個月晚些時候她會出庭。

There is no <u>evidence</u> that he stole the money. It's not my fault.
沒有證據證實他偷了那筆錢。這不是我的過錯。

He got a <u>fine</u> for speeding. 他因超速被罰款。

She got a 100-euro <u>fine</u>. 她被罰了 100 歐元。

fraud	[frɔːd]	欺詐罪
gang	[gæŋ]	犯罪團夥
gun	[gʌn]	槍支
homicide		一見 murder
(mainly AmE.)		
hostage	['hɒstɪdʒ]	人質
identity	[aɪ'dentɪti]	身份
jail	[dʒeɪl]	同 prison
judge	[dʒʌdʒ]	法官
jury	['dʒʊəri]	陪審團
law	[lɔː]	**1** 法律；法令；*break the law* 違法 **2** 一條法規；*a new law* 一項新法規
lawyer	['lɔɪə]	律師（*AmE.* **attorney**）
murder	['mɜːdə]	謀殺（*AmE.* **homicide**）
murderer	['mɜːdərə]	謀殺犯
passport	['pɑːspɔːt]	護照
police	[pə'liːs]	**1** 警方　**2** 警員

EXAMPLES 例句

He used a different name to hide his identity. 他用另一個名字掩飾身份。

Driving too fast is against the law. 超速行駛違反法律。

The police are looking for the stolen car. 警方正在找那輛被盜汽車。

police officer	[pə'li:s ˌɒfɪsə]	警官
police station	[pə'li:s ˌsteɪʃən]	警察局
prison	['prɪzən]	監獄；*send someone to prison* 把某人關進監獄
prisoner	['prɪzənə]	囚犯
proof	[pru:f]	證據
reward	[rɪ'wɔ:d]	報酬
robbery	['rɒbəri]	搶劫
sentence	['sentəns]	判決
shoplifter	['ʃɒplɪftə]	在商店行竊者
solicitor	[sə'lɪsɪtə]	律師
spy	[spaɪ]	特工
statement	['steɪtmənt]	聲明；*make a statement* 發表聲明
suspect	['sʌspekt]	嫌犯
terrorism	['terəˌrɪzəm]	恐怖主義
terrorist	['terərɪst]	恐怖分子
theft	[θeft]	盜竊行為

EXAMPLES 例句

There wasn't enough <u>proof</u> to charge them. 沒有足夠的證據起訴他們。

The firm offered a £10,000 <u>reward</u> for information about the killer.
那個公司懸賞 1 萬英鎊以期得到有關那個殺手的資訊。

He was given a four-year <u>sentence</u>. 他被判處四年徒刑。

Three <u>suspects</u> were arrested in connection with the assault.
三名與那起侵犯他人身體罪相關的嫌犯被逮捕。

thief	[θi:f]	小偷
(PL)**thieves**	[θi:vz]	
trial	['traɪəl]	審訊
vandal	['vændəl]	故意破壞公物者
victim	['vɪktɪm]	受害者
will	[wɪl]	遺囑
witness	['wɪtnəs]	目擊者

VERBS 動詞

arrest	[ə'rest]	逮捕
assault	[ə'sɔ:lt]	侵犯他人
break the law		違法
burglarize (AmE.)		一見 **burgle**
burgle	['bɜ:gəl]	入室盜竊（AmE. **burglarize**）
charge	[tʃɑ:dʒ]	指控
commit	[kə'mɪt]	做出（錯或違法的事情）； *commit a crime* 犯罪
confess	[kən'fes]	供認

EXAMPLES 例句

He is on <u>trial</u> for murder. 他因涉嫌謀殺罪而受審。

The driver apologised to the <u>victim</u>'s family. 那個司機向受害者家屬道歉。

Police <u>arrested</u> five young men in connection with the robbery. 警方逮捕了與那宗搶劫案相關的五個年輕人。

Our house was <u>burgled</u> last year. 去年我家被盜。

Police <u>charged</u> Mr Bell with murder. 警方指控貝爾先生犯謀殺罪。

He <u>confessed</u> to seventeen murders. 他承認殺了 17 個人。

convict	[kən'vɪkt]	定罪
escape	[ɪ'skeɪp]	逃跑；*escape from prison* 越獄
fine	[faɪn]	處…以罰金
forge	[fɔ:dʒ]	偽造
hold something up		持槍搶劫；*hold up a bank* 持槍搶劫銀行
kidnap	['kɪdnæp]	綁架
mug	[mʌg]	打劫
murder	['mɜ:də]	謀殺
prove	[pru:v]	證明
rape	[reɪp]	強姦
rob	[rɒb]	搶奪
sentence	['sentəns]	宣判
solve	[sɒlv]	破解；*solve a crime* 破案
steal	[sti:l]	偷竊
suspect	[sə'spekt]	懷疑
vandalize	['vændə,laɪz]	故意破壞
witness	['wɪtnəs]	目擊

EXAMPLES 例句

He was convicted of manslaughter. 他被判犯有過失殺人罪。

She was fined £ 300. 她被處以 300 英鎊的罰款。

She was sentenced to nine years in prison. 她被判以 9 年徒刑。

Someone has stolen my wallet! 有人偷了我的錢包！

Police suspect him of fraud. 警方懷疑他行騙。

Anyone who witnessed the attack should call the police.
任何那件襲擊案的目擊者都應該向警方報告情況。

ADJECTIVES 形容詞

criminal	['krɪmɪnəl]	刑事的；*criminal charges* 刑事指控（控告）
guilty	['gɪlti]	有罪的
illegal	[ɪ'li:gəl]	違法的
innocent	['ɪnəsənt]	無辜的
legal	['li:gəl]	**1** 法律上的； *the legal system* 法律制度；法律體系 **2** 依法的
violent	['vaɪələnt]	暴虐的

EXAMPLES 例句

He was found <u>guilty</u>. 他被認定有罪。

He was proved <u>innocent</u>. 他被證實清白無罪。

Is this <u>legal</u>? 這樣合法嗎？

Materials 材料

acrylic	[æ'krɪlɪk]	丙烯酸
aluminium	[ˌælu:'mɪniəm]	鋁（*AmE.* **aluminum**）
aluminum (*AmE.*)		→見 **aluminium**
brass	[brɑ:s]	黃銅
brick	[brɪk]	磚；*a brick wall* 磚牆
bronze	[brɒnz]	青銅
canvas	['kænvəs]	帆布
cardboard	['kɑ:dbɔ:d]	硬紙板；*a cardboard box* 一個紙板箱
cement	[sɪ'ment]	水泥
china	['tʃaɪnə]	瓷
clay	[kleɪ]	黏土；*a clay pot* 土罐
coal	[kəʊl]	煤
concrete	['kɒnkri:t]	混凝土
copper	['kɒpə]	銅
cotton	['kɒtən]	棉

EXAMPLES 例句

We ate from small bowls made of <u>china</u>. 我們用小瓷碗吃飯。

He put some more <u>coal</u> on the fire. 他往火裏又加了煤。

crystal	['krɪstəl]	**1** 結晶體；*ice crystals* 冰晶
		2 水晶；*a crystal necklace* 水晶項鏈
		3 水晶玻璃；*a crystal vase* 水晶玻璃花瓶
denim	['denɪm]	牛仔布（通常是藍色的）；
		a denim jacket 牛仔上衣
elastic	[ɪ'læstɪk]	橡筋
fabric	['fæbrɪk]	紡織品；布料
fur	[fɜ:]	毛皮；*a fur coat* 毛皮大衣
glass	[glɑ:s]	玻璃
glue	[glu:]	膠
gold	[gəʊld]	黃金
iron	['aɪən]	鐵；*an iron gate* 一扇鐵門
lace	[leɪs]	蕾絲；*lace curtains* 蕾絲窗簾
lead	[led]	鉛；*a lead pipe* 鉛管子
leather	['leðə]	皮革
linen	['lɪnɪn]	亞麻布
liquid	['lɪkwɪd]	液體

EXAMPLES 例句

The documents were rolled up and held together with an <u>elastic</u> band.
那些檔被捲了起來，用一根橡皮筋紮住。

We sell our tablecloths in plain or printed <u>fabric</u>.
我們賣一些素色或印染花色的台布 。

This ring is made of solid <u>gold</u>. 這隻戒指是純金打造的。

He was wearing a white <u>linen</u> suit. 他穿着一件亞麻西裝。

marble	['mɑ:bəl]	大理石
material	[mə'tɪəriəl]	**1** 材料　**2** 織物
		3 用具：*building materials* 建築材料
metal	['metəl]	金屬
nylon	['naɪlɒn]	尼龍
paper	['peɪpə]	紙張：*a piece of paper* 一張紙
plaster	['plɑ:stə]	石膏
plastic	['plæstɪk]	塑膠：*a plastic bag* 塑膠袋
pottery	['pɒtəri]	陶器
rubber	['rʌbə]	橡膠
satin	['sætɪn]	緞子
silk	[sɪlk]	絲綢
silver	['sɪlvə]	銀
steel	[sti:l]	鐵
stone	[stəʊn]	**1** 石頭：*a stone wall* 一堵石牆
		2 寶石：*a precious stone* 珍貴的寶石

EXAMPLE 例句

The thick <u>material</u> of her skirt was too warm for summer.
她裙子厚重的面料在夏天穿太熱了。

straw	[strɔ:]	稻草；*a straw hat* 一頂草帽
string	[strɪŋ]	繩
textile	['tekstaɪl]	紡織品
thread	[θred]	線
timber	['tɪmbə]	木材；木料
tin	[tɪn]	錫
velvet	['velvɪt]	天鵝絨；*velvet curtains* 天鵝絨窗簾
wax	[wæks]	蠟
wire	[waɪə]	金屬絲；*a wire fence* 鐵絲網
wood	[wʊd]	木頭
wool	[wʊl]	羊毛

ADJECTIVES 形容詞

hard	[hɑ:d]	堅硬的
man-made	[mæn'meɪd]	人造的；*man-made fibres* 人造纖維
natural	['nætʃərəl]	天然的
raw	[rɔ:]	未加工的；*raw materials* 原材料
rough	[rʌf]	表面粗糙的

EXAMPLE 例句

She works in the <u>textile</u> industry. 她在紡織廠工作。

smooth	[smu:ð]	光滑的
soft	[sɒft]	**1** 柔軟的 **2** 易彎曲的
solid	['sɒlɪd]	**1** 固體的　**2** 堅硬的；*solid rock* 堅硬的岩石
synthetic	[sɪn'θetɪc]	合成的
transparent	[træns'pærənt]	透明的
wooden	['wʊdən]	木製的；*a wooden chair* 木椅子
woolen	['wʊlən]	羊毛的；*a woollen jumper* 羊毛套頭衫

EXAMPLES 例句

Shoes made from <u>synthetic</u> materials can be washed easily.
合成材料的鞋便於清潔。

He fell on the hard <u>wooden</u> floor. 他摔倒在堅硬的木地板上。

Maths 數學

NOUNS 名詞

addition	[əˈdɪʃən]	加法
algebra	[ˈældʒɪbrə]	代數
angle	[ˈæŋɡəl]	角；*a 30° angle* 30 度角
area	[ˈeəriə]	面積
arithmetic	[əˈrɪθmətɪk]	算術
average	[ˈævərɪdʒ]	平均數；*The average of 1, 2 and 6 is 3.* 1，2，6 的平均值是 3。
axis (PL) **axes**	[ˈæksɪs] [ˈæksiːs]	軸；軸線；中心線
bar chart	[ˈbɑː ˌtʃɑːt]	柱狀圖
bar graph	[ˈbɑː ˌɡrɑːf]	同 **bar chart**
calculator	[ˈkælkjʊˌleɪtə]	電子計算器
chart	[tʃɑːt]	圖表
circle	[ˈsɜːkəl]	圓
circumference	[səˈkʌmfərəns]	圓周
column	[ˈkɒləm]	欄目
compasses	[ˈkʌmpəsɪz]	圓規；*a pair of compasses* 一副圓規

EXAMPLES 例句

She can count to 100, and do simple <u>addition</u> problems.
她可以數到 100，並做一些簡單的加法運算。

What's the <u>area</u> of this triangle? 這個三角形的面積是多少？

We can label the <u>axes</u>: time is on the vertical axis and money is on the horizontal one. 我們可以標注一下數軸：豎軸為時間，橫軸為錢數。

cone	[kəʊn]	圓錐形
cube	[kju:b]	**1** 立方體 **2** 三次冪
cylinder	['sɪlɪndə]	圓柱形
decimal	['desɪməl]	小數
decimal point	['desɪməl ,pɔɪnt]	小數點
degree	[dɪ'gri:]	**1** 度（溫度單位）；*180° Celsius* 180 攝氏度
		2 度（角度單位）；*a 45° angle* 45 度角
diameter	[daɪ'æmɪtə]	直徑
digit	['dɪdʒɪt]	數字
division	[dɪ'vɪʒən]	除法
figure	['fɪgə]	**1** 數字 **2** 數量；價格
formula	['fɔ:mjʊlə]	公式
(PL) **formulae**	[fɔ:mjuli:]	
fraction	['frækʃən]	分數

EXAMPLES 例句

The cube of 2 is 8. 2 的立方是 8。

The waiter forgot to put a decimal point in their £45.00 bill and they were charged £4,500.
那個服務員忘記在他們 45 英鎊的賬單上點上小數點，結果他們被收了 4,500 英鎊。

They put the figures in the wrong column. 他們把數字填錯欄了。

The mathematical formula describes the distances of the planets from the Sun.
這個數學公式顯示出這些行星與太陽之間的距離。

geometry	[dʒɪˈɒmɪtri]	幾何
graph	[grɑːf]	圖表；曲線圖
half	[hɑːf]	半
(PL)**halves**	[hɑːvz]	
height	[haɪt]	高度
hexagon	[ˈheksəgən]	六邊形
length	[leŋθ]	長度
math (AmE.)		→見 **maths**
mathematics	[ˌmæθəˈmætɪks]	同 **maths**
maths	[mæθs]	數學 (AmE.**math**)
multiplication	[ˌmʌltɪplɪˈkeɪʃən]	乘法運算
number	[ˈnʌmbə]	數目；
numeral	[ˈnjuːmərəl]	數字；The Roman numeral for 7 is VII. 羅馬數字 7 寫成 VII。
oblong	[ˈɒblɒŋ]	長方形
pentagon	[ˈpentəˌgɒn]	五角形
percent	[pəˈsent]	百分之…
percentage	[pəˈsentɪdʒ]	百分數

EXAMPLES 例句

The graph shows that prices went up about 20 per cent last year.
圖表顯示去年價格上升了 20%。

More than half of all U.S. houses are heated with gas.
半數以上的美國家庭用天然氣供暖。

The table is about one metre in length. 這張桌子長約一米。

Only ten percent of our customers live in this city.
我們的顧客中只有 10% 居住在這個城市。

A large percentage of the population speaks English.
說英語的人口佔很大比重。

perimeter	[pə'rɪmɪtə]	周長
pie chart	['paɪ tʃɑːt]	餅狀圖
pyramid	['pɪrə,mɪd]	角錐形
quarter	['kwɔːtə]	四分之一
radius	['reɪdɪəs]	半徑
(PL) **radiuses,**		
radii	[reɪdiaɪ]	
ratio	['reɪʃɪəʊ]	比率
rectangle	['rektæŋgəl]	長方形
right angle	['raɪt,æŋgəl]	直角
row	[rəʊ]	排
ruler	['ruːlə]	尺
scale	[skeɪl]	刻度
semicircle	['semi,sɜːkəl]	半圓（形）
shape	[ʃeɪp]	形狀
sphere	['sfɪə]	球體
square	[skweə]	正方形
square root	['skweə,ruːt]	平方根：

The square root of 36 is 6.　36 的平方根是 6。

EXAMPLES 例句

To work out the <u>perimeter</u> of a rectangle, you need to know its length and width.
想算出一個長方形的周長，必須知道長和寬。

A <u>quarter</u> of the residents are over 55 years old. 四分之一的居民超過 55 歲。

The adult to child <u>ratio</u> is one to six. 成人與兒童比例為一比六。

The earthquake measured 5.5 on the Richter <u>scale</u>.
這次地震震級為黎克特制 5.5 級。

subtraction	[səb'trækʃən]	減法
sum	[sʌm]	**1** 總數；*Fourteen is the sum of six and eight.* 14 是 6 加 8 的總數。 **2** 簡單的運算；*do a sum* 計算
table	['teɪbəl]	表格
triangle	['traɪæŋgəl]	三角形
unit	['juːnɪt]	（計量或計數用的）單位
volume	['vɒljuːm]	體積
width	[wɪdθ]	寬度

VERBS 動詞

add	[æd]	計算…的總和
calculate	['kælkjʊleɪt]	計算
count	[kaʊnt]	**1** 數；*count to 20* 數到 20 **2** 點…的數目； *count the money* 清點錢數；點鈔
divide	[dɪ'vaɪd]	除
equal	['iːkwəl]	等於；*Nine minus two equals seven.* 9 減 2 等於 7。
multiply	['mʌltɪ,plaɪ]	乘；*If you multiply 3 by 4, you get 12.* 如果用 3 乘以 4，結果是 12。
subtract	[səb'trækt]	減去；*If you subtract 3 from 5, you get 2.* 如果用 5 減去 3，結果是 2。

EXAMPLES 例句

What is the volume of a cube with sides 3cm long?
邊長為 3 厘米的立方體體積是多少？

Add all the numbers together, and divide by three.
把所有數字都加起來，再除以 3。

Have you calculated the cost of your trip? 你有沒有算過你的旅行花費？

Measure the floor area and divide it by six. 量一下房屋面積，然後再除以 6。

take something away	同 **subtract**	
work something out	同 **calculate**	

ADJECTIVES 形容詞

circular	['sɜːkjʊlə]	圓形的
diagonal	[daɪˈægənəl]	斜的
even	['iːvən]	偶數的
mathematical	[ˌmæθəˈmætɪkəl]	數學的；*a mathematical formula* 數學公式
negative	['negətɪv]	負數的；*a negative number* 負數
odd	[ɒd]	單數的
parallel	['pærəlel]	平行的；*parallel lines* 平行線
positive	['pɒzɪtɪv]	正的；*a positive number* 正數
rectangular	[rekˈtæŋgjʊlə]	長方形的
square	[skweə]	**1** 正方形的；*a square table* 正方形的桌子 **2**（表示面積）平方的； *30 square metres* 30 平方米
triangular	[traɪˈæŋgjʊlə]	三角形的

EXAMPLES 例句

Add up the bills for each month. <u>Take this away</u> from the income.

把每月所有的賬單加起來，再從總收入中把這筆錢減去。

It took me some time to <u>work out the answer</u> to the sum.
我用了一些時間才算出那個運算題的答案。

The screen showed a pattern of <u>diagonal</u> lines. 螢幕上呈現出斜線的圖案。

PREPOSITIONS 介詞

minus	['maɪnəs]	減；*Ten minus two is eight.* 10 減 2 等於 8。
plus	[plʌs]	加；*Three plus four equals seven.* 3 加 4 等於 7。
times	[taɪmz]	倍；*Five times two is ten.* 2 的 5 倍是 10。

Money 金錢

NOUNS 名詞

allowance	[ə'laʊəns]	**1** 零用錢 (AmE.) →見 **pocket money**
ATM (mainly AmE.)		→見 **cash machine**
balance	['bæləns]	存款餘額；*check your balance* 查賬戶餘額
bank	[bæŋk]	銀行
bank account	['bæŋk əkaʊnt]	銀行賬戶； *open/close a bank account* 開/撤銷銀行賬戶
bill	[bɪl]	賬單；*pay the bill* 付賬
billfold (AmE.)		→見 **wallet**
breadwinner	['bredwɪnə]	養家的人
budget	['bʌdʒɪt]	預算；*a low-budget film* 低成本電影
building society	['bɪldɪŋ sə,saɪəti]	（英國的）建屋互助會
cash	[kæʃ]	現金； *two thousand pounds in cash* 現金 2,000 英鎊
cashier	[kæ'ʃɪə]	收銀員
cash machine	['kæʃ mə,ʃiːn]	自動提款機 （AmE. **ATM**）
change	[tʃeɪndʒ]	**1** 找零 **2** 硬幣； *change for the parking meter* 停車計時器硬幣
change purse (AmE.)		→見 **purse**
charge	[tʃɑːdʒ]	收費；*a small charge* 少量收費

EXAMPLES 例句

They couldn't afford to pay their <u>bills</u>. 他們無法負擔那筆費用。

I've always paid the <u>bills</u> and been the breadwinner.
我一直都是支付賬單和養家的人。

checking account(*AmE.*)	[tʃek]	一見 **cash machine**
cheque		支票；**pay by cheque** 用支票支付
chequebook	['tʃekbʊk]	支票本
coin	[kɔɪn]	硬幣
cost	[kɒst]	價格；*the high cost of housing* 房屋的高額價格
credit	['kredɪt]	信貸；*They bought it on credit* 他們用貸款購買的。
credit card	['kredɪt kɑːd]	信用卡；*pay by credit card* 信用卡支付
currency	['kʌrənsi]	貨幣； *pay in a different currency* 用不同的貨幣支付
current account	['kʌrənt ə'kaʊnt]	活期存款賬戶 (*AmE.*)
debit card	['debɪt ,kɑːd]	借記卡；*pay by debit card* 用借記卡支付
debt	[det]	債務；*get into debt* 負債
deposit	[dɪ'pɒzɪt]	**1** 定金；*a 10% deposit* 10% 的定金 **2** 存款；*make a deposit* 存一筆錢
direct debit	[daɪ,rekt 'debɪt]	直接借記

EXAMPLES 例句

He gave me a <u>cheque</u> for £1,500. 他給了我一張 1,500 英鎊的支票。

He counted out the <u>coins</u> into her hand. 他數出硬幣，逐一放到她手中。

The <u>cost</u> of a loaf of bread has gone up. 一條麵包的價錢已經加了。

There will be an increase in the <u>cost</u> of posting a letter. 郵寄信件的費用將上漲。

He is trying to pay off his <u>debts</u>. 他正努力償還債務。

economy	[ɪˈkɒnəmi]	經濟
expenses	[ikˈspensɪz]	花費
income	[ˈinkʌm]	收入
inheritance	[ɪnˈherɪtəns]	遺產
insurance	[ɪnˈʃʊərəns]	保險；*travel insurance* 旅遊險
interest	[ˈɪntrəst, -tərest]	利息
loan	[ləʊn]	貸款
money	[ˈmʌni]	金錢
mortgage	[ˈmɔːgɪdʒ]	房屋抵押貸款；按揭
payment	[ˈpeɪmənt]	**1** 付款額；*weekly payments* 每週的支付款項
		2 支付；*immediate payment* 立即付款
pension	[ˈpenʃən]	退休金

EXAMPLES 例句

The Indian <u>economy</u> is changing fast. 印度的經濟飛速發展。

Her hotel <u>expenses</u> were paid by the company. 公司承擔她住酒店的費用。

She used her <u>inheritance</u> to buy a house. 她用繼承的遺產買了一棟房子。

How much interest do you have to pay on the <u>loan</u>? 你要支付多少貸款利息？

Do you earn much <u>interest</u> on that account? 你的銀行賬戶賺了很多利息嗎？

I had to sell my home because I couldn't afford the <u>mortgage</u> payments.
我無法償還銀行貸款，只好賣了自己的房子。

PIN	[pɪn]	個人密碼；*key in your PIN* 輸入你的密碼
pocket money	['pɒkɪt mʌni]	零用錢（*AmE.* **allowance**）
poverty	['pɒvəti]	貧窮；*living in poverty* 生活貧窮
price	[praɪs]	價格
profit	['prɒfɪt]	利潤
purse	[pɜːs]	（女用）錢包（*AmE.* **change purse**）
rent	[rent]	租金；*pay the rent* 付租金
salary	['sæləri]	薪金
savings	['seɪvɪŋz]	儲蓄
savings account	['seɪvɪŋz əkaʊnt]	銀行存款
share	[ʃeə]	股票
standing order	[ˌstændɪŋ 'ɔːdə]	定期支付委託書

EXAMPLES 例句

To use the service you'll need a PIN number. 你需要密碼才能使用這項服務。

We have seen huge changes in the price of gas. 我們看到了石油價格的巨大變化。

They expect house prices to rise. 他們預計房價將會上漲。

The lawyer was paid a huge salary. 那個律師得到豐厚的薪水。

I bought shares in my brother's new company. 我購買了些我哥哥新公司的股票。

statement	['steɪtmənt]	銀行報告
tax	[tæks]	稅收；*raise / lower taxes* 增加/減少稅收
VAT	[ˌviː eɪ 'tiː, væt]	增值稅
wages	['weɪdʒɪz]	工資
wallet	['wɒlɪt]	錢包；皮夾（*AmE.* **billfold**）

VERBS 動詞

borrow	['bɒrəʊ]	借
buy	[baɪ]	買
charge	[tʃɑːdʒ]	收取（費用）
cost	[kɒst]	花費；*cost a lot* 花費多
deposit	[dɪ'pɒzɪt]	存款
donate	[dəʊ'neɪt]	捐贈
earn	[ɜːn]	賺取；掙
inherit	[ɪn'herɪt]	繼承

EXAMPLES 例句

His <u>wages</u> have gone up. 他加薪了。

I've lost my <u>wallet</u>. 我丟了錢包。

He could not afford to <u>buy</u> a house. 他買不起房子。

Lizzie <u>bought</u> herself a bike. 莉茲給她自己買了一輛自行車。

The driver <u>charged</u> us only £2 each. 那個司機向我們倆每人只收取了 2 英鎊。

How much do you <u>charge</u> for printing photos? 沖印相片的費用是多少？

He often <u>donates</u> large amounts of money to charity.
他經常向慈善機構捐贈大筆款項。

He has no children to <u>inherit</u> his house. 他沒有子女繼承房產。

invest	[ɪnˈvest]	投資
lend	[lend]	把…借給
make money		賺錢
owe	[əʊ]	欠錢
pay	[peɪ]	**1** 付款；*pay for the food* 支付食品的費用
		2 支付；*pay the bill* 支付賬單
		3 付工資；*We can pay you every week.*
		我們可以每週付你薪水。
		4 還錢；
		I haven't paid him back yet. 我還沒還他錢。
pay something **in**		把錢存入（銀行賬戶）
pay up		清償，付款
save	[seɪv]	儲蓄
sign	[saɪn]	簽名；*sign a cheque* 簽支票
spend	[spend]	花錢；*spend money* 花錢
withdraw	[wɪðˈdrɔː]	取錢

EXAMPLES 例句

He <u>made</u> a lot of <u>money</u> from his first book. 他的第一本書為他賺了不少錢。

The company <u>owes</u> money to more than 60 banks.
這家公司欠 60 多家銀行的錢。

Blake <u>owed</u> him £50. 布萊克欠他 50 英鎊。

Tim and Barbara are <u>saving</u> for a house. 為了買房，添和芭芭拉正在存錢。

I was <u>saving</u> money to go to college. 我正在為上大學存錢。

ADJECTIVES 形容詞

bankrupt	['bæŋkrʌpt]	破產的
cheap	[tʃiːp]	便宜的
expensive	[ɪk'spensɪv]	昂貴的
generous	['dʒenərəs]	大方的；*a generous gift* 出手大方的禮物
mean	[miːn]	小氣的
poor	[pʊə,pɔː]	貧窮的
rich	[rɪtʃ]	富有的
thrifty	['θrɪfti]	節儉的
valuable	['væljʊəbəl]	寶貴的
wealthy	['welθi]	富裕的

IDIOMS 慣用語

be rolling in it	**inf** 錢很多
cheap and cheerful	**inf** 物美價廉
in the red	**inf** 透支
make ends meet	使收支平衡
money doesn't grow on trees	錢不是從天上掉下來的
save something for a rainy day	未雨綢繆
tighten your belt	省吃儉用

EXAMPLES 例句

I want to rent a <u>cheap</u> room near the university.
我想在大學附近租一間便宜點的房子。

She was always dressed in the most <u>expensive</u> silk and cashmere.
她過去總穿着極為昂貴的絲綢和羊絨服裝。

My mother taught me to be <u>thrifty</u>. 媽媽教導我要勤儉節約。

Do not leave any <u>valuable</u> items in your hotel room. 不要把貴重物品留在賓館房間。

The company is £5 million <u>in the red</u>. 這家公司虧損五百萬鎊。

Music 音樂

music   ['mju:zɪk]   **1** 音樂；*listen to music* 聽音樂
     2 樂譜；*read music* 識讀樂譜

TYPES OF MUSIC 音樂種類

classical music		古典音樂
country music	['kʌntri ,mju:zɪk]	鄉村音樂
folk music	['fəʊk ,mjʊ:zɪk]	民族音樂
jazz	[dʒæz]	爵士樂
pop music	['pɒp ,mju:zɪk]	流行音樂
rap	[ræp]	説唱音樂
rock and roll	[,rɒk ənd 'rəʊl]	搖滾樂

MUSICAL INSTRUMENTS 樂器

cello	['tʃeləʊ]	大提琴
clarinet	[,klʊrɪ'net]	單簧管

EXAMPLES 例句

This is a collection of traditional folk music from nearly 30 countries.
這是一張集合了近 30 個國家傳統民族音樂的專輯。

The club plays live jazz on Sundays. 每週日這個俱樂部都有現場爵士樂表演。

Elvis Presley was known as the King of Rock and Roll.
皮禮士利是公認的 "搖滾樂之王"。

drum	[drʌm]	鼓
flute	[fluːt]	長笛
guitar	[gɪ'tɑː]	結他
harp	[hɑːp]	豎琴
horn	[hɔːn]	號
keyboard	['kiːbɔːd]	**1** 鍵盤　**2** 鍵盤樂器
musical instrument	[ˌmjuːzɪkəl 'ɪnstrʊmənt]	樂器
oboe	['əʊbəʊ]	雙簧管
organ	['ɔːgən]	管風琴
piano	[pi'ænəʊ]	鋼琴
recorder	[rɪ'kɔːdə]	豎笛
saxophone	['sæksəˌfəʊn]	色士風
sitar	[sɪ'tɑː]	西他（一種印度絃樂器）

EXAMPLE 例句

Sam is a great <u>guitar</u> player. 山姆是一個優秀的結他樂手。

tambourine	[ˌtæmbəˈriːn]	扁平手鼓
trumpet	[ˈtrʌmpɪt]	小號
violin	[ˌvaɪəˈlɪn]	小提琴
xylophone	[ˈzaɪləˌfəʊn]	木琴

PEOPLE 人員

band	[bænd]	樂隊；*play in a band* 在樂隊中演奏
choir	[ˈkwaɪə]	合唱團
composer	[kəmˈpəʊzə]	作曲家
conductor	[kənˈdʌktə]	指揮
drummer	[ˈdrʌmə]	鼓手
guitarist	[gɪˈtɑːrɪst]	結他手
musician	[mjuːˈzɪʃən]	音樂家
orchestra	[ˈɔːkɪstrə]	管弦樂隊
pianist	[ˈpiːənɪst]	鋼琴家
singer	[ˈsɪŋə]	歌唱家

PIECES AND PARTS OF MUSIC 音樂組成部分

chord	[kɔːd]	和弦；*a chord of G major* G 大調和弦
chorus	[ˈkɔːrəs]	疊句
duet	[djuːˈet]	二重奏；*a duet for two guitarists* 結他二重奏

EXAMPLE 例句

He sang in his church <u>choir</u> for ten years. 他曾經在教堂的唱詩班唱過十年。

harmony	['hɑ:məni]	和聲；*play in harmony* 和諧演奏
key	[ki:]	調；*the key of C* C 調
lyrics	['lɪrɪks]	歌詞
melody	['melədɪ]	旋律
note	[nəʊt]	**1** 音調；*a wrong note* 錯誤的音調　**2** 音符
octave	['ɒktɪv]	八度
piece of music	[pi:s əv 'mju:zɪk]	樂曲；*an orchestral piece* 交響樂
rhythm	['rɪðəm]	節奏
scale	[skeɪl]	音階
solo	['səʊləʊ]	獨奏曲
song	[sɒŋ]	歌曲
verse	[vɜ:s]	詩節

RECORDING, PERFORMING AND LISTENING TO MUSIC
音樂錄製，表演及欣賞

album	['ælbəm]	專輯
CD	[ˌsi: 'di:]	唱片
concert	['kɒnsət]	音樂會
iPod ™	['aɪpɒd]	蘋果音樂播放機
karaoke	[ˌkæti'əʊki]	卡拉 OK

EXAMPLES 例句

She has a deep voice so she can't sing high <u>notes</u>.
她嗓音低沉，所以不適合唱高音。

He raised his sticks and beat out the <u>rhythm</u> of the song.
他揚起樂棒，敲奏出那首歌的節奏。

The band released their new <u>album</u> on July 1.
這個樂隊在 7 月 1 日發佈了他們的最新專輯。

The weekend began with an outdoor rock <u>concert</u>.
一場露天搖滾音樂會揭開了週末的序曲。

MP3 player	['em pi: 'θri: 'pleɪə]	播放機
microphone	['maɪkrə,fəʊn]	麥克風
record	['rekɔ:d]	唱片

VERBS 動詞

compose	[kəm'pəʊz]	作曲
conduct	[kən'dʌkt]	指揮
perform	[pə'fɔ:m]	表演
play	[pleɪ]	**1** 演奏 **2** 播放
practice	['præktɪs]	練習
record	[rɪ'kɔ:d]	錄製
sing	[sɪŋ]	唱歌
tune	[tju:n]	調音

ADJECTIVES 形容詞

| **acoustic** | [ə'ku:stɪk] | 非電聲的；*an acoustic guitar* 非電結他 |
| **classical** | ['klæsɪkəl] | 古典的；*classical music* 古典音樂 |

EXAMPLES 例句

the Orchestra of Welsh National Opera conducted by Carlo Rizzi.
由卡洛里茲擔任指揮的威爾斯國家歌劇院樂團。

They will be performing works by Bach and Scarlatti.
他們將演奏巴赫和斯卡拉蒂的作品。

Nina was playing the piano. 尼娜當時在彈鋼琴。

She played her CDs too loudly. 她把唱片的聲音開得太大了。

My brother and I used to sing this song. 我和哥哥以前經常唱這首歌。

flat	[flæt]	降半音的
major	['meɪdʒə]	大調的；*a scale of G major* G 大調
minor	['maɪnə]	小調的
musical	['mjuːzɪkəl]	**1** 音樂的；*musical training* 音樂培訓 **2** 有音樂天賦的； *musical children* 喜好音樂的孩子
sharp	[ʃɑːp]	升半音的

ADVERBS 副詞

in tune	['in 'tjuːn]	樂音準確；*sing in tune* 唱音很準
loudly	['laʊdli]	聲大；*playing loudly* 響亮地演奏
out of tune	[ˌaʊt əv 'tjuːn]	樂音不準；*sing out of tune* 唱走音
softly	['sɒftli]	輕柔地；*singing softly* 輕柔地哼唱

The office 辦公室

binder	['baɪndə]	文件夾
briefcase	['brɪfkeɪs]	公事包；*a leather briefcase* 皮質公事包
bulletin board (AmE.)		一見 **noticeboard**
business card	['bɪznɪs kɑ:d]	名片；*give someone your business card* 給別人自己的名片
calculator	['kælkjʊ,leɪtə]	計算器
department	[dɪ'pɑ:tmənt]	部門
desk	[desk]	辦公桌
fax machine	['fæks məʃi:n]	傳真機
file	[faɪl]	**1** 文件袋　**2** 電腦檔；*open a file* 打開文件； *a computer file* 電腦檔
filing cabinet	['faɪlɪŋ kæbɪnɪt]	文件櫃
folder	['fəʊldə]	**1** 資料夾；*a work folder* 工作資料夾 **2** 電腦資料夾
highlighter	['haɪlaɪtə]	熒光筆
ink cartridge	['ɪŋk kɑ:trɪdʒ]	墨水盒
meeting room	['mi:tɪŋ ,ru:m]	會議室
notepad	['nəʊtpæd]	**1** 便箋簿　**2** 可攜式電腦

EXAMPLES 例句

She works in the accounts <u>department</u>. 她在財務部工作。

The <u>file</u> contained letters and reports. 文件袋裏裝着一些信函和報告。

noticeboard	['nəʊtɪs,bɔːd]	佈告欄 （*AmE.* **bulletin board**）
office	['ɒfɪs]	辦公室；*work in an office* 在辦公室工作
overhead projector	['əʊvəhed prə'dʒektə]	投影儀
pair of scissors	[,peə əv 'sɪzəz]	剪刀
paperclips	['peɪpəklɪps]	曲別針
pen	[pen]	（= **coloured liquid**）鋼筆；水筆
pencil	['pensəl]	鉛筆
photocopier	['fəʊtəʊ,kɒpɪə]	影印機
photocopy	['fəʊtəʊ,kɒpi]	影本；*make a photocopy* 影印
printer	['prɪntə]	印表機
reception	[rɪ'sepʃən]	前台接待處
receptionist	[rɪ'sepʃənɪst]	接待員
safe	[seɪf]	保險箱
sellotape ™	['seləteɪp]	透明膠帶；*a roll of sellotape* 一卷透明膠帶
stapler	['steɪplə]	釘書機

EXAMPLE 例句

Her telephone number was pinned to the <u>noticeboard</u>.
她的電話號碼被釘在佈告欄裏。

staples	['steɪpəlz]	釘書釘
toner	['təʊnə]	（影印機）色粉
vending machine	['vendɪŋ məʃi:n]	自動販賣機

VERBS 動詞

photocopy	['fəʊtəʊ,kɒpi]	影印；*photocopy a document* 影印文件
scan	[skæn]	掃描
type	[taɪp]	打字

Personal items 個人物品

NOUNS 名詞

billfold (AmE.)		→見 **wallet**
bracelet	['breɪslɪt]	手鐲；*a silver bracelet* 銀手鐲
brush	[brʌʃ]	髮刷
change purse (AmE.)		→見 **purse**
comb	[kəʊm]	梳子
cotton wool	['kɒtən ˌwʊl]	藥棉
dental floss	['dentəl ˌflɒs]	牙線
deodorant	[di'əʊdərənt]	除臭劑
diamond	['daɪəmənd]	鑽石；*diamond earrings* 鑽石耳環
earring	['ɪərɪŋ]	耳環
face cream	['feɪs ˌkriːm]	面霜
face powder	['feɪs ˌpaʊdə]	粉
flannel	['flænəl]	洗澡巾（AmE. **washcloth**）
gel	[dʒel]	啫喱；*shower gel* 沐浴露
hairdryer	['heədraɪə]	吹風機
hairspray	['heəspreɪ]	噴髮定型劑

EXAMPLE 例句

Rosalinda was wearing gold <u>earrings</u>. 羅斯琳達戴着一副金耳環。

handbag	['hændbæg]	手袋 （*AmE.* **purse**）
handkerchief	['hæŋkətʃɪf]	手帕
jewellery	['dʒuːəlri]	珠寶；*a jewellery box* 首飾盒
key-ring	['kiːrɪŋ]	鑰匙環
lipstick	['lɪpstɪk]	唇膏
make-up	['meɪkʌp]	化粧品；*put on make-up* 化粧； *take off make-up* 卸粧
mirror	['mɪrə]	鏡子
mouthwash	['maʊθwɒʃ]	漱口水
nail file	['neɪl ˌfaɪl]	指甲銼
nail varnish	['neɪl vɑːnɪʃ]	指甲油
necklace	['neklɪs]	項鏈
perfume	['pɜːfjuːm]	香水
purse	[pɜːs]	**1** 手袋；零錢包 （*AmE.* **change purse**） **2** (*AmE.*) 一見 **handbag**

EXAMPLES 例句

Eva was wearing red lipstick. 伊娃塗了紅色的唇膏。

Anna doesn't usually wear much make-up. 安娜不常化粧。

Dan looked at himself in the mirror. 丹看着鏡子裏的自己。

The hall smelled of her mother's perfume. 大廳裏彌漫着她媽媽的香水味。

razor	['reɪzə]	剃鬚刀
ring	[rɪŋ]	戒指；*a wedding ring* 結婚戒指
shampoo	[ʃæm'puː]	洗髮水
soap	[səʊp]	肥皂；*a bar of soap* 一塊肥皂
sponge	[spʌndʒ]	（洗澡）海綿
sun cream	['sʌn ˌkriːm]	防曬霜
tissue	['tɪʃuː, 'tɪsjuː]	紙巾；*a packet of tissues* 一包紙巾
toilet paper	['tɔɪlət 'peɪpə]	衛生紙
toilet roll	['tɔɪlət ˌrəʊl]	衛生紙卷
toiletries	['tɔɪlətriz]	洗漱用品
toothbrush	['tuːθbrʌʃ]	牙刷
toothpaste	['tuːθpeɪst]	牙膏
towel	['taʊəl]	毛巾；*a bath towel* 浴巾
wallet	['wɒlɪt]	錢包（*AmE.* **billfold**）
washcloth (*AmE.*)		→見 **flannel**
watch	[wɒtʃ]	手錶

VERBS 動詞

| **brush** | [brʌʃ] | 梳理；*brush your hair* 梳理頭髮 |
| **carry** | ['kæri] | **1** 拿；*carry a handbag* 拿着手提包
2 隨身攜帶 |

comb	[kəum]	梳理；*comb your hair* 梳頭髮
put something on		穿上；塗抹
take something off		脫衣服；卸粧
wear	[wɪe]	穿戴

EXAMPLE 例句

She <u>put on her make-up</u>. 她化了粧。

Plants, trees and gardens 植物，樹木和花園

NOUNS 名詞

ash	[æʃ]	梣樹
bark	[bɑːk]	樹皮
beech	[biːtʃ]	山毛櫸
birch	[bɜːtʃ]	樺樹
bird feeder	[ˈbɜːd ˌfiːdə]	鳥食容器
blossom	[ˈblɒsəm]	花；*cherry blossom* 櫻花
border	[ˈbɔːdə]	綠化帶；*border plants* 綠化植物
branch	[brɑːntʃ]	樹枝
bud	[bʌd]	芽
bush	[buʃ]	灌木；*a rose bush* 玫瑰花叢
buttercup	[ˈbʌtəkʌp]	金鳳花
compost	[ˈkɒmpɒst]	堆肥
daffodil	[ˈdæfədɪl]	水仙花
daisy	[ˈdeɪzi]	雛菊
dandelion	[ˈdændɪˌlaɪən]	蒲公英
elm	[elm]	榆樹
fence	[fens]	籬笆
fern	[fɜːn]	蕨

EXAMPLES 例句

We picked apples from the upper <u>branches</u> of a tree.
我們把高處枝頭上的蘋果採摘下來。

Small pink buds were beginning to form on the <u>bushes</u>.
灌木叢裏長出粉色花蕾。

fertilizer	[ˈfɜːtɪˌlaɪzə]	肥料
fir tree	[ˈfɜːtriː]	冷杉
flower	[ˈflaʊə]	花朵；*a bunch of flowers* 一束花； *a flower bed* 苗牀；花壇； *a flower pot* 花盆
forest	[ˈfɒrɪst]	森林；*a forest fire* 林火
forget-me-not	[fəˈgetmɪˌnɒt]	勿忘我
garden	[ˈgɑːdən]	**1** 花園 **2** 公園
garden bench	[ˌgɑːdən ˈbenʃ]	公園長凳
garden centre	[ˈgɑːdən ˌsentə]	花卉市場
gardener	[ˈgɑːdnə]	園丁
gardening	[ˈgɑːdnɪŋ]	園藝
grass	[grɑːs]	草；*cut the grass* 割草
greenhouse	[ˈgriːnhaʊs]	溫室
ground	[graʊnd]	土壤
grounds	[graundz]	場地
hedge	[hedʒ]	樹籬

EXAMPLES 例句

She has a beautiful <u>garden</u>. 她擁有一個美麗的花園。

The <u>gardens</u> are open from 10.30 a.m. until 5.00 p.m.
公園開放時間為早上 10 點半到下午 5 點。

Mrs Daly employs a <u>gardener</u>. 戴利先生僱了一位園丁。

My favourite hobby is <u>gardening</u>. 我最喜歡園藝。

We walked around the palace <u>grounds</u>. 我們在宮殿的空地上散步。

hoe	[həʊ]	鋤
holly	['hɒli]	冬青樹
hose	[həʊz]	水管；*a garden hose* 澆花的水管
ivy	['aɪvɪ]	常春藤
jasmine	['dʒæzmɪn]	茉莉
lawn	[lɔːn]	草坪
lawnmower	['lɔːnməʊə]	割草機
leaf	[liːf]	樹葉；*an oak leaf* 一片橡樹葉
(PL)**leaves**	[liːvz]	
lily	['lɪli]	百合
oak	[əʊk]	橡樹
orchard	['ɔːtʃəd]	果園；*a cherry orchard* 櫻桃園
orchid	['ɔːkɪd]	蘭花
palm tree	['pɑːm ˌtriː]	棕櫚樹
path	[pɑːθ]	小路
patio	['pætiəʊ]	露台；*patio furniture* 露台傢具
petal	['petəl]	花瓣；*rose petals* 玫瑰花瓣
pine	[paɪn]	松樹

EXAMPLES 例句

We had lunch on the <u>lawn</u>. 我們在草地上吃了午餐。

We followed the <u>path</u> through the grounds. 我們沿着小路穿過空地。

plant	[plɑ:nt]	植物
poppy	['pɒpi]	罌粟
primrose	['prɪmrəʊz]	月見草；報春花
rainforest	['reɪnfɒrɪst]	雨林
rake	[reɪk]	耙
root	[ru:t]	根
rose	[rəʊz]	玫瑰
seed	[si:d]	種子
shade	[ʃeɪd]	陰涼處；in the shade 在陰涼處
shed	[ʃed]	小屋
shrub	[ʃrʌb]	灌木
soil	[sɔɪl]	泥土
sprinkler	['sprɪŋklə]	噴灑澆水器
stalk	[stɔ:k]	莖
stem	[stem]	梗
sunflower	['sʌnflaʊə]	向日葵
thorn	[θɔ:n]	刺

EXAMPLES 例句

Water each <u>plant</u> daily. 每天給所有的植物澆水。

Plant the <u>seeds</u> in small plastic pots. 這些種子種到小塑膠花盆裏。

They grow well in sun or partial <u>shade</u>.
這些植物在陽光下或一半陰涼的地方長得很好。

This book tells you how to choose <u>shrubs</u> for your garden.
這本書教你如何選擇適合自己花園的灌木。

The <u>soil</u> here is good for growing vegetables. 這裏的土壤很適合種蔬菜。

A single flower grows on each long <u>stalk</u>. 每一根長莖上只開出一朵花。

He cut the <u>stem</u> and gave her the flower. 他剪斷花桿，把花遞給她。

He removed a <u>thorn</u> from his foot. 他把刺從腳上拔了出來。

tree	[tri:]	樹；*apple trees* 蘋果樹
trunk	[trʌŋk]	樹幹
tulip	['tju:lɪp]	鬱金香
vase	[vɑ:z]	花瓶
violet	['vaɪəlɪt]	紫羅蘭
watering can	['wɔtərɪŋ ˌkæn]	水壺
weed	[wi:d]	雜草
weedkiller	['wi:dkɪlə]	除草劑
weeping willow	[ˌwi:pɪŋ 'wɪləʊ]	垂柳
wheelbarrow	['wi:lbærəʊ]	手推車
window box	['wɪndəʊ ˌbɒks]	窗口花箱
wood	[wʊd]	樹林
yew	[ju:]	紫衫樹

VERBS 動詞

blossom	['blɒsəm]	開花
cultivate	['kʌltɪˌveɪt]	種植；栽培
flower	['flaʊə]	開花

EXAMPLES 例句

There was a small <u>vase</u> of flowers on the table. 桌子上有一小瓶花。

The garden was full of <u>weeds</u>. 花園裏雜草叢生。

Rain begins to fall and peach trees <u>blossom</u>. 下雨了，桃花開了。

These plants will <u>flower</u> soon. 這些植物很快就會開花。

grow	[grəʊ]	1 發育　2 生長　3 種植
mow	[maʊ]	割草；*mow the lawn* 給草坪割草
pick	[pɪk]	採摘
plant	[plɑ:nt]	栽種
prune	[pru:n]	修剪
tend	[tend]	照料
water	['wɔ:tə]	灌溉
weed	[wi:d]	除草

ADJECTIVES 形容詞

deciduous	[dɪ'sɪdʒʊəs]	落葉的
evergreen	['evəgri:n]	常綠的
indoor	['ɪndɔ:]	室內的；*indoor plants* 室內植物
leafy	['li:fi]	1 多葉的；*leafy trees* 枝葉繁茂的樹木 2 長滿草木的
mature	[mə'tjʊə]	成熟的；*mature fruit trees* 成熟的果樹
outdoor	[,aʊt'dɔ:]	戶外的；室外的
overgrown	[,əʊvə'grəʊn]	長滿雜草的
shady	['ʃeɪdi]	在背陰處的

EXAMPLES 例句

There were roses growing by the side of the door. 門邊長滿了玫瑰。

He plans to plant fruit trees. 他打算種些果樹。

Try not to walk on the flower beds while you are weeding. 除草時切勿踩到花牀。

PHRASES 短語

**Keep off the
grass**

請勿踐踏草坪

IDIOMS 慣用語

**have a green
thumb** (*AmE.*)

見 **have green fingers**

**have green
fingers**

擁有高超的園藝技能
（*AmE.* **have a green thumb**）

Reading and writing 讀寫

NOUNS 名詞

alphabet	[ˈælfəbet]	字母表
article	[ˈɑːtɪkəl]	文章；*a newspaper article* 報紙文章
author	[ˈɔːθə]	作者
Biro	[ˈbaɪərəʊ]	伯羅圓珠筆
book	[bʊk]	書籍
capitals	[ˈkæpɪtəlz]	大寫字母
chapter	[ˈtʃæptə]	章；*See chapter 4.* 見第四章。
character	[ˈkærɪktə]	角色
colon	[ˈkəʊlən]	冒號
comic	[ˈkɒmɪk]	漫畫
comma	[ˈkɒmə]	逗號
conclusion	[kənˈkluːʒən]	結尾
contents page	[ˈkɒntents ˌpeɪdʒ]	目錄頁

EXAMPLES 例句

The Russian <u>alphabet</u> has 31 letters. 俄語字母表有 31 個字母。

Jill Phillips is the <u>author</u> of 'Give Your Child Music'.
吉爾・菲力浦斯是《給孩子音樂》這本書的作者。

Please write your name and address in <u>capitals</u>. 請大寫你的姓名和地址。

The main <u>character</u> in 'Great Expectations' is Pip.
《遠大前程》裏的主角是匹普。

correction fluid	[kə'rekʃən ˌfluːɪd]	塗改液
cover	['kʌvə]	封面
diary	['daɪəri]	日記
dictionary	['dɪkʃənəri]	字典
document	['dɒkjəmənt]	文件
draft	[drɑːft]	草稿；*a first draft* 初稿
e-book	['iːbʊk]	電子書
editor	['edɪtə]	編輯
encyclopedia	[ɪnˌsaɪklə'piːdiə]	百科全書
eraser *(AmE.)*		一見 **rubber**
essay	['eseɪ]	短文
exclamation mark	[ˌeksklə'meɪʃən ˌmɑːk]	感歎號（*AmE.* **exclamation point**）
exclamation point *(AmE.)*		一見 **exclamation mark**
fairy tale	['feəri ˌteɪl]	童話故事
fiction	['fɪkʃən]	小説

EXAMPLES 例句

Her photograph was on the front <u>cover</u> of 'Zoo' magazine.
她拍的照片刊登在《動物園》雜誌的封面上。

I have kept a <u>diary</u> since I was eleven. 從 11 歲時起，我就一直有寫日記的習慣。

She writes romantic <u>fiction</u>. 她創作了很多愛情小説。

full stop	[ˌfʊl ˈstɒp]	句號（*AmE.* **period**）
handwriting	[ˈhændraɪtɪŋ]	筆跡
headline	[ˈhedlaɪn]	標題
hero	[ˈhɪərəʊ]	男主人公
heroine	[ˈherəʊɪn]	女主人公
hyphen	[ˈhaɪfən]	連字號
index	[ˈɪndeks]	索引
ink	[ɪŋk]	墨水
introduction	[ˌɪntrə'dʌkʃən]	前言
journal	[ˈdʒɜ:nəl]	**1** 期刊；*an academic journal* 學術期刊
		2 同 **diary**
journalist	[ˈdʒɜ:nəlɪst]	記者
language	[ˈlæŋgwɪdʒ]	**1** 語言；*the English language* 英語
		2 語言交際；
		improve your language skills 提高你的語言技能
legend	[ˈledʒənd]	傳奇故事

EXAMPLES 例句

The address was in Anna's <u>handwriting</u>. 那個地址是安娜的筆跡。

The <u>headline</u> read 'Government plans to build new hospitals'.
報紙大標題寫着 "政府計劃修建新醫院" 。

letter	['letə]	**1** 信件；*send someone a letter* 給別人寄封信
		2 字母：
		the letters of the alphabet 字母表裏的字母
library	['laɪbrəri]	圖書館
literature	['lɪtərətʃə]	文學作品
magazine	[ˌmæɡə'ziːn]	雜誌
myth	[mɪθ]	神話
narrator	[nə'reɪtə]	敍述人
newspaper	['njuːzpeɪpə]	報紙
nonfiction	[nɒn'fɪkʃən]	寫實性文學作品
novel	['nɒvəl]	長篇小説
novelist	['nɒvəlɪst]	小説家
page	[peɪdʒ]	頁碼；*Turn to page 7.* 翻到第 7 頁。
paper	['peɪpə]	**1** 紙張；*a piece of paper* 一張紙　**2** 報紙

EXAMPLES 例句

The letter was written in blue ink. 那封信是用藍墨水書寫的。

Ayumi is studying English literature at Leeds University. 亞由美正在里茲大學讀英國文學。

I read about the fire in the newspaper. 我從報紙上了解到那場火災的情況。

The library contains both fiction and nonfiction. 圖書館中既有小説又有非小説。

My favourite novel is 'War and Peace'. 我最喜歡的小説是《戰爭與和平》。

I'm going to the shop to buy a paper. 我要去商店買份報紙。

paperback	[ˈpeɪpəˌbæk]	平裝書
paragraph	[ˈpærəˌgrɑːf]	段落
pen	[pen]	鋼筆
pencil	[ˈpensəl]	鉛筆
period (AmE.)		一見 **full stop**
play	[pleɪ]	劇本
plot	[plɒt]	故事情節
poem	[ˈpəʊɪm]	詩
poet	[ˈpəʊɪt]	詩人
poetry	[ˈpəʊɪtri]	詩
punctuation	[ˌpʌŋktʃʊˈeɪʃən]	標點符號
question mark	[ˈkwestʃən ˌmɑːk]	問號
quotation	[kwəʊˈteɪʃən]	引文

EXAMPLES 例句

I'll buy the book when it comes out in paperback.
要是這書出了平裝，我就買一本。

'Hamlet' is my favourite play. 《哈姆雷特》是我喜歡的戲劇。

He told me the plot of his new novel. 他告訴了我他新書的故事情節。

We studied French poetry last term. 上學期我們學習了法國詩歌。

Check your spelling and punctuation. 檢查一下你的拼寫和標點符號。

quotation marks	[kwəʊ'teɪʃən ˌmɑːks]	引號
report	[rɪ'pɔːt]	**1** 報導：*a newspaper report* 一篇新聞報導 **2** 報告：*a book report* 讀書報告
rubber	['rʌbə]	橡皮 （*AmE.* **eraser**）
scene	[siːn]	場景
script	[skrɪpt]	腳本
semicolon	['semiˌkəʊlɒn]	分號
sentence	['sentəns]	句子
story	['stɔːri]	故事
summary	['sʌməri]	概要
thesaurus *(PL)* **thesauruses, thesauri**	[θi'sɔːrəs] [θɪ'sɔːraɪ]	同類詞詞典
thriller	['θrɪlə]	恐怖小説
title	['taɪtəl]	標題

EXAMPLES 例句

The opening <u>scene</u> shows a mother and daughter having an argument.
開始的場景展現了一對爭吵中的母女。

Here is a short <u>summary</u> of the news. 這有一篇關於那則新聞的概要。

The <u>title</u> of the novel is 'Jane Eyre'. 小説名 《簡・愛》。

translation	[trænz'leɪʃən]	譯文
vocabulary	[vəʊ'kæbjʊləri]	**1** 詞彙量； *She has a large vocabulary.* 她的詞彙量很大。 **2** 詞彙；*a new word in the English vocabulary* 一個新的英語詞彙 **3** 行業詞彙；專業用語； *technical vocabulary* 科技詞彙
word	[wɜːd]	詞語
writer	['raɪtə]	作家
writing	['raɪtɪŋ]	**1** 文字　**2** 文學作品；*a piece of writing* 一篇文章 **3** 寫作（活動）

VERBS 動詞

copy	['kɒpi]	抄寫；複製
delete	[dɪ'liːt]	刪除
look something up		查找
print	[prɪnt]	**1** 印刷；*print copies of a novel* 影印小説的複本 **2** 用印刷體書寫； *print your name* 用印刷體書寫你的名字

EXAMPLES 例句

The Italian word for 'love' is 'amore'.
在意大利語中，"愛" 這個詞用 "amore" 表示。

Lydia tried to read the writing on the next page. 莉蒂亞努力識讀下一頁的文字。

Elizabeth Johnston teaches creative writing at Concordia University.
伊莉莎伯・約翰斯頓在肯考迪亞大學教授創意寫作課。

I didn't know what 'subscribe' meant, so I looked it up in the dictionary.
我不知道 "subscribe" 是甚麼意思，於是查了字典。

publish	['pʌblɪʃ]	出版
read	[ri:d]	**1** 讀；*read a book* 讀書 **2** 講；*read someone a story* 給某人講故事
rhyme	[raɪm]	押韻；*'June' rhymes with 'moon'.* 　　　"June" 與 "moon" 押韻。
rub something out		把…擦掉，抹掉； *rub out a mistake* 擦掉錯誤
set	[set]	以…為背景
skim	[skɪm]	略讀；瀏覽
spell	[spel]	**1** 拼寫，拼讀； *How do you spell 'potato'?* "馬鈴薯" 英語單詞怎麼拼寫？ **2**（能）拼寫單詞； *Many students cannot spell.* 很多孩子不會拼寫單詞。
translate	[trænz'leɪt]	翻譯
type	[taɪp]	打字
write	[raɪt]	**1** 書寫　**2** 寫作 **3** 寫信；*write to someone* 給某人寫信

EXAMPLES 例句

HarperCollins will <u>publish</u> his new novel in March.
3 月份哈珀柯林斯即將出版他的新小説。

The novel is <u>set</u> in China in 1900. 這本小説以 1900 年的中國為故事背景。

He <u>skimmed</u> the pages quickly, then read them again more carefully.
他快速翻了翻書，然後又更加仔細地讀起來。

Martin Luther <u>translated</u> the Bible into German.
馬丁‧路德把《聖經》翻譯成了德語。

Please <u>write</u> your name and address on the back of the photo.
請將你的姓名和地址寫在照片的背面。

She <u>writes</u> articles for French newspapers. 她為法國報紙撰寫文章。

Routines 日常生活

chore	[tʃɔː]	雜物；*household chores* 家務瑣事；*do the chores* 做家庭雜務
day off	[ˌdeɪˈɒf]	休息日；*have a day off* 休息一天
free time	[friːˈtaɪm]	閒暇時間；*in your free time* 在你空閒時
habit	[ˈhæbɪt]	習慣；*a bad habit* 壞習慣；*an old habit* 積習；老毛病
hobby	[ˈhɒbi]	愛好
housework	[ˈhaʊswɜːk]	家務；*do housework* 做家務
lie-in	[ˈlaɪɪn]	（早晨）睡懶覺
lifestyle	[ˈlaɪfstaɪl]	生活方式；*a healthy lifestyle* 健康的生活方式
lunch break	[ˈlʌntʃ breɪk]	午餐休息時間；*have your lunch break* 享受午餐小憩
routine	[ruːˈtiːn]	日常安排；*your daily routine* 你的日常安排
rush hour	[ˈrʌʃaʊə]	高峰時間；*rush-hour traffic* 高峰時段的交通
time off	[ˌtaɪm ˈɒf]	休息時間；*take time off* 休息；*give someone time off* 讓某人休息

EXAMPLES 例句

She's always busy and has lots of <u>hobbies</u>. 她總是很忙並且有許多興趣愛好。

Skiing is an expensive <u>hobby</u>. 滑雪是一項奢侈的愛好。

I have a <u>lie-in</u> on Sundays. 週日早晨我習慣睡懶覺。

I had to drive eight miles at <u>rush hour</u>. 我不得不在高峰時間開八英里的路程。

VERBS 動詞

commute	[kə'mju:t]	乘車上下班；通勤
shave	[ʃeɪv]	剃鬚
do the shopping		購物
drop someone off		開車送（某人）到某處
get dressed		穿衣
get ready		準備
get up		起牀
go home		回家
go to bed		睡覺
go to sleep		入睡
go to work		上班
have/take a bath		洗澡
have/take a shower		淋浴
have breakfast		吃早餐
have dinner		吃晚餐
have lunch		吃午餐
make dinner		煮飯

EXAMPLES 例句

Many women <u>shave</u> their legs. 很多女性都剃腿上的汗毛。

He always <u>shaves</u> before breakfast. 他經常在早餐前刮鬍子。

Dad <u>dropped me off</u> at school on his way to work.
爸爸在上班的路上順便送我到學校。

It takes her a long time to <u>get ready</u> for school.
她花了很長時間才做好上學的準備。

They have to <u>get up</u> early in the morning. 他們不得不大清早就起牀。

We <u>went to bed</u> at about 10 p.m. 我們大概晚上 10 點鐘睡覺。

It was time to <u>go to work</u>. 上班時間到了。

Would you like to stay and <u>have dinner</u>? 你願意留下來共進晚餐嗎？

pick someone up	開車接某人
set your alarm	設定鬧鐘
sleep in	睡懶覺
tidy up	整理
wake up	睡醒

ADVERBS 副詞

at weekends	在週末
during the week	在工作日
every day	每天
every week	每週
in the afternoon	在下午
in the evening	在傍晚
in the morning	在早晨

EXAMPLES 例句

I pick the children up from school at three o'clock.
我 3 點鐘把孩子們從學校接回來。

Dad set the alarm for eight the next day. 爸爸把第二天的鬧鐘設置成 8 點鐘。

It was cold and dark when I woke up at 6.30. 當我 6 點半起牀時，天又冷又黑。

She was never at home at weekends. 她週末從不在留家裏。

He never goes out during the week. 他工作日從來不出門。

They got up every day before dawn. 每天他們天不亮就起牀了。

He phones his mother every week. 他每週都給他的母親打電話。

He's arriving in the afternoon. 他下午到。

We usually have dinner at seven in the evening. 我們通常晚上 7 點吃晚飯。

The first thing people do in the morning is open the curtains.
清晨人們第一件要做的事是拉開窗簾。

(IDIOMS 慣用語)

burn the candle at both ends	操勞過度
go out like a light	入睡快
on the go	忙個不停
rushed off your feet	忙得不可開交

EXAMPLE 例句

I've been <u>on the go</u> all day. 我一整天都忙忙碌碌。

School 學校

assembly	[əˈsembli]	晨會；*a school assembly* 學校晨會
blackboard	[ˈblækbɔːd]	黑板 （*AmE.* **chalkboard**）
box lunch (*AmE.*)		一見 **packed lunch**
break	[breɪk]	課間休息；*lunch break* 午餐休息時間；*at break* 在課間休息時 （*AmE.* **recess**）
bully	[ˈbʊli]	惡棍；**school bullies** 校園惡棍
canteen	[kænˈtiːn]	餐廳；*the school canteen* 學校餐廳
caretaker	[ˈkeəteɪkə]	管理員 （*AmE.* **janitor**）；*a school caretaker* 校園門衛
chalkboard (*AmE.*)		一見 **blackboard**
class	[klɑːs]	**1** 班級　**2** 課堂時間
classroom	[ˈklɑːsruːm]	教室
desk	[desk]	書桌
education	[ˌedjʊˈkeɪʃən]	教育；*secondary / primary education* 初等/基礎教育；*higher / further education* 高等教育/繼續教育；*sex / health education* 性/健康教育
elementary school (*AmE.*)		一見 **primary school**

EXAMPLES 例句

We have <u>assembly</u> on Tuesday and Friday mornings.
我們每週二和週五早晨都有集會。

After the first two lessons, we have <u>break</u>. 前兩節課後我們休息。

He spent six months in a <u>class</u> with younger pupils.
他給更小的學生上了六個月的課。

<u>Classes</u> start at 9 o'clock. 9 點開始上課。

We do lots of reading in <u>class</u>. 我們上課做很多閱讀。

essay	['eseɪ]	短文；*write an essay* 寫一篇短文
exam	[ɪg'zæm]	考試；*take / sit an exam* 參加考試；*pass/fail an exam* 通過考試/考試不及格；*exam results* 考試結果，考試成績
examination	[ɪg,zæmɪ'neɪʃən]	**FORMAL** 考試
exercise	['eksə,saɪz]	練習；*a writing exercise* 寫作練習；*an exercise book* 練習冊
grade	[greɪd]	成績
gym	[dʒɪm]	健身房
head teacher	[,hed 'ti:tʃə]	校長
holidays	['hɒlɪdeɪz]	假期；*the summer holidays* 暑假
homework	['həʊmwɜ:k]	功課；*do your homework* 做功課
janitor *(AmE.)*		一見 **caretaker**
lesson	['lesən]	課程；*a history lesson* 歷史課
lunchbox	['lʌntʃbɒks]	午餐飯盒
mark	[mɑ:k]	分數
mistake	[mɪ'steɪk]	錯誤
packed lunch	[,pækt 'lʌntʃ]	自帶的午餐；*take / have a packed lunch* 吃自帶午餐（*AmE.* **box lunch**）

EXAMPLES 例句

She always got top <u>grades</u>. 她的成績總是名列前茅。

the first day of the school <u>holidays</u> 暑假第一天

I have <u>homework</u> every day. 我每天都有功課。

I got a good <u>mark</u>. 我考了好成績。

Tony made three spelling mistakes in this <u>essay</u>.
托尼的這篇短文中有三個拼寫錯誤。

PE	[ˌpiː ˈiː]	體育課
period	[ˈpɪəriəd]	期間；*a free period* 閒置時間
playground	[ˈpleɪɡraʊnd]	操場；*the school playground* 學校操場
playtime	[ˈpleɪtaɪm]	課間遊戲時間
pre-school	[ˈpriːskuːl]	學前班
primary school	[ˈpraɪməri ˌskuːl]	小學（*AmE.* **elementary school**）
private school	[ˈpraɪvɪt ˌskuːl]	私立學校
public school	[ˈpʌblɪk ˌskuːl]	**1**（英國）私立學校；公學
		2（美，澳等國的）公立學校
pupil	[ˈpjuːpɪl]	小學生
recess *(AmE.)*		→見 **break**
register	[ˈredʒɪstə]	登記簿；*take the register* 登記註冊
result	[rɪˈzʌlt]	結果；*exam results* 考試結果
school	[skuːl]	學校；*a school bag* 書包；
a school bus		校車；*school lunch* 學校供應的午飯
school rules	[ˌskuːl ˈruːlz]	校規；*obey school rules* 遵守校規

EXAMPLES 例句

Friends in different classes can meet up at playtime.
不同班級的朋友可以在課間休息時間一起玩耍。

He goes to a private school. 他在一間私立學校上學。

school uniform	[ˌskuːl ˈjʊnɪfɔːm]	校服；*wear / have a school uniform* 穿着/有校服
schoolchildren	[ˈskuːltʃɪldrən]	學齡兒童
secondary school	[ˈsekəndəri ˌskuːl]	中學
smart board ™	[ˈsmɑːt ˌbɔːd]	智能板
special education	[ˌspeʃəl ˌedʒʊˈkeɪʃən]	特殊教育
state school	[ˈsteɪt ˌskuːl]	公立學校；*go to a state school* 在公立學校上學
subject	[ˈsʌbdʒɪkt]	課程
teacher	[ˈtiːtʃə]	教師；*an English teacher* 英語教師； *a science teacher* 理科老師； *a primary / secondary school teacher* 小學/中學老師
term	[tɜːm]	學期；*this / last term* 這/上學期
test	[test]	測試；*pass / fail a test* 通過測試，考試不及格
textbook	[ˈtekstbʊk]	課本
timetable	[ˈtaɪmteɪbəl]	課程表；*an exam timetable* 考試安排表
tutor	[ˈtjuːtə]	家教；*a private tutor* 私人家教； *an English tutor* 英語家教
whiteboard	[waɪtbɔːd]	白板

EXAMPLES 例句

Maths is my favourite <u>subject</u>. 數學是我喜歡的課程。

The school's head <u>teacher</u> will retire at the end of the term.
校長這學期末就要退休了。

VERBS 動詞

ask	[ɑ:sk, æsk]	問；*ask a question* 提問題
answer	[ˈɑ:nsə]	回答；*answer a question* 回答問題
break up		期末放假
bully	[ˈbʊli]	欺凌
cheat	[tʃi:t]	作弊
correct	[kəˈrekt]	批改； *correct pupils' work* 批改學生作業； *correct mistakes* 訂正錯誤
expel	[ɪksˈpel]	開除
fail	[feɪl]	不及格；*fail an exam* 考試不及格
learn	[lɜ:n]	學習
mark	[mɑ:k]	評分；*mark an essay* 給文章打分
pass	[pɑ:s]	及格；*pass an exam* 考試及格
punish	[ˈpʌnɪʃ]	懲罰
put up your hand		舉手
read	[ri:d]	閱讀；*learn to read and write* 學習讀寫
repeat	[rɪˈpi:t]	重複
revise	[rɪˈvaɪz]	複習

EXAMPLES 例句

The schools break up this weekend. 從這週末起學校開始放假。

I think they were bullied in school. 我猜他們可能在學校受欺負了。

Pupils sometimes cheated in order to get into top schools.
為了進好學校，學生有時會考試作弊。

She was expelled for cheating in an exam. 由於考試作弊，她被開除了。

I have to revise for my maths exam. 我得為數學考試複習。

study	['stʌdi]	學習；*study history* 學習歷史
teach	[tiːtʃ]	教
write	[raɪt]	寫

ADJECTIVES 形容詞

absent	['æbsənt]	缺席的
correct	[kə'rekt]	正確的；*a correct answer* 一個正確答案
difficult	['dɪfɪkəlt]	難得；*a difficult question* 一道難題
easy	['iːzi]	簡單；*an easy task* 一個簡單的任務
present	['prezənt]	出勤的；*be present* 在場

ADVERBS 副詞

| **off by heart** | | 靠記憶 |

EXAMPLES 例句

Christine teaches biology at Piper High. 克里斯丁在派普爾中學教授生物課。

'Was he at school yesterday?' – 'No, he was absent.'
"他昨天到校了麼？" "不，他沒來。"

She's learnt the whole speech off by heart. 她記住了整篇演講。

Science 自然科學

acid	['æsɪd]	酸；*citric acid* 檸檬酸
astronaut	['æstrənɔːt]	太空人
astronomy	[ə'stɒnəmi]	天文學
atom	['ætəm]	原子
axis	['æksɪs]	**1** 軸；*the Earth's axis* 地軸
(PL) **axes**	['æksiːs]	**2** 坐標軸；*the vertical / horizontal axis* 縱/橫坐標
botany	['bɒtəni]	植物學
cell	[sel]	細胞；*brain cells* 腦細胞
charge	[tʃɑːdʒ]	電荷；*an electrical charge* 電荷
chemical	['kemɪkəl]	化學品
chemist	['kemɪst]	化學家
chemistry	['kemɪstri]	化學
circuit	['sɜːkɪt]	電路；*an electrical circuit* 電路
compound	['kɒmpaʊnd]	化合物
current	['kʌrənt]	（水/氣/電）流
electricity	[ɪlek'trɪsɪti, ,elek-]	電
element	['elɪmənt]	元素

energy	['enədʒi]	能量
evolution	[ˌiːvə'luːʃən, ˌev-]	進化
experiment	[ɪk'sperɪmənt]	實驗；*conduct an experiment* 做實驗
force	[fɔːs]	力；*the Earth's gravitational force* 地球引力
formula	['fɔːmjʊlə]	**1** 公式　**2** 配方
*(PL)*formulas, 　formulae	['fɔːmjʊliː]	
fuse	[fjuːz]	保險絲
gene	[dʒiːn]	基因
genetics	[dʒɪ'netɪks]	遺傳學
gravity	['grævɪti]	重力
hormone	['hɔːməʊn]	荷爾蒙
laboratory	[lə'bɒrətri]	實驗

EXAMPLES 例句

The device converts <u>energy</u> from the sun into electrical <u>energy</u>.
這種設備可以將太陽能轉換成電能。

He developed a mathematical <u>formula</u> describing the distances of the planets
from the Sun. 他創立了一個數學公式，可以測算出太陽距這些行星的距離。

The Earth's <u>gravity</u> pulls the oceans in daily tides.
地球的萬有引力引起了海洋每天的潮汐。

lens	[lɛnz]	鏡片
magnet	['mægnɪt]	磁鐵
microscope	['maɪkrə,skəʊp]	顯微鏡
molecule	['mɒlɪ,kjuːl]	分子
organism	['ɔːgə,nɪzəm]	生物
physics	['fɪzɪks]	物理
power	['paʊə]	能量
radar	['reɪdɑː]	雷達
science	['saɪəns]	科學
scientist	['saɪəntɪst]	科學家
spacecraft	['speɪskrɑːft]	太空船
specimen	['spesɪmɪn]	標本：*examine a specimen* 檢查一個標本
test tube	['test ,tjuːb]	試管
theory	['θɪəri]	理論
volt	[vəʊlt]	伏特：*a 12-volt battery* 12 伏的電池
watt	[wɒt]	瓦特：*a 60-watt light bulb* 60 瓦照明燈泡

EXAMPLES 例句

The system creates enough <u>power</u> to run four lights.
這個系統能為這四盞燈提供足夠的電量。

The mystery objects showed up on the plane's <u>radar</u>.
那些神秘的物體出現在飛機的雷達顯示器上。

Albert Einstein developed the <u>Theory</u> of Relativity.
艾拔・愛因斯坦創立了相對論。

(VERBS 動詞)

dilute	[daɪˈljuːt]	稀釋
dissect	[daɪˈsekt, dɪ-]	解剖
dissolve	[dɪˈzɒlv]	使溶解
evaporate	[ɪˈvæpəˌreɪt]	蒸發
evolve	[ɪˈvɒlv]	進化
measure	[ˈmeʒə]	測量
test	[test]	測評

(ADJECTIVES 形容詞)

atomic	[əˈtɒmɪk]	原子能的
chemical	[ˈkemɪkəl]	化學的;*a chemical reaction* 化學反應
electric	[ɪˈlektrɪk]	**1** 用電的;*an electric car* 電動汽車 **2** 通電的;*electric cables* 電纜
nuclear	[ˈnjuːklɪə]	核能的;*a nuclear power station* 核電站
scientific	[ˌsaɪənˈtɪfɪk]	科學的;*a scientific experiment* 科學實驗

EXAMPLES 例句

Dilute the fruit juice thoroughly. 徹底稀釋這個果汁。

Boil the water and sugar until the sugar has dissolved completely.
煮沸這些水和糖直到糖徹底融化。

Water evaporates from the oceans into the atmosphere.
海洋中的水蒸發進入大氣層。

Humans have evolved with the power to hold things.
通過進化人類學會用手拿東西。

He spends a lot of time conducting scientific research.
他投入了大量時間進行科學實驗。

Shopping 購物

baker's	[ˈbeɪkəz]	蛋糕店；麵包店
barcode	[ˈbɑːkəʊd]	條形碼
bargain	[ˈbɑːgɪn]	特價商品
bookshop	[ˈbʊkʃɒp]	書店（AmE. **bookstore**）
bookstore (AmE.)		一見 **bookshop**
boutique	[buːˈtiːk]	（時裝、珠寶等的）專賣店；精品店
butcher's	[ˈbʊtʃəz]	肉店
carrier bag	[ˈkæriə bæg]	購物袋
cash	[kæʃ]	現金
catalogue	[ˈkætəlɒg]	商品目錄
change	[tʃeɪndʒ]	找零
checkout	[ˈtʃekaʊt]	付款台
chemist's	[ˈkemɪsts]	藥店
cheque	[tʃek]	支票；pay by cheque 支票支付
clothes shop	[ˈkləʊðz ʃɒp]	服裝店
complaint	[kəmˈpleɪnt]	投訴

EXAMPLES 例句

I got these cakes from the baker's this morning.
今天早上我從蛋糕店買了這些蛋糕。

If you go early, you could get a real bargain.
如果你早點去，就可以買到特價商品。

I'm afraid we only accept cash. 不好意思，我們只收現金。

Here's your change. 找您的零錢。

I want to make a complaint. 我要投訴。

credit card		信用卡；*pay by credit card* 用信用卡支付
customer	[ˈkʌstəmə]	顧客
department	[dɪˈpɑːtmənt]	區；*the toy department* 玩具區
department store	[dɪˈpɑːtmənt ˌstɔː]	百貨商店
discount	[ˈdɪskaʊnt]	折扣
fishmonger's	[ˈfɪʃmʌŋgəz]	魚舖
florist's	[ˈflɒrɪst]	花店
fruit shop	[ˈfruːt ʃɒp]	水果店
gift shop	[ˈgɪft ʃɒp]	禮品商店
goods	[gʊdz]	商品；*electrical goods* 電器
greengrocer's	[ˈgriːngrəʊsəz]	蔬菜水果店
grocer's	[ˈgrəʊsəz]	雜貨店
jewellers	[ˈdʒuːələz]	珠寶店
line (*AmE.*)		一見 **queue**
mail order	[ˌmeɪl ˈɔːdə]	郵購
market	[ˈmɑːkɪt]	市場；*a farmers' market* 農貿市場
newsagent's	[ˈnjuːzeɪdʒəntz]	報刊亭
online store	[ˈɒnlaɪn ˌstɔː]	網上店
opening hours	[ˈəʊpnɪŋ aʊəz]	營業時間
price	[praɪs]	價格

EXAMPLES 例句

What are your <u>opening hours</u>? 你們甚麼時間營業？

The <u>price</u> of bread went up by 20 per cent last year.
去年麵包價格上漲百分之二十。

queue	[kjuː]	排隊；*wait in a queue* 排隊等候（*AmE.* **line**）
receipt	[rɪˈsiːt]	收據
refund	[ˈriːfʌnd]	退款
sale	[seɪl]	減價出售
sales clerk *(AmE.)*		一見 **shop assistant**
shoe shop	[ˈʃuː ʃɒp]	鞋店
shop	[ʃɒp]	商店（*AmE.* **store**）
shop assistant	[ˈʃɒp əsɪstənt]	售貨員（*AmE.* **sales clerk**）
shopping	[ˈʃɒpɪŋ]	購物； *go shopping* 去購物；*do the shopping* 買東西
shopping bag	[ˈʃɒpɪŋ bæg]	購物袋
shopping cart *(AmE.)*		一見 **shopping trolley**
shopping centre	[ˈʃɒpɪŋ sentə]	購物中心
shopping list	[ˈʃɒpɪŋ lɪst]	採購清單
shopping trolley	[ˈʃɒpɪŋ trɒli]	購物車 （*AmE.* **shopping cart**）
size	[saɪz]	尺寸
special offer	[ˌspeʃəl ˈɒfə]	優惠特價

EXAMPLES 例句

Please make sure you keep your <u>receipt</u>. 請保管好您的購物小票。

I'd like a <u>refund</u>. 我想要退款。

I bought these jeans in the <u>sale</u>. 我在大減價時買了這些牛仔褲。

Do you have this in a smaller <u>size</u>? 這款有沒有小一號？

stationer's	['steɪʃənəz]	文具店
store	[stɔː]	**1** 商場；*a furniture store* 傢具店 **2** *(AmE.)* 一見 **shop**
supermarket	['suːpəmɑːkɪt]	超市
sweetshop	['swiːtʃɒp]	糖果店
till	[tɪl]	（商店的）現金出納機
toy shop	['tɔɪ ʃɒp]	玩具店

**window
  shopping**
	['wɪndəʊ
	  ˌʃɒpɪŋ]
		櫥窗瀏覽

(VERBS 動詞)

browse	[braʊz]	隨意瀏覽
buy	[baɪ]	購買
close	[kləʊz]	結束營業
cost	[kɒst]	花費
open	['əʊpən]	開始營業
pay	[peɪ]	支付
return	[rɪ'tɜːn]	退貨
sell	[sel]	銷售
spend	[spend]	花錢
try something on		試穿

EXAMPLES 例句

How much does it <u>cost</u>? 這個多少錢？

Can I <u>pay</u> with this card? 我能刷卡嗎？

You may <u>return</u> any goods within 14 days. 您可在兩週內退還任何商品。

Do you <u>sell</u> stamps? 你這裏賣郵票嗎？

Can I <u>try this on</u>? 我能試穿一下嗎？

(ADJECTIVES 形容詞)

cheap	[tʃiːp]	**1** 便宜的	**2** 廉價的
closed	[kləʊzd]	結束營業的	
expensive	[ɪk'spensɪv]	昂貴的	
in stock	[ɪn'stɒk]	有備貨的	
on sale	[ɒn 'seɪl]	**1** 待出售	**2** 特價的
open	['əʊpən]	營業的	
out of stock	[ˌaʊt əv 'stɒk]	缺貨	
reduced	[ri'djuːst]	打折的；*a reduced price* 折扣價	
second-hand	[ˌsekənd'hænd]	二手的；*a second-hand car* 二手車	
value for money	['væljuː fəː ˌmʌni]	物超所值的；*a value-for-money clothing store* 一個比較實惠的服裝店	

(PHRASES 短語)

Anything else?	別的還需要嗎？
Just looking.	只是隨便看看。

EXAMPLES 例句

I'd like something <u>cheaper</u>. 我想看看便宜點的。

It's too <u>expensive</u>. 太貴了。

I'm afraid we don't have your size <u>in stock</u>. 不好意思，您要的號碼沒貨。

Society and politics 社會和政治

NOUNS 名詞

ambassador	[æm'bæsədə]	大使：
		the British ambassador in Berlin 英國駐柏林大使
army	['ɑːmi]	軍隊
asylum seeker	[ə'saɪləm siːkə]	尋求避難者
capitalism	['kæpɪtəlɪzəm]	資本主義
capitalist	['kæpɪtəlɪst]	資本主義擁護者
caste	[kɑːst, kæst]	種姓
ceasefire	['siːsfaɪə]	停火協議：*declare a ceasefire* 宣佈停火
citizen	['sɪtɪzən]	**1** 公民　**2** 居民
civil war	[ˌsɪvəl 'wɔː]	內戰
civilian	[sɪ'vɪliən]	平民
class	[klɑːs]	階級
communism	['kɒmjʊˌnɪzəm]	共產主義

EXAMPLES 例句

Prince Charlie's <u>army</u> marched on Edinburgh in 1745.
1745 年查理王子的軍隊在愛丁堡遊行。

The number of <u>asylum seekers</u> entering Britain fell last month.
到英國尋求避難的人數上月減少。

Ten <u>civilians</u> died in the attack. 十名平民死於這次襲擊。

communist	['kɒmjʊnɪst]	共產主義者
community	[kə'mju:nɪti]	團體；*the Muslim community* 穆斯林群體
council	['kaʊnsəl]	委員會；*the local council* 地方當局
country	['kʌntri]	國家
culture	['kʌltʃə]	文化
democracy	[dɪ'mɒkrəsi]	民主
dictator	[dɪk'teɪtə]	獨裁者
election	[ɪ'lekʃən]	選舉；*a presidential election* 總統大選
embassy	['embəsi]	**1** 大使館 **2** 大使館官邸
emperor	['empərə]	皇帝
empire	['empaɪə]	帝國
globalization	[ˌgləʊbəlaɪ'zeɪʃən]	全球化
government	['gʌvənmənt]	政府
human rights	[ˌhju:mən 'raɪts]	人權

EXAMPLES 例句

The <u>embassy</u> has confirmed the report. 大使館確認了這則報導。

A police officer was guarding the <u>embassy</u>. 當時一名警員守衞着大使館。

The country has a poor <u>human rights</u> record. 這個國家存在着人權問題。

immigrant	['ɪmɪgrənt]	移民
independence	[ˌɪndɪ'pendəns]	獨立
king	[kɪŋ]	國王
kingdom	['kɪŋdəm]	王國
the middle class	[ðə ˌmɪdəl 'klɑːs]	中產階級
monarchy	['mɒnəki]	君主制
MP	[ˌem 'piː]	（英國）下院議員
nation	['neɪʃən]	國家
nationality	[ˌnæʃə'nælɪti]	1 國籍：*Polish nationality* 波蘭國籍　2 民族
parliament	['pɑːləmənt]	議會
party	['pɑːti]	政黨：*the Conservative Party* 保守黨
peace	[piːs]	和平
politics	['pɒlɪtɪks]	政治活動
population	[ˌpɒpjʊ'leɪʃən]	人口
president	['prezɪdənt]	總統

EXAMPLES 例句

Biafra declared <u>independence</u> in May 1967. 比夫拉於 1967 年 5 月宣佈獨立。

We have several different <u>nationalities</u> in our team.
我們團隊成員來自幾個不同的民族。

NATO forces were sent to Kosovo to keep the <u>peace</u>.
北約部隊被派往科索沃地區執行維和任務。

prime minister	[ˌpraɪm ˈmɪnɪstə]	首相
queen	[kwiːn]	**1** 女王 **2** 王后
refugee	[ˌrefjuːˈdʒiː]	難民
republic	[rɪˈpʌblɪk]	共和國
revolution	[ˌrevəˈluːʃən]	變革
ruler	[ˈruːlə]	統治者
slave	[sleɪv]	奴隸
soldier	[ˈsəʊldʒə]	士兵
state	[steɪt]	**1** 國家；*E.U. member states* 歐盟成員國
		2 州；*the state of Michigan* 密歇根州
		3 國家政府；*a state-owned bank* 國有銀行
territory	[ˈterɪtəri]	領土
terrorism	[ˈterəˌrɪzm]	恐怖主義
terrorist	[ˈterərɪst]	恐怖主義者
the upper class	[ði ˌʌpə ˈklɑːs]	上流社會
volunteer	[ˌvɒlənˈtɪə]	義工
war	[wɔː]	戰爭

EXAMPLE 例句

In 1818, Argentina was at <u>war</u> with Spain. 1818 年阿根廷曾與西班牙交戰。

| **the working class** · | [ðə ,wɜːkɪŋ 'klɑːs] | 勞動人民 |

VERBS 動詞

assassinate	[əˈsæsɪneɪt]	暗殺
break out		戰爭爆發
conquer	[ˈkɒŋkə]	佔領
elect	[ɪˈlekt]	選舉；*elect a president* 選舉總統
govern	[ˈgʌvən]	治理
invade	[ɪnˈveɪd]	侵略
reign	[reɪn]	統治
volunteer	[ˌvɒlənˈtɪə]	自願做…
vote	[vəʊt]	投票；*vote in an election* 在選舉中投票

ADJECTIVES 形容詞

armed	[ɑːmd]	武裝的；*armed forces* 武裝部隊
capitalist	[ˈkæpɪtəlɪst]	資本主義的
communist	[ˈkɒmjʊnɪst]	社會主義的
democratic	[ˌdeməˈkrætɪk]	**1** 民主的；*democratic elections* 民主選舉 **2** 民主精神的；*a democratic decision* 民主的決議
global	[ˈgləʊbəl]	全球的；*the global economy* 全球經濟

EXAMPLES 例句

The president was <u>assassinated</u> and the army took over.
總統遭暗殺，隨即部隊接管政府。

Victoria <u>reigned</u> for over 60 years. 維多利亞女王執政長達 60 多年。

international	[,ɪntə'næʃənəl]	國際的
local	['ləʊkəl]	當地的
national	['næʃənəl]	**1** 全國的；*a national newspaper* 全國性的報紙
		2 國民的；*a national pastime* 全國性消遣活動
patriotic	[,pætrɪ'ɒtɪk, ,peɪt-]	愛國的
public	['pʌblɪk]	**1** 公眾的；*public opinion* 輿論
		2 公共的；*a public swimming pool* 公共游泳池
social	['səʊʃəl]	社會的
socialist	['səʊʃəlɪst]	社會主義的
voluntary	['vɒləntəri]	自願的

IDIOMS 慣用語

| the grass roots | 基層群眾 |
| win by a landslide | 以壓倒性優勢獲勝 |

Sports 運動

NOUNS 名詞

sport   [spɔ:t]   體育運動

TYPES OF SPORT 運動種類

aerobics   [eə'rəʊbɪks]   有氧運動；*do aerobics* 做有氧運動

American   [ə'merɪkən   美式橄欖球賽（*AmE.* **football**）
football   'fʊtbɔ:l]

badminton   ['bædmɪntən]   羽毛球運動；*play badminton* 打羽毛球

baseball   ['beɪsbɔ:l]   棒球運動；*play baseball* 打棒球

basketball   ['bɑ:skɪtbɔ:l]   籃球運動；*play basketball* 打籃球

boxing   ['bɒksɪŋ]   拳擊

cricket   ['krɪkɪt]   板球；*play cricket* 玩板球

darts   [dɑ:ts]   擲飛鏢遊戲；*play darts* 玩投擲飛鏢

EXAMPLE 例句

What's your favourite <u>sport</u>? 你喜歡的運動是甚麼？

football	['fʊtbɔ:l]	**1** 足球比賽；*play football* 踢足球（*AmE.* **soccer**） **2** (*AmE.*) 一見 **American football**
golf	[gɒlf]	高爾夫；*play golf* 打高爾夫
gymnastics	[dʒɪm'næstɪks]	體操；*do gymnastics* 做體操
hockey	['hɒki]	曲棍球；*play hockey* 打曲棍球
horse racing	['hɔ:s ˌreɪsɪŋ]	賽馬
horse-riding (*AmE.* **horseback riding**)	['hɔ:sˌrəɪdɪŋ]	騎馬；*go horse-riding* 去騎馬
horseback riding (*AmE.*)		一見 **horse-riding**
ice-skating	['aɪsˌskeɪtɪŋ]	滑冰；*go ice skating* 去滑冰
jogging	['dʒɒgɪŋ]	慢跑；*go jogging* 去慢跑
judo	['dʒu:dəʊ]	柔道；*do judo* 練柔道
karate	[kə'rɑ:ti]	空手道；*do karate* 練空手道
rugby	['rʌgbi]	橄欖球賽；*play rugby* 玩橄欖球
skiing	['ski:ɪŋ]	滑雪；*go skiing* 去滑雪

EXAMPLE 例句

Terry was the captain of Chelsea <u>Football</u> Club. 泰利曾任車路士足球會隊長。

snooker	['snu:kə]	台球；斯諾克；*play snooker* 玩斯諾克
soccer *(AmE.)*		→見 **football**
squash	[skwɒʃ]	壁球；*play squash* 打壁球
swimming	['swɪmɪŋ]	游泳；*go swimming* 去游泳
tennis	['tenɪs]	網球；*a game of tennis* 網球比賽； 　*play tennis* 打網球
volleyball	['vɒli,bɔ:l]	排球；*play volleyball* 打排球
windsurfing	['wɪnd,sɜ:fɪŋ]	衝浪；*go windsurfing* 玩衝浪

PEOPLE 人員

athlete	['æθli:t]	運動員
captain	['kæptɪn]	隊長
champion	['tʃæmpjən]	冠軍；*the world champion* 世界冠軍
coach	[kəʊtʃ]	教練
fan	[fæn]	迷；*football fans* 足球迷； 　*Manchester City fans* 曼城隊球迷
opponent	[ə'pəʊnənt]	競爭對手

EXAMPLE 例句

She praised her <u>opponent</u>'s ability. 她讚賞對手的能力。

player	['pleɪə]	選手
referee	[ˌrefə'riː]	裁判
spectator	[spek'teɪtə]	觀眾
team	[tiːm]	運動隊
umpire	['ʌmpaɪə]	裁判員
winner	['wɪnə]	獲勝者

PLACES 場地

boxing ring	['bɒksɪŋ ˌrɪŋ]	拳擊場
court	[kɔːt]	（網球或籃球）球場；*a tennis court* 網球場地
golf course	['gɒlf ˌkɔːs]	高爾夫球場
gymnasium	[dʒɪm'neɪziəm]	健身房
ice rink	['aɪs ˌrɪŋk]	滑冰場
pitch	[pɪtʃ]	（足球等）場地；*a football pitch* 足球場
racetrack	['reɪstræk]	跑道
stadium	['steɪdiəm]	體育場；*a football stadium* 足球場館
swimming pool	['swɪmɪŋ ˌpuːl]	游泳池

EQUIPMENT AND CLOTHING 設備和着裝

| ball | [bɔːl] | 球 |

EXAMPLES 例句

She was a good golfer and tennis <u>player</u>.
她是優秀的高爾夫運動員，也是優秀的網球選手。

The <u>referee</u> blew his whistle to end the game. 裁判吹響了終場比賽的哨聲。

The <u>umpire's</u> decision is final. 裁判作出的是最終裁決。

basket	['bɑ:skɪt]	籃
bat	[bæt]	球拍；球棍； *a cricket / baseball bat* 板球 / 棒球棍
golf club	['gɒlf klʌb]	高爾夫球杆
kit	[kɪt]	服裝和器具；*football kit* 足球裝備
net	[net]	**1**（網球場等的）球網 **2**（足球等的）球門網 **3**（籃球等的）籃筐
racket	['rækɪt]	球拍； *a tennis / badminton racket* 網球/羽毛球拍
skis	[ski:z]	滑雪板

COMPETITIONS 競賽

championship	['tʃæmpiənʃɪp]	錦標賽
competition	[ˌkɒmpɪ'tɪʃən]	比賽
final	['faɪnəl]	決賽；*play in the final* 在決賽中比賽
foul	[faʊl]	犯規

EXAMPLE 例句

She's competing in the women's basketball <u>championship</u> this month.
她即將參加這個月的女籃冠軍賽。

game	[geɪm]	**1** 運動 **2** 比賽
goal	[gəʊl]	**1** 球門 **2** 進球；得分
half-time	[ˌhɑːʃˈtaɪm]	中場休息時間
match	[mætʃ]	比賽；*a tennis match* 網球比賽
medal	[ˈmedəl]	獎牌；*a gold / silver / bronze medal* 金/銀/銅牌
point	[pɔɪnt]	得分
race	[reɪs]	比賽
score	[skɔː]	比賽結果
tie	[taɪ]	平局
tournament	[ˈtʊənəmənt]	錦標賽
the World Cup	[ðə ˌwɜːld ˈkʌp]	世界盃

EXAMPLES 例句

Football is such a great <u>game</u>. 足球是一項美妙的運動。

a <u>game</u> of tennis 一場網球賽

Liverpool are in the lead by 2 <u>goals</u> to 1. 利物浦隊以 2 比 1 領先。

The score at half-time was two all. What's the <u>score</u>?
上半場比分是 2：2，現在的比分如何？

VERBS 動詞

beat	[biːt]	戰勝
catch	[kætʃ]	接球
defend	[dɪˈfend]	防禦
draw	[drɔː]	打成平局
hit	[hɪt]	擊球
jump	[dʒʌmp]	跳
kick	[kɪk]	踢球
lose	[luːz]	輸了
miss	[mɪs]	沒擊中球
practise	[ˈpræktɪs]	練習
run	[rʌn]	跑
save	[seɪv]	救球；*save a goal* 撲出一球
score	[skɔː]	得分
serve	[sɜːv]	（網球等）發球
ski	[skiː]	滑雪
swim	[swɪm]	游泳
throw	[θrəʊ]	投

EXAMPLES 例句

Switzerland <u>beat</u> the United States two-one. 瑞士隊以二比一戰勝美國隊。

England <u>drew</u> with Ireland in the first game.
第一場比賽中英格蘭隊與愛爾蘭隊打成平手。

He <u>scored</u> four of the goals but missed a penalty.
他攻進四球，但卻錯失了一個點球。

Federer is <u>serving</u> for the title. 現在是費達拿的發球局，贏了他就是冠軍。

Can you <u>swim</u>? 你會游泳嗎？

tie	[taɪ]	打成平局
train	[treɪn]	進行訓練；*train for a match* 為比賽做訓練
win	[wɪn]	獲勝；*win a game* 贏得比賽

ADJECTIVES 形容詞

| **in the lead** | [ˌɪn ðə ˈliːd] | 處於領先地位的 |
| **professional** | [prəˈfeʃənəl] | 職業的 |

EXAMPLE 例句

Ben Johnson <u>in the lead</u>. Can he hang on? Yes, he's done it!

本・莊臣一路領先。他能繼續保持優勢嗎？是的，他成功了！

Telephone, post and communications
電話，郵政和通信系統

NOUNS 名詞

address [ə'dres] 地址；*name and address* 姓名和地址；
postal address 郵寄地址

area code *(AmE.)* 一見 **dialling code**

Blackberry ™ ['blækbəri] 黑莓手機

call [kɔ:l] 通話；*a phone call* 一通電話

cellphone
(mainly AmE.) 一見 **mobile phone**

delivery [dɪ'lɪvəri] 遞送；*mail delivery* 郵政遞送

dialling code ['daɪəlɪŋ ,kəʊd] 區號 （*AmE.* **area code**）

directory [daɪ,rektəri 查號服務 （*AmE.* **information**）
enquiries ɪn'kwaɪəriz]

envelope ['envɪləʊp] 信封；*a brown envelope* 棕色的信封；
a self-addressed envelope 回郵信封

extension [ɪk'stenʃən] 分機

fax [fæks] 傳真（件）；*send / receive a fax* 發/收傳真

fax machine ['fæks məʃi:n] 傳真機

EXAMPLES 例句

What is your <u>address</u>? 你的地址是甚麼？

Please allow 28 days for <u>delivery</u> of your order. 你的訂單將於 28 日內送達。

Can I have <u>extension</u> forty-six please? 能幫我接通 46 號分機麼？

form	[fɔ:m]	表格；*fill in a form* 填表格
information (*AmE.*)		→見 **directory enquiries**
international call	[ˌɪntəˌnæʃənəl 'kɔ:l]	國際長途電話； *make an international call* 打國際長途
landline	['lændlaɪn]	座機
letter	['letə]	信；*open a letter* 拆信； *write / send a letter* 寫/寄信
letterbox	['letəbɒks]	信箱；*put something through the letterbox* 把…塞進信箱（*AmE.* **mailbox**）
line	[laɪn]	電話線
local call	[ˌləʊkəl 'kɔ:l]	本地通話；*make a local call* 撥打本地電話
mail	[meɪl]	**1** (*AmE.*) 見 **post** **2** 電郵； *a mail server* 電郵伺服器
mailbox (*AmE.*)		→見 **letterbox**；**post box**

mailman (*PL*)
  mailmen
  (*AmE.*)
		→見 **postman**

mailwoman (*PL*)
  mailwomen
  (*AmE.*)
		→見 **postwoman**

message	['mesɪdʒ]	信息；*a phone message* 電話訊息； *a voice message* 語音留言； *send / receive a message* 發出/收到訊息； *leave / take a message* 留/寫便條
mobile	['məʊbaɪl]	同 **mobile phone**
mobile phone	[ˌməʊbaɪl 'fəʊn]	手機（*AmE.* **cell phone**）

EXAMPLES 例句

I'll call you later on your <u>landline</u>. 我過一會打你的固網電話。

I received a <u>letter</u> from a friend. 我收到一封朋友來信。

Suddenly the telephone <u>line</u> went dead. 突然通話中斷了。

She isn't here yet. Do you want to leave a <u>message</u>? 她不在。你是否想給她留言？

Call me on my <u>mobile</u>. 打我的手機。

operator	[ˈɒpəˌreɪtə]	接線員
P&P	[ˌpiː ənd ˈpiː]	郵資和包裝
package	[ˈpækɪdʒ]	包裹
parcel	[ˈpɑːsəl]	同 **package**
phone	[fəʊn]	電話；*answer the phone* 接電話； *a pay phone* 投幣式公用電話； *Can I use the phone?* 我能用一下電話麼？
phone number	[ˈfəʊn nʌmbə]	電話號碼
post	[pəʊst]	郵件（*AmE.* **mail**）
post box	[ˈpəʊstˌbɒks]	郵箱（*AmE.* **mailbox**）
post office	[ˈpəʊst ɒfɪs]	郵局
postage	[ˈpəʊstɪdʒ]	郵資
postcard	[ˈpəʊstkɑːd]	明信片；*send someone a postcard* 給某人寄一張 明信片
postcode	[ˈpəʊstkəʊd]	郵政編碼（*AmE.* **zip code**）
postman	[ˈpəʊstmən]	郵差（*AmE.* **mailman**）
(PL) postmen	[ˈpəʊstmən]	
postwoman	[ˈpəʊstwumən]	女郵差（*AmE.* **mailwoman**）
(PL) postwomen	[ˈpəʊstwɪmɪn]	

EXAMPLES 例句

Price £12.95 plus £1.95 P&P.
總價 12.95 英鎊，另外還有 1.95 英鎊的郵資和包裝費。

They cost £24.95 including P&P. 包括郵費和包裝費，一共是 24.95 英鎊。

Two minutes later the phone rang. 兩分鐘後電話響了。

There has been no post in three weeks. 已經三週未收到郵件。

All prices include postage. 所有費用都含郵資。

receiver	[rɪ'si:və]	電話聽筒；*pick up / lift the receiver* 拿起聽筒
reply	[rɪ'plaɪ]	回覆
ringtone	['rɪŋtəun]	手機鈴聲
signature	['sɪgnətʃə]	簽名
SIM card	['sɪm ˌkɑ:d]	**SIM** 卡
stamp	[stæmp]	郵票
telephone	['telɪˌfəʊn]	同 **phone**
text message	['tekst mesɪdʒ]	手機短信； *send / receive a text message* 發出/收到短信
tourist information office	[ˌtʊərɪst ˌɪnfə'meɪʃən ɒfɪs]	旅遊資訊辦公室
voicemail	['vɔɪsmeɪl]	語音郵件；*a voicemail message* 一條語音訊息
wrapping paper	['ræpɪŋ peɪpə]	包裝紙
writing paper	['ræpɪŋ peɪpə]	信紙
zip code (*AmE.*)		→見 **postcode**

VERBS 動詞

answer	['ɑ:nsə]	接電話
call	[kɔ:l]	打電話
call someone back		給某人回電話

EXAMPLES 例句

She picked up the <u>receiver</u> and started to dial. 她拿起聽筒，開始撥號。

She put a <u>stamp</u> on the corner of the envelope. 她把郵票貼在信封一角。

She didn't <u>answer</u> the phone. 她沒接電話。

Would you <u>call</u> me as soon as you find out? 你一找到就給我打個電話，好嗎？

deliver	[dɪ'lɪvə]	投遞
dial	['daɪəl]	撥（電話號碼）；*dial a number* 撥號
hang up		結束通話
hold the line		保持通話
mail *(AmE.)*	[meɪl]	→見 **post**
phone	[fəʊn]	打電話；*Did anybody phone?* 有人打電話了嗎？
		I phoned the police. 我給員警打電話了。
post	[pəʊst]	郵寄（*AmE.* **mail**）
reply	[rɪ'plaɪ]	回覆
send	[send]	寄送
sign	[saɪn]	簽名；*sign your name* 簽上你的名字；
		sign a letter 在信上署名
text	[tekst]	發短信
write	[raɪt]	寫；*write a letter / an email* 寫信/電郵

EXAMPLES 例句

Only 90% of first-class post is <u>delivered</u> on time.
第一類郵件只有 90% 能按時遞送。

I <u>dialled</u> her number, but there was no reply. 我給她打電話，但是沒人接。

Don't <u>hang up</u> on me! 不許放下電話！

Could you <u>hold the line</u>, please? 請別放下電話，稍等一下，好嗎？

I <u>posted</u> a letter to Stanley. 我給史坦利寫了一封信。

I'm <u>posting</u> you a cheque. 我正要給你寄支票。

He never <u>replies</u> to my letters. 他從來都不給我回信。

Hannah <u>sent</u> me a letter last week. 上週漢娜給我寫了一封信。

Mary <u>texted</u> me when she got home. 瑪麗到家後給我發了短信。

She <u>wrote</u> to her aunt asking for help. 她寫信給姑姑尋求幫助。

ADJECTIVES 形容詞

busy	['bɪzi]	同 **engaged**
dead	[ded]	（電話線）不通的
engaged	[ɪn'geɪdʒd]	佔線的； *The line is engaged.* 電話佔線。
first-class	[ˌfɜːst'klɑːs]	優先投遞的； *a first-class letter* 一封優先投遞的郵件
second-class	[ˌsekənd'klɑːs]	第二類的；*a second-class stamp* 二類郵票

PHRASES 短語

best wishes	（書信結尾的）最美好的祝願
love from	（書信結尾的）愛你的
sincerely yours （*AmE.*)	→見 **yours sincerely**
yours faithfully	您忠實的
yours sincerely	敬啟（*AmE.* **sincerely yours**）

EXAMPLES 例句

I answered the phone and the line went <u>dead</u>. 我接電話，但電話卻斷了。

We tried to call you back but you were <u>engaged</u>.
我們試圖給你回電話，但你的電話線路繁忙。

Television and radio 電視和廣播

NOUNS 名詞

ad (AmE.)		一見 **advert**
advert	['ædvɜːt]	廣告（AmE. **ad**）
adverts	['ædvɜːts]	廣告插播；TV adverts 電視廣告時段（AmE. **commercial break**）
aerial	['eəriəl]	天線（AmE. **antenna**）
antenna, (PL) **antennae, antennas** (AmE.)		一見 **aerial**
cable television	[ˌkeɪbəl 'telɪvɪʒən]	有線電視
cartoon	[kɑː'tuːn]	卡通
celebrity	[sɪ'lebrɪti]	名人；a TV celebrity 電視名人
channel	['tʃænəl]	頻道；change channels 調台；換頻道；What channel is it on? 現在是哪個頻道？
chat show	['tʃæt ˌʃəʊ]	（AmE. **talk show**）訪談節目
clip	[klɪp]	短片；a video clip 一段視頻短片
commercia break (AmE.)		一見 **adverts**

EXAMPLES 例句

Have you seen that new <u>advert</u> for Pepsi? 你看過百事可樂那條新廣告了嗎？

We don't have <u>cable TV</u>. 我們沒有有線電視。

We watched children's <u>cartoons</u> on TV. 我們觀看電視上的兒童卡通片。

There is a huge number of television <u>channels</u> in America. 美國有很多電視頻道。

They showed a film <u>clip</u> of the Apollo moon landing.
他們播放了一段阿波羅號登月的影視短片。

DJ	['di: ˌdʒeɪ]	音樂節目主持人；*a radio DJ* 廣播電台音樂節目主持人
DVD	[di: vi: 'di:]	數字影音光碟；*a DVD player* DVD 視盤機
documentary	[ˌdɒkjə'mentəri]	紀錄片；*a wildlife documentary* 野生動物紀錄片
game show	['geɪm ˌʃəʊ]	遊戲節目；*a television game show* 遊戲比賽節目
iPlayer ™	['aɪˌpleɪə]	BBC 視頻播放機
media	['mi:djə]	媒體
news	[nju:z]	新聞；*watch / listen to the news* 觀看/收聽新聞
presenter	[prɪ'zentə]	節目主持人；*a TV / radio presenter* 電視/廣播主持人；*a sports presenter* 體育節目主持人
prime time	['praɪm ˌtaɪm]	黃金時間；*prime-time TV* 黃金時段電視
programme	['prəʊɡræm]	節目；*a television / radio programme* 電視/廣播節目
quiz show	['kwɪz ˌʃəʊ]	問答比賽節目
radio	['reɪdiəʊ]	收音機；*listen to the radio* 收聽廣播；
on the radio		在廣播中；*FM / digital radio* 調頻/數字廣播

EXAMPLES 例句

Did you see that <u>documentary</u> on TV last night? 昨晚你看了電視上的紀錄片麼？

A lot of people in the <u>media</u> have asked me that question.
很多媒體都問過我那個問題。

Here are some of the top stories in the <u>news</u>. 這裏有一些新聞熱點事件。

He wants to watch his favourite TV <u>programme</u>. 他想看他最喜歡的電視節目。

reality TV	[ri'ælɪti ti:vi:]	電視真人騷
remote control	[rɪˌməʊt kən'trəʊl]	遙控器
satellite	['sætəˌlaɪt]	人造衛星；
		satellite television / radio 衛星電視/廣播；
		a satellite dish 衛星接收器
screen	[skri:n]	螢幕；*a TV screen* 電視機螢幕
series *(PL)* **series**	['sɪəri:z]	連續劇
set	[set]	（電視，收音）機；*a TV set* 電視機
sitcom	['sɪtkɒm]	情景喜劇；*a TV sitcom* 電視情景劇
soap opera	['səʊp ɒpərə]	肥皂劇
station	['steɪʃən]	電視台；廣播電台；
		a local radio station 當地廣播電台
subtitles	['sʌbtaɪtəlz]	翻譯字幕
talk show *(AmE.)*		→見 **chat show**
television	['telɪˌvɪʒən]	**1** 電視機；*We bought a new television.* 我們買了一台新電視機。
		2 電視節目；*What's on television tonight?* 今晚電視上有甚麼節目？
TV	[ˌti: 'vi:]	**inf** 電視；**watch TV** 看電視

EXAMPLES 例句

She reached for the remote control to switch on the news.
她伸手拿遙控器準備調收着新聞。

The long-running TV series is filmed in Manchester.
那部長篇電視劇是在曼徹斯特拍攝的。

The dialogue is in Spanish, with English subtitles. 西班牙語對白，英文字幕。

I prefer going to the cinema to watching television.
與其看電視，我更願意去看電影。

video	['vɪdiəʊ]	錄影帶
volume	['vɒljuːm]	音量
wavelength	['weɪvleŋθ]	波長

VERBS 動詞

broadcast	['brɔːdkɑːst]	播出
fast-forward	[ˌfɑːstˈfɔːwəd]	快進
record	['reˈkɔːd]	錄製
rewind	[ˌriːˈwaɪnd]	倒回
switch something off		關閉；*switch off the radio / television* 關上收音機/電視
switch something on		開啟；*switch on the radio / television* 打開收音機/電視機
tune	[tjuːn]	調諧
tune in		收聽；收看
turn something off		關閉；*turn off the radio / television* 關收音機/電視
turn something on		開啟；*turn on the radio / television* 開收音機/電視

EXAMPLES 例句

You can rent a <u>video</u> for £3 and watch it at home.
你可以花 3 英鎊租一部錄影片回家看。

He turned the <u>volume</u> up on the radio. 他把收音機的聲音調大。

She found the station's <u>wavelength</u> on her radio.
她在收音機上找到那個電台的波段。

The concert will be <u>broadcast</u> live on television and radio.
那場音樂會將在電視和廣播上現場直播。

Can you <u>record</u> the film for me? 你能幫我錄一下那個電影嗎？

The radio was <u>tuned</u> to the CBC. 收音機調到 CBC 台。

They <u>tuned in</u> to watch the game. 他們打開電視收看這場比賽。

watch [wɒtʃ] 觀看

ADJECTIVES 形容詞

animated [ˈænɪmeɪtɪd] 動畫的
digital [ˈdɪdʒɪtəl] 數字的
on-demand [ˌɒndɪˈmɑːnd] 點播

ADVERBS 副詞

live [laɪv] 實況轉播;
watch something live 收看…的現場直播
on the air [ˌɒn ðiː ˈeə] 播出中

IDIOMS 慣用語

channel surfing 頻繁的頻道切換
couch potato 總留在電視機前的人

EXAMPLES 例句

I stayed up late to <u>watch</u> the film. 我熬夜看了那部電影。

Most people now have <u>digital</u> television. 現在絕大部分人都有數字電視。

The new <u>video-on-demand</u> service will be available only to those with broadband internet connections. 新的視頻點播服務只有寬頻使用者可以用。

The show went <u>on the air</u> live at 8 o'clock. 那個演出將於 8 點鐘直播。

Theatre and cinema 戲劇和影院

(NOUNS 名詞)

actor	[ˈæktə]	演員；*a famous actor* 著名演員
actress	[ˈæktrəs]	女演員
audience	[ˈɔːdiəns]	觀眾；*a cinema audience* 電影觀眾
audition	[ɔːˈdɪʃən]	試演
ballet	[ˈbæleɪ]	芭蕾舞；*go to the ballet* 觀看芭蕾舞表演
Bollywood	[ˈbɒliwʊd]	寶萊塢；*a Bollywood film* 寶萊塢電影；*a Bollywood actor* 寶萊塢影星
box office	[ˈbɒks ɒfɪs]	**1** 售票處 **2** 票房
cast	[kɑːst]	演員表
character	[ˈkærɪktə]	角色
cinema	[ˈsɪnɪmɑː]	**1** 電影院（*AmE.* **movie theater**） **2** 電影業
circus	[ˈsɜːkəs]	馬戲團

EXAMPLES 例句

She's a really good actress. 她是個非常好的演員。

They are holding final auditions for presenters.
他們正進行節目主持人的最後試鏡。

They collected their tickets at the box office. 他們在售票處拿到了票。

The film was a huge box-office success. 那部電影票房取得巨大成功。

He plays the main character in the film. 他在那部電影中擔任主演。

I can't remember the last time we went to the cinema.
我不記得我們上一次看電影是甚麼時候了。

I always wanted to work as a clown in a circus. 我一直都想成為馬戲團裏的小丑。

comedian	[kə'mi:diən]	喜劇演員
comedy	['kɒmədi]	喜劇
costume	['kɒstju:m]	演出服裝；*the costumes and scenery* 服裝和佈景
curtain	['kɜ:tən]	舞台帷幕；*the curtain rises / falls* 帷幕升起/落下
director	[daɪ'rektə, dɪr-]	導演；*a film director* 電影導演； *a theatre director* 戲劇導演
drama	['drɑ:mə]	戲劇
epic	['epɪk]	史詩電影
film	[fɪlm]	電影；*to make / direct a film* 拍電影； *to watch a film* 看電影（*AmE.* **movie**）
film star	['fɪlm stɑ:]	電影明星　（*AmE.* **movie star**）
full house	[,fʊl 'haʊs]	滿座；*playing to a full house* 博得滿堂彩
Hollywood	['hɒliwʊd]	荷里活；*Hollywood film stars* 荷里活影星； *a Hollywood film* 荷里活電影
horror film	['hɒrə ,fɪlm]	恐怖電影
intermission 　(*AmE.*)		→見 **interval**
interval	['ɪntəvəl]	幕間休息；*during the interval* 在幕間休息時 （*AmE.* **intermission**）
make-up	['meɪkʌp]	化粧品；*wear / apply make-up* 化粧； *a make-up artist* 化粧師；
costumes and 　make-up		服裝和化粧
matinee	['mætɪneɪ]	日場戲；*a matinee performance* 日場戲演出

EXAMPLES 例句

The film is a romantic <u>comedy</u>. 這是一部浪漫喜劇片。

I'm going to see a <u>film</u> tonight. 我今晚準備去看電影。

movie (AmE.)		一見 **film**
movie star (AmE.)		一見 **film star**
movie theater (AmE.)		一見 **cinema**
multiplex	['mʌltɪpleks]	多廳影院；a multiplex cinema 多廳電影院
musical	['mju:zɪkəl]	音樂劇；a stage musical 舞台音樂劇
opera	['ɒpərə]	歌劇；an opera singer 歌劇演唱家； an opera house 歌劇院
Oscar ™	['ɒskə]	奧斯卡獎；get an Oscar 榮獲奧斯卡獎； She has three Oscars. 她獲得三次奧斯卡獎。
part	[pɑ:t]	台詞和動作
performance	[pə'fɔ:məns]	演出；a concert performance 音樂演出
play	[pleɪ]	劇本
playwright	['pleɪraɪt]	劇作家
plot	[plɒt]	情節
producer	[prə'dju:sə]	製作人；a film producer 電影製作人
production	[prə'dʌkʃən]	上演的戲劇； a theatre / stage production 上演的舞台劇；
a film production		上映的電影
programme	['prəʊgræm]	節目單
review	[rɪ'vju:]	評論

EXAMPLES 例句

He played the <u>part</u> of 'Hamlet'. 他扮演哈姆雷特。

They were giving a <u>performance</u> of Bizet's 'Carmen'.
他們正在演出比才的《卡門》。

'Hamlet' is my favourite <u>play</u>. 《哈姆雷特》是我最喜歡的戲劇。

Tonight our class is going to see a <u>production</u> of 'Othello'.
今晚我們班將去看《奧賽羅》這個劇。

The show received excellent <u>reviews</u> in all the papers.
這部戲劇得到了報界一致讚譽。

romance	[rə'mæns, 'rəʊmæs]	愛情故事
rom-com	['rɒmkɒm]	浪漫喜劇
scene	[si:n]	場景；*film / shoot a scene* 拍攝電影場景； *a love scene* 愛情場景
science fiction	[ˌsaɪəns 'fɪkʃən]	科幻故事；*a science fiction film* 科幻片
screen	[skri:n]	螢幕；*the cinema screen* 電影螢幕
script	[skrɪpt]	劇本
seat	[si:t]	座位
sequel	['si:kwəl]	續集
set	[set]	片場；*a movie / film set* 拍片現場
show	[ʃəʊ]	演出；*a comedy show* 喜劇表演
soundtrack	['saʊndtræk]	（電影）配樂； *a film / movie soundtrack* 電影的配樂
spotlight	['spɒtlaɪt]	聚光燈
stage	[steɪdʒ]	舞台；*come on stage*（演員）登台；演出； *a concert stage* 音樂會的舞台； *on stage and screen*（活躍於）舞台和螢屏中； *a stage play* 舞台劇
star	[stɑ:]	明星；*a movie / film star* 電影明星

EXAMPLES 例句

This is the opening <u>scene</u> of 'Hamlet'. 這是《哈姆雷特》的第一幕場景。

Watching a film on the television is not the same as seeing it on the big <u>screen</u>. 在電視上看電影和在大螢幕前看是不同的。

We had front-row <u>seats</u> at the concert. 我們就坐於音樂會前排的座位。

The place looked like the <u>set</u> of a James Bond movie. 這個地方看上去很像 007 電影的場景。

How about going to see a <u>show</u> tomorrow? 明天一起去看演出好嗎？

subtitles	['sʌbtaɪtəlz]	字幕
theatre	['θi:ətə]	劇院；*go to the theatre* 去看戲劇
thriller	['θrɪlə]	驚悚片
ticket	['tɪkɪt]	票；*theatre / cinema tickets* 戲票/電影票
tragedy	['trædʒɪdi]	悲劇

VERBS 動詞

trailer	['treɪlə]	預告片
act	[ækt]	表演
book	[bʊk]	預訂
clap	[klæp]	鼓掌
dance	[dɑ:ns]	跳舞
play	[pleɪ]	扮演
shoot	[ʃu:t]	拍攝
sing	[sɪŋ]	唱
star	[stɑ:]	**1** 由…主演　**2** 主演；擔任主要角色
watch	[wɒtʃ]	觀看；*watch a film / play* 看電影/戲劇

EXAMPLES 例句

The dialogue is in Spanish, with English subtitles. 西班牙語對白，英文字幕。

He acted in many films, including 'Reds'.
他出演過很多部電影，包括《烽火赤焰萬里情》。

You can book tickets for the cinema over the phone.
你可以通過電話預訂電影票。

He played Mr Hyde in the film. 他在電影中扮演海德先生。

He'd love to shoot his film in Cuba. 他希望能在古巴拍攝電影。

The movie stars Brad Pitt. 畢比特領銜主演這部電影。

She stars in the West End play. 她出演在西區話劇。

(ADJECTIVES 形容詞)

black-and white	[,blækənd 'waɪt]	黑白的； *old black-and-white film footage* 老的黑白電影片段
classic	['klæsɪk]	經典的；*a classic film* 經典影片
dubbed	[dʌbd]	有配音的；*cartoons dubbed in Chinese* 中文配音的動畫片
low-budget	[,ləʊ 'bʌdʒɪt]	低成本的；*a low-budget movie* 低成本電影
old out	['səʊld ,aʊt]	售完的
subtitled	['sʌbtaɪtəld]	有字幕的；*a subtitled film* 有字幕的電影

THINGS YOU CAN SHOUT 稱讚話語

bravo!	[,brɑː 'vəʊ]	好！
encore!	['ɒŋkɔː]	再來一個！

(IDIOMS 慣用語)

it'll be all right on the night	到時自會成功
bring the house down	贏得滿堂彩
keep you on the edge of your seat	讓某人保持濃厚的興趣
steal the show	搶鏡

EXAMPLE 例句

The film <u>kept everyone on the edge of their seats</u>.
這部電影扣人心弦，引人入勝。

Time 時間

NOUNS 名詞

GENERAL 通用詞

time	[taɪm]	**1** 時間；*in a week's time* 一週的時間；*Time passed.* 時光飛逝。 **2** 時刻
past	[pɑ:st]	過去；*in the past* 在過去
present	['prezənt]	現在；*live in the present* 活在當下
future	['fju:tʃə]	未來；*in the future* 在未來

HOURS, SECONDS AND MINUTES 小時，秒和分鐘

half an hour	[,hɑ:f ən'aʊə]	半小時
hour	[aʊə]	小時
minute	['mɪnɪt]	分鐘
moment	['məʊmənt]	一會；*a few moments later* 過了一會
quarter of an hour	[,kwɔ:tə əv ən 'aʊə]	一刻鐘
second	['sekənd]	秒鐘

EXAMPLES 例句

I've known Mr Martin for a long <u>time</u>. 我認識馬丁先生很久了。

What <u>time</u> is it? 現在幾點鐘了？

Have you got the <u>time</u>? 你知道現在幾點嗎？

He was making plans for the <u>future</u>. 他為將來做計劃。

I only slept about <u>half an hour</u> last night. 我昨晚只睡了半小時。

They waited for about two <u>hours</u>. 他們等了近兩小時。

The pizza will take twenty <u>minutes</u> to cook. 薄餅 20 分鐘才能做好。

In a <u>moment</u> he was gone. 他很快就離開了。

For a few <u>seconds</u> nobody spoke. 大家沉默了幾秒鐘。

TIMES OF THE DAY 一天內的時刻

dawn	[dɔ:n]	黎明；*Dawn was breaking.* 天亮了。
sunrise	['sʌnraɪz]	日出；*at sunrise* 在拂曉時
morning	['mɔ:nɪŋ]	早上；*tomorrow morning* 明天早上；*in the morning* 在早上；*on Sunday morning* 週日的早晨
noon	[nu:n]	中午；*at noon* 在中午
midday	[ˌmɪd'deɪ]	同 **noon**
afternoon	[ˌɑ:ftə'nu:n]	下午；*in the afternoon* 在下午；*yesterday afternoon* 昨天下午
evening	['i:vnɪŋ]	傍晚；*yesterday evening* 昨天傍晚；*in the evening* 在傍晚
sunset	['sʌnset]	日落；*at sunset* 在日落時分
dusk	[dʌsk]	黃昏；*at dusk* 在黃昏
night	[naɪt]	**1** 深夜；*during the night* 在深夜 **2** 夜晚；*last night* 昨晚；*ten o'clock at night* 晚上 10 點鐘
midnight	['mɪdnaɪt]	午夜；**at midnight** 在午夜

DAYS AND WEEKS 日和週

| **day** | [deɪ] | 天；**every day** 每天 |

EXAMPLES 例句

Nancy woke at <u>dawn</u>. 南施天亮就起牀了。

He stayed in his room all <u>afternoon</u>. 他整個下午都留在自己的房間裏。

What <u>day</u> is it? 今天星期幾？

date	[deɪt]	日期
fortnight	['fɔːtnaɪt]	兩週
week	[wiːk]	週；*last week* 上週
weekday	['wiːkdeɪ]	工作日
weekend	['wiːk'end]	週末；*at the weekend* 在週末

DAYS OF THE WEEK 每週各天

Monday	['mʌndeɪ, -di]	星期一；*a week on Monday* 一週後的星期一
Tuesday	['tjuːzdeɪ, -di]	星期二；*next Tuesday* 下週二
Wednesday	['wenzdeɪ, -di]	星期三；*on Wednesday* 在週三
Thursday	['θɜːzdeɪ, -di]	星期四； *every Thursday morning* 每個週四的早上
Friday	['fraɪdeɪ, -di]	星期五；*Friday 6 November* 11 月 6 日週五
Saturday	['sætədeɪ, -di]	星期六；*every Saturday* 每個週六
Sunday	['sʌndeɪ, -di]	星期日；*on Sunday* 在週日

MONTHS 月份

month	[mʌnθ]	月
January	['dʒænjəri]	1 月
February	['febjʊəri]	2 月
March	[mɑːtʃ]	3 月
April	['eɪprəɪl]	4 月
May	[meɪ]	5 月

EXAMPLES 例句

What's the <u>date</u> today? 今天是幾月幾號？

What is he doing here on a <u>weekday</u>? 他工作日在這裏做甚麼？

I had dinner with Tim last <u>weekend</u>. 上週末我和添共進晚餐。

We go on holiday next <u>month</u>. 我們下個月要去度假了。

We always have snow in <u>January</u>. 1 月這裏通常會下雪。

June	[dʒuːn]	6 月；*on June 7* 在 6 月 7 日
July	[dʒʊˈlaɪ]	7 月
August	[ˈɔːgəst]	8 月
September	[səpˈtembə]	9 月
October	[ɒkˈtəʊbə]	10 月
November	[nəʊˈvembə]	11 月
December	[dɪˈsembə]	12 月

SEASONS 季節

season	[ˈsiːzən]	季節；*the rainy season* 雨季
spring	[sprɪŋ]	春季
summer	[ˈsʌmə]	夏季；*a summer's day* 夏日
autumn	[ˈɔːtəm]	秋季；*in the autumn* 在秋天；*last / next autumn* 去年/明年夏天；*autumn leaves* 落葉（*AmE.* **fall**）
fall (*AmE.*)		一見 **autumn**
winter	[ˈwɪntə]	冬天

YEARS 年

century	[ˈsentʃəri]	世紀；*in the 21st century* 在 21 世紀
decade	[ˈdekeɪd]	十年
leap year	[ˈliːp ˌjɪə]	閏年

EXAMPLES 例句

She was born on 6th Septemberl, 1970. 她出生於 1970 年 9 月 6 日。

Autumn is my favourite season. 秋天是我最愛的季節。

They are getting married next spring. 他們明年春天結婚。

The plant flowers in late summer. 這種植物夏末開花。

| **year** | [jɪə] | **1** 年；*next / last year* 明/去年；
a calendar year 西曆年
2 一年時間；*three times a year* 一年三次；
the academic year 學年 |

MEASURING TIME 測量時間

alarm clock	[ə'lɑːm klɒk]	鬧鐘；*set the alarm clock* 設置鬧鐘
calendar	['kælɪndə]	日曆
clock	[klɒk]	鐘錶
watch	[wɒtʃ]	手錶

(ADJECTIVES 形容詞)

annual	['ænjʊəl]	每年一次的；*an annual meeting* 年會
daily	['deɪli]	每日的；*a daily newspaper* 日報； *a daily routine* 每天的例行公事
early	['ɜːli]	提早的；*an early start* 提早開始
following	['fɒləʊɪŋ]	接着的；第二 *the following morning* 第二天早晨
last	[lɑːst]	上一次的；*last July* 上個 7 月
late	[leɪt]	晚的
monthly	['mʌnθli]	每月一次的；*monthly rent* 月租
next	[nekst]	接下來的；*the next day* 接下來的一天
weekly	['wiːkli]	每週一次的；*a weekly meeting* 週例會

EXAMPLES 例句

He didn't come home <u>last</u> night. 他昨晚沒回家。

The train was 40 minutes <u>late</u>. 那火車遲了 40 分鐘。

The magazine is published <u>monthly</u>. 那雜誌每週一期。

ADVERBS 副詞

ago	[ə'gəʊ]	以前；two days ago 兩天前；a while ago 剛才
at the moment	[ət ðə 'məʊmənt]	現在
early	['ɜːli]	提早的；get up / arrive early 早早起牀/提早到達
immediately	[ɪ'miːdiətli]	立刻
late	[leɪt]	遲到的
later	['leɪtə]	之後的；two days later 兩天後
now	[naʊ]	現在
nowadays	['naʊə,deɪz]	現在
once	[wʌns]	一次；
on time	[ɒn 'taɪm]	按時：The train arrived on time. 那趟火車按時抵達。
soon	[suːn]	很快
today	[tə'deɪ]	今天
tomorrow	[tə'mɒrəʊ]	明天
twice	[twaɪs]	兩次；twice a week 每週兩次
yesterday	['jestə,deɪ, -di]	昨天

EXAMPLES 例句

She's busy <u>at the moment</u>. 她現在很忙。

'Call the police <u>immediately</u>!' she shouted. 她大聲喊着："快給警察打電話！"

It started forty minutes <u>late</u>. 節目晚開始 40 分鐘。

I must go <u>now</u>. 我現在必須走了。

Children watch a lot of TV <u>nowadays</u>. 如今的孩子們看太多的電視節目。

I met Miquela <u>once</u>, at a party. 我曾經在一個聚會上見過米克拉。

I'll call you <u>soon</u>. 我很快給你打電話。

How are you feeling <u>today</u>? 你今天覺得如何？

She left <u>yesterday</u>. 她昨天離開了。

Tools 工具

axe	[æks]	斧
battery	['bætəri]	電池
blade	[bleɪd]	刃；*a knife blade* 刀刃
bolt	[bəʊlt]	螺栓；*nuts and bolts* 螺母和螺栓
bucket	['bʌkɪt]	水桶；*a bucket of water* 一桶水
drill	[drɪl]	鑽；*an electric drill* 電鑽
file	[faɪl]	銼刀
flashlight (*AmE.*)		一見 **torch**
glue	[gluː]	膠水
hammer	['hæmə]	錘子；*a hammer and nails* 錘子和釘子
handle	['hændəl]	把手；*a tool handle* 工具把手
knife	[naɪf]	刀；*a sharp knife* 鋒利的刀子
ladder	['lædə]	梯子；*climb a ladder* 爬梯子
machine	[mə'ʃiːn]	機器

EXAMPLES 例句

The game requires two AA <u>batteries</u>. 這個遊戲要用兩節 AA 電池。

You will need scissors and a tube of <u>glue</u>. 你需要一把剪刀和一瓶膠水。

nail	[neɪl]	釘子
needle	['niːdəl]	針；*a needle and thread* 針線
nut	[nʌt]	螺母
paint	[peɪnt]	油漆
paintbrush	['peɪntbrʌʃ]	畫筆
pliers	['plaɪəz]	鉗子；*a pair of pliers* 一把鉗子
rope	[rəʊp]	繩；*a piece of rope* 一根繩
saw	[sɔː]	鋸；*a saw blade* 鋸齒
scaffolding	['skæfəldɪŋ]	腳手架； *put up / take down scaffolding* 搭/拆卸腳手架
screw	[skruː]	螺絲
screwdriver	['skruːdraɪvə]	螺絲刀
shovel	['ʃʌvəl]	鏟；
spade	[speɪd]	鏟；*a garden spade* 花園鐵鏟
spanner	['spænə]	扳鉗（*AmE.* **wrench**）

EXAMPLES 例句

If you want to repair the wheels, you must remove the four <u>nuts</u>.
要修輪子，必須卸掉四個螺絲。

Each shelf is attached to the wall with <u>screws</u>. 每一片隔板被螺絲固定到了牆上。

I'll need the coal <u>shovel</u>. 我需要一把煤鏟。

spring	[sprɪŋ]	彈簧；*a coiled spring* 盤繞的彈簧
stepladder	['steplædə]	活梯
tape measure	['teɪp meʒə]	捲尺
tool	[tu:l]	工具
toolbox	['tu:lbɒks]	工具箱
torch	[tɔ:tʃ]	手電筒（*AmE.* **flashlight**）
varnish	['vɑ:nɪʃ]	清漆
wire	['waɪə]	金屬線；*a piece of wire* 金屬線；*a wire fence* 金屬絲網
workshop	['wɜ:kʃɒp]	車間
wrench *(mainly AmE.)*		一見 **spanner**

VERBS 動詞

build	[bɪld]	建造；*build a house / road* 蓋房子/築路
cut	[kʌt]	切；割；削
drill	[drɪl]	打眼；鑽孔
fix	[fɪks]	**1** 修理　**2** 安裝
hammer	['hæmə]	捶打
measure	['meʒə]	測量

EXAMPLES 例句

They <u>cut</u> a hole in the roof and put in a piece of glass.
他們在屋頂切出一個洞，然後安裝了一塊玻璃。

You'll need to <u>drill</u> a hole in the wall. 你需要在牆上鑽個洞。

This morning, a man came to <u>fix</u> my washing machine.
今天早上有人來修理我的洗衣機。

The clock is <u>fixed</u> to the wall. 鐘錶被固定到了牆上。

She <u>hammered</u> a nail into the window frame. 她用錘子把一枚釘子釘進窗框裏。

<u>Measure</u> the length of the table. 量一下桌子的尺寸。

mend	[mend]	修理
paint	[peɪnt]	刷；*paint a wall* 刷牆
screw	[skru:]	用螺絲固定

(ADJECTIVES 形容詞)

blunt	[blʌnt]	鈍的；*a blunt knife* 鈍刀
electric	[ɪˈlektrɪk]	**1** 用電的； *an electric light / motor* 電燈／電動摩托 **2** 帶電的； *an electric plug / switch* 帶電插頭／電開關
manual	[ˈmænjʊəl]	**1** 手工的　**2** 用手操作的； *a manual pump* 手動泵
sharp	[ʃɑ:p]	鋒利的； *a sharp knife / blade* 鋒利的刀子／利刃

EXAMPLES 例句

I screwed the shelf on the wall. 我用螺絲把板子固定到牆上。

He began his career as a manual worker. 他一開始從事的是體力勞動的工作。

Towns and cities 城鎮

NOUNS 名詞

bank	[bæŋk]	銀行；*high street banks* 高街銀行
beltway *(AmE.)*	[bentʃ]	→見 **ring road**
bench	[bɪn]	長凳；*a park bench* 公園長凳
bin *(AmE.* **trash can***)*		垃圾箱；*put your rubbish in the bin* 把垃圾扔進垃圾箱
bridge	[brɪdʒ]	橋；*a railway bridge* 鐵路橋
building	['bɪldɪŋ]	建築物；*new / old buildings* 新/舊建築； *public buildings* 公共建築物； *an office building* 辦公樓
bus station	['bʌs steɪʃən]	公交汽車總站
bus stop	['bʌs stɒp]	公交汽車站
café	[kæfeɪ]	咖啡館
capital	['kæpɪtəl]	首都；*a capital city* 首都城市
car park	['kɑː pɑːk]	停車場（*AmE.* **parking lot**）
castle	['kɑːsəl]	城堡
cathedral	[kə'θiːdrəl]	大教堂
church	[tʃɜːtʃ]	教堂；*go to church* 去教堂
citizen	['sɪtɪzən]	公民

EXAMPLES 例句

He crossed the <u>bridge</u> to get to school. 他過橋上學。

Berlin is the <u>capital</u> of Germany. 柏林是德國首都。

His father goes to <u>church</u> every day. 他父親每天去教堂。

city	['sɪti]	*a large town* 城市； *a big / large / major city* 大城市； *the city centre* 市中心
crosswalk *(AmE.)*		一見 **pedestrian crossing**
crowd	[kraʊd]	人群
directions	[daɪ'rekʃənz,dɪr]	指示；説明
district	['dɪstrɪkt]	地區；*a business / shopping district* 商業/購物區
fire station	['faɪə steɪʃən]	消防局
guided tour	[,gaɪdɪd ,tʊə]	嚮導式旅遊
high street	['haɪ striːt]	大街；*high street shops / stores / banks* 繁華商業區商店/商場/銀行
hotel	[,həʊ'tel]	酒店； *a luxury / cheap hotel* 昂貴的/便宜的酒店
launderette ™	[,lɔːndə'ret]	自助洗衣店
leaflet	['liːflət]	小冊子
library	['laɪbrəri]	圖書館； *the public / local library* 公共/地區圖書館
litter	['lɪtə]	亂丟棄的垃圾
map	[mæp]	地圖；*a road map* 道路圖； *a map of the city* 城市地圖

EXAMPLES 例句

A huge <u>crowd</u> gathered in the town square. 一大群人聚集在鎮中央廣場。

She stopped the car to ask for <u>directions</u>. 她停下車問路。

During the afternoon there's a <u>guided tour</u> of the castle.
下午有個導遊帶領的城堡遊。

Have you got a <u>leaflet</u> about the bus tours round York, please?
你有沒有巴士觀光約克的旅遊簡冊？

I hate it when I see people dropping <u>litter</u>. 我討厭人們亂丟垃圾。

market	['mɑːkɪt]	市場
monument	['mɒnjʊmənt]	紀念碑：*ancient monuments* 古老的紀念碑
mosque	[mɒsk]	清真寺
museum	[mjuː'ziːəm]	博物館：*visit a museum* 參觀博物館
notice	['nəʊtɪs]	告示
outskirts	['aʊtskɜːts]	郊區：*live in the outskirts* 住在郊區
park	[pɑːk]	公園：*a public park* 公共公園
parking lot (*AmE.*)		一見 **car park**
parking meter	['pɑːkɪŋ miːtə]	停車計時器
parking space	['pɑːkɪŋ speɪs]	停車場
pavement	['peɪvmənt]	人行道（*AmE.* **sidewalk**）
pedestrian	[pɪ'destriən]	行人
pedestrian crossing	[pɪ'destriən ˌkrɒsɪŋ]	人行橫道（*AmE.* **crosswalk**）
places of interest	[ˌpleɪsɪz əv 'ɪntrəst]	旅遊景點
population	[ˌpɒpjʊ'leɪʃən]	人口
post office	['pəʊst ɒfɪs]	郵局
restroom (*AmE.*)		一見 **toilet**

EXAMPLES 例句

The <u>notice</u> said 'Please close the door.' 告示牌上寫着 "請關門"。

I found a <u>parking space</u> right outside the block of flats.
我發現住宅區旁邊剛好有一個停車場。

He was hurrying along the <u>pavement</u>. 他正沿着人行道匆忙地走。

She visited museums and other <u>places of interest</u>.
她參觀了博物館和其他的旅遊景點。

restaurant	['restərɒnt]	飯店
ring road	['rɪŋ rəʊd]	環形道路（_AmE._**beltway**）
road	[rəʊd]	道路；_a main road_ 主道；_a road accident_ 車禍
season ticket	['siːzn tɪkɪt]	季票；_a weekly / monthly / annual season ticket_ 週/月/年票
shop	[ʃɒp]	商店；_a local / corner shop_ 當地/街角商店；_a gift shop_ 禮品店；_a chip shop_ 小吃店；_a shop assistant_ 售貨員；_a shop window_ 商店櫥窗 (_AmE._ **store**)
shopping centre	['ʃɒpɪŋ sentə]	購物中心
sidewalk (_AmE._)		一見 **pavement**
sign	[saɪn]	告示牌；_a street sign_ 路標
square	[skweə]	廣場；_the town square_ 市鎮廣場；_the main / central square_ 主/中心廣場
store (_AmE._)		一見 **shop**
street	[striːt]	街道；_the main street_ 主要街道；_a side street_ 輔道；_city streets_ 城市街道
suburb	['sʌbɜːb]	城郊；_the suburbs_ 城郊住宅區；_a leafy / wealthy suburb_ 樹木茂盛的/富裕住宅區
subway	['sʌbweɪ]	1 地下通道 2（_mainly AmE._）見 _the underground_
synagogue	['sɪnəgɒg]	猶太教堂

EXAMPLES 例句

The <u>sign</u> said, 'Welcome to Glasgow.' 路牌上寫着 "歡迎來到格拉斯哥"。

He lives at 66 Bingfield <u>Street</u>. 他住在冰菲爾德大街 66 號。

taxi	['tæksi]	計程車；*take / catch a taxi* 乘/搭計程車
taxi rank	['tæksi ræŋk]	計程車站（*AmE.* **taxi stand**）
taxi stand (*AmE.*)		一見 **taxi rank**
toilet	['tɔɪlət]	**1** 馬桶 **2** 洗手間 （*AmE.* **restroom**）
tour	[tʊə]	旅行；*a bus / coach tour* 公交/長途旅行
tourist	['tʊərɪst]	遊客
tower	['taʊə]	塔；*a church tower* 教堂塔樓
town	[taʊn]	城鎮；*your home town* 你的家鄉； *a seaside town* 海濱城市； *the town centre* 城鎮中心
traffic	['træfɪk]	交通；*heavy traffic* 繁忙的交通； *road traffic* 道路交通； *rush hour traffic* 高峰時段交通
train station	['treɪn steɪʃən]	火車站
trash can (*AmE.*)		一見 **bin**
the underground	[ðiː 'ʌndəgraʊnd]	地鐵； *take the underground* 乘地鐵（*AmE.* **subway**）
zebra crossing	[,zebrə 'krɒsɪŋ]	斑馬線

EXAMPLES 例句

Where are the nearest public <u>toilets</u>? 最近的公用洗手間在哪裏？

Michael took me on a <u>tour</u> of the nearby islands. 米高帶我到周邊的島嶼遊覽。

I'm going into <u>town</u>. 我要進城。

Where is the <u>train station</u>? 火車站在哪裏？

zone [zəʊn] 區域；*an industrial zone* 工業區

VERBS 動詞

go shopping 去購物
go sightseeing 觀光旅行

ADJECTIVES 形容詞

busy ['bɪzi] 熱鬧的；*a busy street / road* 熱鬧的街道
clean [kliːn] 乾淨的
crowded ['kraʊdɪd] 擁擠的；*crowded streets* 擁擠的街道；
a crowded bus / train 擁擠的公車/火車
dirty ['dɜːti] 髒的
downtown [ˌdaʊn'taʊn] 市中心的；
a downtown hotel 位於市中心的酒店
industrial [ɪn'dʌstriəl] 工業的；*an industrial town / city* 工業城
lost [lɒst] 迷路的；*I'm lost.* 我迷路了。
suburban [sə'bɜːbən] 城郊的；
a suburban street / district 城郊街道/郊區
urban ['ɜːbən] 城鎮的；*urban areas* 城鎮地

EXAMPLE 例句

This is a <u>crowded</u> city of 2 million. 這是一個兩百萬人口的擁擠城市。

ADVERBS 副詞

left	[left]	左邊；*turn left* 朝左轉
right	[raɪt]	右邊；*turn right* 向右轉
straight ahead	[ˌstreɪt əˈhed]	向前；*go straight ahead* 徑直向前走

PHRASES 短語

no entry	禁止入內

Trains 火車

NOUNS 名詞

arrival	[əˈraɪvəl]	到達；*arrivals and departures* 到達和駛離	
barrier	[ˈbæriə]	柵欄；隔離欄	
buffet	[ˈbʌfeɪ]	餐車（*AmE.* **dining car**）	
carriage	[ˈkærɪdʒ]	車廂；*a railway / train carriage* 火車車廂	
compartment	[kəmˈpɑːtmənt]	**1** 隔間；*a first-class compartment* 頭等車廂	
		2 行李廂；*a luggage compartment* 行李廂	
conductor	[kənˈdʌktə]	檢票員	
connection	[kəˈnekʃən]	聯運火車	
departure	[dɪˈpɑːtʃə]	出站；*a train departure* 火車出站	
destination	[ˌdestɪˈneɪʃən]	目的地；*arrive at your destination* 到達目的地	
dining car *(AmE.)*		一見 **buffet**	
driver	[ˈdraɪvə]	司機；*a train driver* 火車司機	
engine	[ˈendʒɪn]	火車頭	
fare	[feə]	火車票費用；*a train fare* 火車費	
fast train	[ˈfɑːst treɪn]	快車	

EXAMPLES 例句

The <u>buffet</u> car is now open. 餐車現在開始營業。

I was afraid that I would miss my <u>connection</u>. 我恐怕未能來得及轉車了。

freight train *(mainly AmE.)*		一見 **goods train**
goods train	['gʊdz treɪn]	貨車 （AmE. **freight train**）
intercity train	[ˌɪntə'sɪti 'treɪn]	城際火車
journey	['dʒɜːni]	旅行；*a train journey* 火車旅行
left-luggage locker	[ˌleft'lʌgɪdʒ lɒkə]	物品寄存櫃
left-luggage office	[ˌleft'lʌgɪdʒ ɒfɪs]	行李寄存處
level crossing	[ˌlevəl 'krɒsɪŋ]	火車道口
line	[laɪn]	線路；*the railway line* 火車路線
lost property office	[ˌlɒst 'prɒpəti ɒfɪs]	失物招領處
luggage	['lʌgɪdʒ]	行李；*lost luggage* 丟失的行李
luggage rack	['lʌgɪdʒ ræk]	行李架
passenger	['pæsɪndʒə]	乘客
platform	['plætfɔːm]	月台；*a railway platform* 火車月台
porter	['pɔːtə]	行李搬運工
railroad *(AmE.)*		一見 **railway**
railway	['reɪlweɪ]	軌道；*a railway track* 火車軌道（AmE. **railroad**）

EXAMPLES 例句

We stayed on the train to the end of the <u>line</u>. 我們乘坐火車駛向這條線的終點。

We apologise to any rail <u>passengers</u> whose journey was delayed today.
對您今天行程的耽誤，我們深感抱歉。

The next train to London will depart from <u>platform</u> 3.
開往倫敦的下一班火車將於 3 月台出站。

The road ran beside a <u>railway</u>. 這條路與火車道平行。

reservation	[ˌrezəˈveɪʃən]	訂座；*a seat reservation* 座位預訂
return	[rɪˈtɜːn]	回程票
season ticket	[ˈsiːzən tɪkɪt]	定期票
seat	[siːt]	座位；*reserve a seat* 預留一個座位
single	[ˈsɪŋgəl]	單程票
sleeper	[ˈsliːpə]	卧鋪車廂
slow train	[ˈsləʊ treɪn]	慢車
station	[ˈsteɪʃən]	站；*a train station* 火車站
steam engine	[ˈstiːm endʒɪn]	蒸汽機
subway		一見 **the underground**
(mainly AmE.)		
suitcase	[ˈsuːtkeɪs]	行李箱；*pack / unpack a suitcase* 收拾/打開行李箱
ticket	[ˈtɪkɪt]	票；*buy a ticket* 買票；*a train ticket* 火車票
ticket collector	[ˈtɪkɪt kəlektə]	收票員
ticket office	[ˈtɪkɪt ɒfɪs]	售票廳

EXAMPLES 例句

Is this <u>seat</u> free? 這個座位有人嗎？

This <u>seat</u> is taken. 這個座位有人坐了。

I'll take you to the <u>station</u>. 我帶你去車站。

I'll come and pick you up at the <u>station</u>. 我會到車站接你。

In 1941, the train would have been pulled by a <u>steam engine</u>.
1941 年，火車要由蒸汽機牽引前行。

timetable	['taɪmteɪbəl]	時刻表；*a train timetable* 火車時刻表
track	[træk]	軌道；*a railway track* 火車軌道
train	[treɪn]	火車；*catch a train* 趕火車； *get on / off a train* 上/下火車； *take the train* 乘坐火車； *train travel* 乘火車旅行
the tube	[ðə: tju:b]	同 **the underground**
the underground	[ði: ʌndəɡraʊnd]	地鐵；*the London underground* 倫敦地鐵； *an underground train* 地下火車（*AmE.* **subway**）
waiting room	['weɪtɪŋ ru:m]	候車廳
whistle	['wɪsəl]	口哨；*blow a whistle* 吹口哨

(VERBS 動詞)

approach	[ə'prəʊtʃ]	接近；靠近
arrive	[ə'raɪv]	抵達
book	[bʊk]	預訂；*book a train ticket* 訂火車票
cancel	['kænsəl]	取消
delay	[dɪ'leɪ]	延遲；推遲；*The train is delayed.* 火車晚點了。
depart	[dɪ'pɑ:t]	離開
miss	[mɪs]	錯過；*miss your train* 錯過火車

EXAMPLES 例句

He came to Glasgow by <u>train</u>. 他乘火車來格拉斯哥。

I heard the <u>train</u> approaching. 我聽見火車到了。

Their <u>train</u> arrived on time. 他們的火車正點到達。

Many <u>trains</u> have been cancelled. 很多班火車都取消了。

Thousands of rail passengers were <u>delayed</u> yesterday.
昨天上千名火車乘客行程被延誤。

(ADJECTIVES 形容詞)

due	[dju:]	預計；*Find out when the next train is due.* 查下一班火車的預計到達時間。
first-class	[ˌfɜːst 'klɑːs]	頭等的；*a first-class carriage* 頭等車廂；*a firstclass ticket* 頭等車票
high-speed	[ˌˌhaɪ'spiːd]	特快的；*a high-speed train* 特快列車
late	[leɪt]	晚點的
non-smoking	[ˌnɒn'sməʊkɪŋ]	禁止吸煙的
overcrowded	[ˌəʊvə'kraʊdɪd]	非常擁擠的
smoking	['sməʊkɪŋ]	允許吸煙的；*the smoking section / area* 吸煙區

EXAMPLES 例句

Your train is <u>due</u> to leave in three minutes. 您的火車將於三分鐘後開車。

The train is <u>late</u>. 火車遲了。

The trains have separate <u>non-smoking</u> compartments.
這列火車設有獨立的非吸煙車廂。

Weather 天氣

NOUNS 名詞

air	[eə]	空氣；*fresh air* 新鮮的空氣；*warm / hot air* 溫暖的/炎熱的空氣
atmosphere	['ætməsfɪə]	大氣層
climate	['klaɪmət]	氣候； *a warm / cold climate* 溫暖的/寒冷的氣候； *climate change* 氣候變化
cloud	[klaʊd]	雲
darkness	['dɑːknəs]	黑暗
drought	[draʊt]	乾旱
east	[iːst]	東方；*The sun rises in the east.* 太陽從東邊升起。
flood	[flʌd]	洪災
fog	[fɒg]	霧
frost	[frɒst]	霜
gale	[geɪl]	狂風
hail	[heɪl]	冰雹
heat	[hiːt]	熱
hurricane	['hʌrɪkən]	颶風
ice	[aɪs]	冰
lightning	['laɪtnɪŋ]	閃電；*thunder and lightning* 雷電交加； *a flash of lightning* 一道閃電

EXAMPLES 例句

Keith opened the window and felt the cold <u>air</u> on his face.
基斯打開窗戶，一陣冷風撲面而來。

There is an extra hour of <u>darkness</u> on winter mornings.
冬天的清晨，黑夜要長一個小時。

The <u>drought</u> has killed all their crops. 他們所有的農作物都死於這場乾旱。

The car crash happened in thick <u>fog</u>. 那起車禍發生在濃霧之中。

A strong <u>gale</u> was blowing. 狂風肆虐。

Our clothes dried quickly in the <u>heat</u> of the sun. 炎熱的陽光讓衣服很快乾了。

The ground was covered with <u>ice</u>. 地面上都是冰。

One man died when he was struck by <u>lightning</u>. 一個男人被閃電擊中死亡。

mist	[mɪst]	霧；*mist and fog* 霧；*morning mist* 晨霧
monsoon	[mɒnˈsuːn]	季候風；（南亞的）雨季； *the monsoon rains* 雨季降雨； *the monsoon season* 雨季
north	[nɔːθ]	北方
puddle	[ˈpʌdəl]	水坑
rain	[reɪn]	雨；*heavy / pouring rain* 大雨，瓢潑大雨； *go out in the rain* 雨中出行
rainbow	[ˈreɪnbəʊ]	彩虹
raindrop	[ˈreɪndrɒp]	雨滴
sky	[skaɪ]	天空；*in the sky* 在天空中
snow	[snəʊ]	雪
snowflake	[ˈsnəʊfleɪk]	雪花
south	[saʊθ]	南方
storm	[stɔːm]	暴風雨；*violent / severe storms* 狂風暴雨； *tropical storms* 熱帶風暴
sun	[sʌn]	**1** 太陽　**2** 陽光

EXAMPLES 例句

In the <u>north</u>, snow and ice cover the ground. 在北方，冰雪覆蓋着大地。

Young children love splashing in <u>puddles</u>. 小孩子喜歡在水坑裏潑水玩。

Outside a light <u>rain</u> was falling. 外面小雨淅淅瀝瀝。

Today we have clear blue <u>skies</u>. 今天晴空萬里。

Six inches of <u>snow</u> fell. 雪下了六英吋厚。

The <u>sun</u> is shining. 陽光普照。

Suddenly, the <u>sun</u> came out. 突然，太陽出來了。

They went outside to sit in the <u>sun</u>. 他們坐到外面曬太陽。

sunshine	[ˈsʌnʃaɪn]	陽光
temperature	[ˈtemprətʃə]	溫度； *warm / cold temperatures* 溫暖/寒冷的溫度； *average temperature* 平均溫度
thermometer	[θəˈmɒmɪtə]	溫度計；體溫表
thunder	[ˈθʌndə]	雷
thunderstorm	[ˈθʌndəstɔːm]	雷暴
tornado	[tɔːˈneɪdəʊ]	龍捲風
tsunami	[tsʊˈnɑːmi]	海嘯
umbrella	[ʌmˈbrelə]	雨傘； *put up your umbrella* 打開你的雨傘
weather	[ˈweðə]	天氣； *cold / bad / wet weather* 冷/糟糕/潮濕的天氣； *hot / warm weather* 炎熱的/溫暖的天氣
weather forecast	[ˈweðə fɔːkɑːst]	天氣預報； *watch / listen to the weather forecast* 收看/收聽天氣預報
west wind	[west waɪnd]	西風

(VERBS 動詞)

blow	[bləʊ]	（風）吹
freeze	[friːz]	結冰；凝固

EXAMPLES 例句

She was sitting outside a cafe in bright <u>sunshine</u>.
她坐在咖啡廳外，沐浴在明媚的陽光裏。

What's the <u>weather</u> like? 天氣如何？

The sun sets in the <u>west</u>. 太陽從西邊落下。

A strong wind was <u>blowing</u> from the north. 一股強風從北面吹來。

The wind is <u>blowing</u>. 颳風了。

Last winter the water <u>froze</u> in all our pipes. 去年冬天我們所有的水管都凍住了。

melt	[melt]	（使）融化
rain	[reɪn]	下雨
shine	[ʃaɪn]	照耀；*The sun is shining.* 陽光普照。
snow	[snəʊ]	下雪
thaw	[θɔ:]	融化

ADJECTIVES 形容詞

cloudy	['klaʊdi]	多雲的； *a cloudy day / sky* 多雲的天氣，天空烏雲密佈
cold	[kəʊld]	寒冷； *cold weather* 寒冷的天氣；*cold air* 冷空氣
cool	[ku:l]	涼爽的；*cool air* 涼氣
dry	[draɪ]	乾燥的
freezing	['fri:zɪŋ]	極冷的
hot	[hɒt]	炎熱的；*a hot day* 炎熱的一天
humid	['hju:mɪd]	濕熱的；*humid air* 潮濕的空氣； *humid weather / conditions* 濕熱的天氣/環境
mild	[maɪld]	暖和的； *a mild winter* 暖冬；*mild weather* 溫和的天氣
rainy	['reɪni]	多雨的；*a rainy day* 下雨天
stormy	['stɔ:mi]	有暴風雨的；*stormy weather* 暴風雨天氣

EXAMPLES 例句

The snow <u>melted</u>. 雪融化了。

It's <u>raining</u>. 下雨了。

It <u>snowed</u> heavily all night. 一整夜雪下得很大。

The <u>snow</u> thawed. 雪消融了。

The Sahara is one of the <u>driest</u> places in Africa. 撒哈拉是非洲最乾旱的地方之一。

It's <u>freezing</u>. 天冷極了。

It's too <u>hot</u> to play tennis. 天太熱了，不適合打網球。

sunny	['sʌni]	陽光明媚的
tropical	['trɒpɪkəl]	熱帶的；
		a tropical climate 熱帶氣候；*tropical heat* 酷熱
windy	['wɪndi]	風大的；*a windy day* 颳風的一天

EXAMPLE 例句

The weather was warm and <u>sunny</u>. 陽光明媚，氣候宜人。

Geographical place names 地名

Here is a list of the names of well-known places in the world.
以下是世界知名地區的名稱。

Afghanistan	[æf'gænɪˌstɑːn]	阿富汗
Africa	['æfrɪkə]	非洲
Albania	[æl'beɪnɪə]	阿爾巴尼亞
Algeria	[æl'dʒɪərɪə]	阿爾及利亞
American Samoa	[əˌmerɪkən sə'məʊə]	美屬薩摩亞
Andorra	[æn'dɔːrə]	安道爾
Angola	[æŋ'gəʊlə]	安哥拉
Antarctica	[æn'tɑːktɪkə]	南極洲
Antigua and Barbuda	[æn'tiːgə ənd bɑː'buːdə]	安堤瓜及巴爾布達
the Arctic	[ði 'ɑktɪk]	北極
Argentina	[ˌɑːdʒən'tiːnə]	阿根廷
Armenia	[ɑː'miːnɪə]	亞美尼亞
Asia	['eɪʒə]	亞洲
the Atlantic	[ði ət'læntɪk]	大西洋
Australia	[ɒ'streɪlɪə]	澳大利亞
Austria	['ɒstrɪə]	奧地利
Azerbaijan	[ˌæzəbaɪ'dʒɑːn]	阿塞拜疆
Bahamas	[bə'hɑːməz]	巴哈馬
Bahrain	[bɑː'reɪn]	巴林
Bangladesh	[ˌbæːŋglə'deʃ]	孟加拉
Barbados	[bɑː'beɪdɒs]	巴巴多斯
Belarus	[ˌbelə'rʊs]	白俄羅斯

Belgium	['beldʒəm]	比利時
Belize	[bə'li:z]	伯利茲
Benin	[be'ni:n]	貝寧
Bhutan	[bu:'tɑ:n]	不丹
Bolivia	[bə'lɪvɪə]	玻利維亞
Bosnia and Herzegovina	['bɒznɪə ənd ˌhɜ:səgəʊ'vi:nə]	波斯尼亞和黑塞哥維那
Botswana	[bɒť'swɑ:nə]	博茨瓦納
Brazil	[brə'zɪl]	巴西
Brunei	[bru:'naɪ]	汶萊
Bulgaria	[bʌl'geərɪə]	保加利亞
Burkina-Faso	[bɜ:ˌki:nə'fæsəʊ]	布基納法索
Burma	['bɜ:mə]	緬甸
Burundi	[bə'rʊndi]	布隆迪
Cambodia	[kæm'bəʊdɪə]	柬埔寨
Cameroon	[ˌkæmə'ru:n]	喀麥隆
Canada	['kænədə]	加拿大
Cape Verde	[ˌkeɪp 'vɜ:d]	佛得角
the Caribbean	[ðə ˌkæri'bi:ən]	加勒比海
the Central African Republic	[ðə ˌsentrəl ˌæfrɪkən ri'pʌblɪk]	中非共和國
Chad	[tʃæd]	乍得
Chile	['tʃɪli]	智利
(the People's Republic of) China	[(ðə ˌpi:pəlz ri'pʌblɪk əv) 'tʃaɪnə]	中華人民共和國
Colombia	[kə'lɒmbɪə]	哥倫比亞
Comoros	['kɒməˌrəʊz]	科摩羅
(the Republic of) Congo	[(ðə ri'pʌblɪk əv) 'kɒŋgəʊ]	剛果共和國

(the Democratic Republic of) Congo	[(ðə demə͵krætik ri͵pʌblık əv) 'kɒŋgəʊ]	剛果民主共和國
Costa Rica	[͵kɒstə 'riːkə]	哥斯達黎加
Côte dˈIvoire	[͵kəʊt diˈvwɑː]	科特迪瓦
Croatia	[krəʊˈeɪʃə]	克羅地亞
Cuba	[ˈkjuːbə]	古巴
Cyprus	[ˈsaprəs]	賽浦路斯
the Czech Republic	[ðə 'tʃek ri͵pʌblık]	捷克共和國
Denmark	[ˈdenmɑːk]	丹麥
Djibouti	[dʒiˈbuːti]	吉布地
Dominica	[͵dɒmiˈniːkə, dəˈmınıkə]	多米尼克國
the Dominican Republic	[ðə dəmınıkən ri͵pʌblık]	多明尼加共和國
East Timor	[͵iːst ˈtiːmɔː]	東帝汶
Ecuador	[ˈekwə͵dɔː]	厄瓜多爾
Egypt	[ˈiːdʒıpt]	埃及
El Salvador	[el ˈsælvə͵dɔː]	薩爾瓦多
England	[ˈıŋglənd]	英格蘭
Equatorial Guinea	[͵ekwə͵tɔːriəl ˈgıni]	赤道幾內亞
Eritrea	[͵erıˈtreıə]	厄立特里亞
Estonia	[eˈstəʊniə]	愛沙尼亞
Ethiopia	[͵iːθiˈəʊpjə]	埃塞俄比亞
Europe	[ˈjʊərəp]	歐洲
Fiji	[ˈfiːdʒiː]	斐濟
Finland	[ˈfınlənd]	芬蘭
France	[frɑːns]	法國
Gabon	[gəˈbɒn]	加蓬
Gambia	[ˈgæmbiə]	岡比亞
Georgia	[ˈdʒɔːdʒjə]	格魯吉亞

Germany	[ˈdʒɜːməni]	德國
Ghana	[ˈgɑːnə]	加納
Great Britain	[ˌgreɪt ˈbrɪtən]	英國
Greece	[griːs]	希臘
Greenland	[ˌgriːnlənd]	格陵蘭島
Grenada	[griˈneɪdə]	格林納達
Guatemala	[ˌgwætəˈmɑːlə]	瓜地馬拉
Guinea	[ˈgɪniː]	幾內亞
Guinea-Bissau	[ˌgɪniːbiˈsaʊ]	幾內亞比紹
Guyana	[gaɪˈɑːnə]	圭亞那
Haiti	[ˈheɪti]	海地
Holland	[ˈhɒlənd]	荷蘭
Honduras	[hɒnˈdjʊərəs]	洪都拉斯
Hungary	[ˈhʌŋgəri]	匈牙利
Iceland	[ˈaɪslənd]	冰島
India	[ˈɪndiə]	印度
Indonesia	[ˌɪndəʊˈniːziə]	印尼
Iran	[ɪˈrɑːn, iˈræn]	伊朗
Iraq	[ɪˈrɑːk' ɪˈræk]	伊拉克
(the Republic of) **Ireland**	[(ðə riˌpʌblɪk əv) ˈaɪələnd]	愛爾蘭共和國
Israel	[ˈɪzreɪəl]	以色列
Italy	[ˈɪtəli]	意大利
Jamaica	[dʒəˈmeɪkə]	牙買加
Japan	[dʒəˈpæn]	日本
Jordan	[ˈdʒɔːdən]	約旦
Kazakhstan	[ˌkæzækˈstæn, ˌkɑːzɑːkˈstɑːn]	哈薩克斯坦
Kenya	[ˈkenjə]	肯雅
Kiribati	[ˌkɪriˈbɑːti]	基里巴斯

Kuwait	[ku:'weɪt]	科威特
Kyrgyzstan	[ˌkɪəgi'stɑːn]	吉爾吉斯斯坦
Laos	[laʊs]	老撾
Latvia	['lætviə]	拉脱維亞
Lebanon	['lebənən]	黎巴嫩
Lesotho	[lə'səʊtəʊ]	萊索托
Liberia	[laɪ'bɪəriə]	利比里亞
Libya	['lɪbiə]	利比亞
Liechtenstein	['lɪktən,staɪn]	列支敦士登
Lithuania	[ˌlɪθju:'eɪniə]	立陶宛
Luxembourg	['lʌksəm,bɜːg]	盧森堡
Macedonia	[ˌmæsi'dəʊniə]	馬其頓
Madagascar	[ˌmædə'gæskə]	馬達加斯加
Malawi	[mə'lɑːwi]	馬拉維
Malaysia	[mə'leɪziə]	馬來西亞
the Maldives	[ðə 'mɔːldiːvz]	馬爾代夫
Mali	['mɑːli]	馬里
Malta	['mɔːltə]	馬爾他
the Marshall Islands	[ðə 'mɑːʃəl ,aɪləndz]	馬紹爾群島
Mauritania	[ˌmɒri'teɪniə]	毛利塔尼亞
Mauritius	[mə'rɪʃəs]	毛里求斯
the Mediterranean	[ðə ,medɪtə'reɪniən]	地中海
Mexico	['meksɪ,kəʊ]	墨西哥
Micronesia	[ˌmaɪkrəʊ'ni:ziə]	密克羅尼西亞
Moldova	[mɒl'dəʊvə]	莫爾達瓦
Monaco	['mɒnə,kəʊ]	摩納哥
Mongolia	[mɒŋ'gəʊliə]	蒙古
Montenegro	[ˌmɒnti'ni:grəu]	黑山
Morocco	[mə'rɒkəʊ]	摩洛哥

Mozambique	[ˌməʊzæm'biːk]	莫桑比克
Myanmar	['mjænmɑː]	緬甸
Namibia	[nə'mɪbiə]	納米比亞
Nauru	[nɑː'uːruː, 'naʊruː]	瑙魯
Nepal	[ni'pɔːl]	尼泊爾
Netherlands	['neðələndz]	荷蘭
New Zealand	[ˌnjuː 'ziːlənd]	新西蘭
Nicaragua	[ˌnɪkə'ræɡjʊə]	尼加拉瓜
Niger	['naɪdʒə, niː'ʒeə]	尼日爾
Nigeria	[naɪ'dʒɪərɪə]	尼日利亞
Northern Ireland	[ˌnɔːðən 'aɪələnd]	北愛爾蘭
North Korea	[ˌnɔːθ kə'riːə]	朝鮮
Norway	['nɔːweɪ]	挪威
Oman	[əʊ'mɑːn]	阿曼
the Pacific	[ðə pə'sɪfɪk]	太平洋
Pakistan	[ˌpɑːki'stɑːn, pæki'stɑːn]	巴基斯坦
Panama	['pænəˌmɑː, ˌpænə'mɑː]	巴拿馬
Papua New Guinea	[ˌpæpjʊə njuː 'ɡini:]	巴布亞新磯內亞
Paraguay	['pærəˌɡwaɪ']	巴拉圭
Peru	[pə'ruː]	秘魯
the Philippines	[ðə 'fɪləˌpiːnz]	菲律賓
Poland	['pəʊlənd]	波蘭
Portugal	['pɔːtjʊɡəl]	葡萄牙
Puerto Rico	[ˌpwɜːtə 'riːkəʊ, ˌpweətə' riːkəʊ]	波多黎各
Qatar	[kʌ'tɑː]	卡塔爾
Romania	[rəʊ'meɪniə]	羅馬尼亞
Russia	['rʌʃə]	俄羅斯
Rwanda	[rʊ'ændə]	盧旺達

St Kitts and Nevis	[sənt ˌkits ənd 'ni:vis]	聖基茨和尼維斯
St Lucia	[sənt 'lu:ʃə]	聖盧西亞
St Vincent and the Grenadines	[sənt 'vɪnsənt ənd ðə ˌɡrenə'di:nz]	聖文森特和格林納丁斯群島
Samoa	[sə'məʊə]	薩摩亞
San Marino	[ˌsæn mə'ri:nəʊ]	聖馬利諾
São Tomé and Principe	[ˌsaʊ tə'meɪ ənd 'prɪnsiˌpeɪ]	聖多美及普林西比島
Saudi Arabia	[ˌsaʊdi ə'reɪibiə]	沙特阿拉伯
Scotland	['skɒtlənd]	蘇格蘭
Senegal	[ˌseni'ɡɔ:l]	塞內加爾
Serbia	['sɜ:biə]	塞爾維亞
the Seychelles	[ðə, seɪ'ʃelz]	塞舌爾
Sierra Leone	[si:'eərə li:ˌəʊn]	塞拉里昂
Singapore	[ˌsɪŋə'pɔ:]	新加坡
Slovakia	[sləʊ'vækiə]	斯洛伐克
Slovenia	[sləʊ' vi:niə]	斯洛文尼亞
the Solomon Islands	[ðə 'sɒləmən ˌaɪləndz]	所羅門群島
Somalia	[sə'mɑ:liə]	索馬里
South Africa	[ˌsaʊθ 'æfrikə]	南非
South Korea	[ˌsaʊθ kə'ri:ə]	韓國
Spain	[speɪn]	西班牙
Sri Lanka	[ˌsri: 'læŋkə]	斯里蘭卡
Sudan	[su:'dɑ:n, su:'dæn]	蘇丹
Suriname	[ˌsʊəri'næm]	蘇里南
Swaziland	['swɑ:ziˈlænd]	斯威士蘭
Sweden	['swi:dən]	瑞典
Switzerland	['swɪtsələnd]	瑞士
Syria	['sɪriə]	敍利亞
Taiwan	[ˌtaɪ'wɑ:n]	台灣

Tajikistan	[tɑːdʒiːkiˈstɑːn]	塔吉克斯坦
Tanzania	[ˌtænzəˈniːə]	坦桑尼亞
Thailand	[ˈtaɪlænd]	泰國
Togo	[ˈtəʊgəʊ]	多哥
Tonga	[ˈtɒŋgə]	湯加
Trinidad and Tobago	[ˌtrɪnidæd ənd təˈbeɪgəʊ]	特立尼達和多巴哥
Tunisia	[tjʊˈnɪziə]	突尼斯
Turkey	[ˈtɜːki]	土耳其
Turkmenistan	[tɜːkˌmeniˈstɑːn]	土庫曼
Tuvalu	[ˌtuːvəˈluː]	圖瓦盧
Uganda	[juːˈgændə]	烏干達
Ukraine	[juːˈkreɪn]	烏克蘭
the United Arab Emirates	[ði juːˌnaɪtid ˌærəb ˈemirəts]	阿拉伯聯合酋長國
the United Kingdom	[ði juːˌnaɪtid ˈkɪŋdəm]	英國
the United States of America	[ði juːˌnaɪtid ˌsteɪts əv əˈmerikə]	美利堅合眾國
Uruguay	[ˈʊərəˌgwaɪ]	烏拉圭
Uzbekistan	[ʊzˌbekiˈstɑːn]	烏茲別克斯坦
Vanuatu	[ˈvænuːˈɑːtuː]	瓦努阿圖
the Vatican City	[ðə ˌvætikən sˈɪti]	梵蒂岡
Venezuela	[ˈveniˈzweɪlə]	委內瑞拉
Vietnam	[ˌvjetˈnæm]	越南
Wales	[weɪlz]	威爾士
Yemen	[ˈjemən]	葉門
Zambia	[ˈzæmbiə]	尚比亞
Zimbabwe	[zɪmˈbɑːbweɪ]	辛巴威

Irregular verbs 不規則動詞

Infinitive 不定式	Past Tense 過去式	Past Participle 過去分詞
arise	arose	arisen
be	was, were	been
beat	beat	beaten
become	became	become
begin	began	begun
bend	bent	bent
bet	bet	bet
bind	bound	bound
bite	bit	bitten
bleed	bled	bled
blow	blew	blown
break	broke	broken
bring	brought	brought
build	built	built
burn	burned 或 burnt	burned 或 burnt
burst	burst	burst
buy	bought	bought
catch	caught	caught
choose	chose	chosen
cling	clung	clung
come	came	come
cost	cost 或 costed	cost 或 costed
creep	crept	crept
cut	cut	cut
deal	dealt	dealt
dig	dug	dug
dive	dived 或 dove	dived
do	did	done
draw	drew	drawn
dream	dreamed 或 dreamt	dreamed 或 dreamt
drink	drank	drunk

Infinitive 不定式	Past Tense 過去式	Past Participle 過去分詞
drive	drove	driven
eat	ate	eaten
fall	fell	fallen
feed	fed	fed
feel	felt	felt
fight	fought	fought
find	found	found
fly	flew	flown
forbid	forbade	forbidden
forget	forgot	forgotten
freeze	froze	frozen
get	got	gotten,got
give	gave	given
go	went	gone
grind	ground	ground
grow	grew	grown
hang	hung 或 hanged	hung 或 hanged
have	had	had
hear	heard	heard
hide	hid	hidden
hit	hit	hit
hold	held	held
hurt	hurt	hurt
keep	kept	kept
kneel	kneeled 或 knelt	kneeled 或 knelt
know	knew	known
lay	laid	laid
lead	led	led
lean	leaned	leaned
leap	leaped 或 leapt	leaped 或 leapt
learn	learned	learned
leave	left	left
lend	lent	lent

Infinitive 不定式	Past Tense 過去式	Past Participle 過去分詞
let	let	let
lie	lay	lain
light	lit 或 lighted	lit 或 lighted
lose	lost	lost
make	made	made
mean	meant	meant
meet	met	met
pay	paid	paid
put	put	put
quit	quit	quit
read	read	read
ride	rode	ridden
ring	rang	rung
rise	rose	risen
run	ran	run
say	said	said
see	saw	seen
seek	sought	sought
sell	sold	sold
send	sent	sent
set	set	set
shake	shook	shaken
shine	shined 或 shone	shined 或 shone
shoot	shot	shot
show	showed	shown
shrink	shrank	shrunk
shut	shut	shut
sing	sang	sung
sink	sank	sunk
sit	sat	sat
sleep	slept	slept
slide	slid	slid
smell	smelled	smelled

Infinitive 不定式	Past Tense 過去式	Past Participle 過去分詞
speak	spoke	spoken
speed	sped 或 speeded	sped 或 speeded
spell	spelled 或 spelt	spelled 或 spelt
spend	spent	spent
spill	spilled 或 spilt	spilled 或 spilt
spit	spit 或 spat	spit 或 spat
spoil	spoiled 或 spoilt	spoiled 或 spoilt
spread	spread	spread
spring	sprang	sprung
stand	stood	stood
steal	stole	stolen
stick	stuck	stuck
sting	stung	stung
stink	stank	stunk
strike	struck	struck 或 stricken
swear	swore	sworn
sweep	swept	swept
swell	swelled	swollen
swim	swam	swum
swing	swung	swung
take	took	taken
teach	taught	taught
tear	tore	torn
tell	told	told
think	thought	thought
throw	threw	thrown
wake	woke 或 waked	woken 或 waked
wear	wore	worn
weep	wept	wept
win	won	won
wind	wound	wound
write	wrote	written

Measurements 測量用語

LENGTH 長度

millimetre (mm)	毫米
centimetre (cm)	厘米
metre (m)	米
kilometre (km)	千米；公里
mile (= 1.61 kilometres)	英里（=**1.61** 千米）

WEIGHT 重量

milligram (mg)	毫克
gram (g)	克
kilogram (kg)	千克；公斤
tonne	公噸
ounce (1oz = 28g)	盎司（**1** 盎司 = **28** 克）
pound (1 lb = 454g)	磅（**1** 磅 = **454** 克）
stone (= 6.4kg)	英石（= **6.4** 公斤）

CAPACITY 容量

millilitre (ml)	毫升
litre (l)	升
pint (= 0.57 litres)	品脱（= **0.57** 升）
gallon (= 4.55 litres)	加侖（= **4.55** 升）

EXAMPLES 例句

This tiny plant is only a few <u>centimetres</u> high. 這株幼苗只有幾厘米高。

They drove 600 <u>miles</u> across the desert. 他們駕車行駛了 600 英里穿越沙漠。

The box weighs 4.5 <u>kilograms</u>. 這個盒子重 4.5 公斤。

The boat was carrying 30,000 <u>tonnes</u> of oil. 這艘船裝載了 3 萬噸石油。

Each carton contains a <u>pint</u> of milk. 每盒裝有 1 品脱牛奶。

Adults should drink about two <u>litres</u> of water each day.
每個成年人每天應攝入 2 升水。

Numbers/ordinal numbers 數字/序數詞

1	one
2	two
3	three
4	four
5	five
6	six
7	seven
8	eight
9	nine
10	ten
11	eleven
12	twelve
13	thirteen
14	fourteen
15	fifteen
16	sixteen
17	seventeen
18	eighteen
19	nineteen
20	twenty
21	twenty-one
22	twenty-two
30	thirty
40	forty
50	fifty
60	sixty
70	seventy
80	eighty
90	ninety
100	a/one hundred
101	a/one hundred and one
1,000	a/one thousand
10,000	ten thousand
100,000	a/one hundred thousand
1,000,000	a/one million

NUMBERS OVER 20 大於 20 的數字

在書寫超過 20 的數字（除了 30, 40, 50 等）時要加連字號。

25	twenty-five	45	forty-five
82	eighty-two	59	fifty-nine

A OR ONE? A 還是 one?

100	a/one hundred	1,000,000	a/one million
1,000	a/one thousand		

One 較為正式，通常用於表達清晰準確的意思。

LARGE NUMBERS 大數字

在書寫較大數字時，我們通常用逗號將數位以三個數字為一組間隔開。

1,235,578	one million, two hundred and thirty-five thousand, five hundred and seventy-eight

---

EXAMPLES 例句

The total amount was <u>one hundred</u> and forty-nine pounds and thirty pence.
總金額為 149 英鎊 30 便士。

These shoes cost over <u>a hundred</u> pounds. 這些鞋一共花了 100 多英鎊。

Ordinal Numbers 序數詞

1st	first	19th	nineteenth
2nd	second	20th	twentieth
3rd	third	21st	twenty-first
4th	fourth	22nd	twenty-second
5th	fifth	30th	thirtieth
6th	sixth	40th	fortieth
7th	seventh	50th	fiftieth
8th	eighth	60th	sixtieth
9th	ninth	70th	seventieth
10th	tenth	80th	eightieth
11th	eleventh	90th	ninetieth
12th	twelfth	100th	hundredth
13th	thirteenth	101st	hundred and first
14th	fourteenth	200th	two hundredth
15th	fifteenth	1,000th	thousandth
16th	sixteenth	10,000th	ten thousandth
17th	seventeenth	100,000th	hundred thousandth
18th	eighteenth	1,000,000th	millionth

EXAMPLES 例句

Kate won <u>first</u> prize in the writing competition. 凱特在寫作比賽中獲得一等獎。

It's Michael's <u>seventh</u> birthday tomorrow. 明天是米高的七歲生日。

My office is on the <u>twelfth</u> floor. 我的辦公室在 12 樓。

I'm doing a project about fashion in the <u>eighteenth</u> century.
我正在做一個關於 18 世紀流行時尚的研究專案。

We're celebrating the <u>200 th</u> anniversary of independence next year.
明年我們即將慶祝獨立 200 周年。

The company announced that it has just served its <u>millionth</u> customer.
這家公司宣佈他們的顧客總數剛剛突破一百萬。

People of the world 世界各地的人

地域名詞在變為所在地人或相應形容詞時，有不同的變化方式。以字母 a 結尾的地功能變數名稱詞在變化時，人和形容詞通常都以 an 結尾，例如 Australia 變為 Australian。

I live in Australia.	我住在澳洲。
I am an Australian.	我是澳洲人。
I am Australian.	我是澳洲人。
…the Australian flag.	澳洲國旗。

此類變化的其他例子：

以字母 "a" 結尾的地名→
對應的人和形容詞以 "an" 結尾

Africa → African, America → American, Asia → Asian,
Austria → Austrian, Bulgaria → Bulgarian,
Cuba → Cuban, India → Indian, Kenya → Kenyan,
Malaysia → Malaysian, Russia → Russian,
Slovakia → Slovakian, Slovenia → Slovenian

以 s 或 ese 結尾的表示 "人" 的名詞通常沒有複數變形，例如，a Swiss 和 a Chinese。這些詞也不常以單數形式出現，更常見的是 a Swiss man 或 a Chinese woman。

其他地名也有不同的變化方式。以下是一些常見例子：

如果某一種語言與該國相關，國家語言的名詞通常與該國名詞的形容詞形式一致，例如，Polish 波蘭語（波蘭的），Japanese 日本語（日本的），Italian 意大利語（意大利的）。

EXAMPLES 例句

Have you ever been to Peru? 你去過秘魯麼？

She was born in China. 她出生在中國。

Five Germans and twelve Spaniards were killed in the crash. 五名德國人和十二名西班牙人在這場車禍中喪生。

Can you speak Welsh? 你會説威爾斯語麼？

He is fluent in Vietnamese. 他能説流利的越南語。

He is English. 他是英國人。

…a Mexican restaurant. … 一家墨西哥餐館。

…the French president. 法國總統…。

Place (nouns) 地名	Adjective 形容詞	Person (nouns) 該國人
Afghanistan 阿富汗	Afghan	an Afghan
Argentina 阿根廷	Argentinean	an Argentine
Bangladesh 孟加拉	Bangladeshi	a Bangladeshi
Belgium 比利時	Belgian	a Belgian
Brazil 巴西	Brazilian	a Brazilian
Britain 英國	British	a Briton
Canada 加拿大	Canadian	a Canadian
Chile 智利	Chilean	a Chilean
China 中國	Chinese	a Chinese
the Czech Republic 捷克共和國	Czech	a Czech
Denmark 丹麥	Danish	a Dane
Egypt 埃及	Egyptian	an Egyptian
England 英格蘭	English	an Englishman 或 an English woman
Europe 歐洲	European	a European
Finland 芬蘭	Finnish	a Finn
France 法國	French	a Frenchman 或 a Frenchwoman
Germany 德國	German	a German
Greece 希臘	Greek	a Greek
Hungary 匈牙利	Hungarian	a Hungarian
Iceland 冰島	Icelandic	an Icelander
Iran 伊朗	Iranian	an Iranian
Iraq 伊拉克	Iraqi	an Iraqi
Ireland 愛爾蘭	Irish	an Irishman or an Irishwoman
Italy 意大利	Italian	an Italian
Japan 日本	Japanese	a Japanese
Mexico 墨西哥	Mexican	a Mexican
Morocco 摩洛哥	Moroccan	a Moroccan
The Netherlands 荷蘭	Dutch	a Dutchman 或 a Dutchwoman
New Zealand 新西蘭	New Zealand	a New Zealander
Norway 挪威	Norwegian	a Norwegian
Pakistan 巴基斯坦	Pakistani	a Pakistani
Peru 秘魯	Peruvian	a Peruvian
Poland 波蘭	Polish	a Pole
Portugal 葡萄牙	Portuguese	a Portuguese
Scotland 蘇格蘭	Scottish	a Scot 或 a Scotsman 或 a Scotswoman
Spain 西班牙	Spanish	a Spaniard
Sweden 瑞典	Swedish	a Swede
Switzerland 瑞士	Swiss	a Swiss
Taiwan 台灣	Taiwanese	a Taiwanese
Turkey 土耳其	Turkish a Turk	a Turk
Vietnam 越南	Vietnamese	a Vietnamese
Wales 威爾斯	Welsh	a Welshman 或 a Welshwoman

Times and dates 時間和日期

TELLING THE TIME 表達時間

以下為最常用的日期表達和書寫方式：

four o'clock 4 點
four
4.00

nine o'clock 9 點
nine
9.00

twelve o'clock 12 點
twelve
12.00

four in the morning
凌晨 4 點
4 a.m.
midday 正午
noon 中午

nine in the morning
早上 9 點
9 a.m.

twelve in the morning
中午 12 點
12 a.m.

four in the afternoon
下午 4 點
4 p.m.
midnight 午夜

nine in the evening
晚上 9 點
9 p.m.

twelve at night
午夜 12 點
12 p.m.

half past eleven 11 點半
half-eleven
eleven-thirty
11.30

quarter past twelve (British 英式英語）
12 點一刻
twelve-fifteen
12.15
quarter after twelve (AmE)

quarter to one (British 英式英語）
12 點 45
twelve forty-five
12.45
quarter of one (AmE)

twenty-five past two (BrE)
2 點 25
two twenty-five
2.25
twenty-five after two (AmE)

ten to eight (BrE)
7 點 50
seven-fifty
7.50
ten of eight (AmE)

EXAMPLES 例句

What time is it? – It's five o'clock. 現在幾點了？ — 5 點鐘。
Excuse me, do you have the time? – Yes, it's half past eleven.
打擾一下，您知道現在幾點了麼？— 哦，現在 11 點半。
The class starts at 11 a.m. and finishes at 1.30 p.m.
早上 11 點開始上課，下午 1 點半結束。
We arrived at the airport just after nine. 我們到達飛機場時，剛過 9 點。
I'll meet you at quarter to eight. 我 7 點 45 分跟你匯合。

WRITING DATES 日期書寫

日期有不同的書寫方式。

4 月 20 日
20 April   April 20
20th April   April 20th

（口語表達為 the twentieth of April 或 April the twentieth）

如果要加年份，則放在最後。

December 15th 2009 2009 年 12 月 15 日
（口語表達為 December the fifteenth, two thousand and nine）

日期可以用數字形式來書寫。在英式英語中，順序依次為：日，月，年。
在美式英語中，順序則為：月，日，年。

In British English, December 15th 2009 is 在英式英語中，2009 年 12 月 15
日寫為：

15/12/09   或   15.12.09

In , December 15th 2009 is 在美式英語中，2009 年 12 月 15 日寫為：

12/15/09   或   12.15.09

EXAMPLES 例句

The new shops opens on 5th February. 新店 2 月 5 日開幕。

I was born on June 15th, 1970. 我 1970 年 6 月 15 日出生。

Date of birth 15/6/1970. 出生日期是 15/6/1970。

Index 索引

exercise 224
exhaust fumes 96
exhibition 19
exit 3
expand 43
expel 227
expenses 186
expensive 190, 237
experiment 230
export 156, 159
expression 33
extension 252
extinct 100
eye 30
eye: black eye 72
eyebrow 31
eyelash 31
eyelid 31

F

fabric 173
face 31
face cream 200
face powder 200
facilities 140
factory 156, 163
faculty 66
fail 227
faint 136
fair 38
fairy tale 212
fall 22, 272
fall out 123
false teeth 33
family 120
fan 246
fare 3, 286
farm 85

farmer 85, 163
farming 156
farmyard 85
fashion 59
fashionable 63
fast 56
fast food 111
fast-forward 261
fast train 286
fat 38
father 120
father-in-law 120
Father's Day 53
fault 166
fax 252
fax machine 197, 252
fear 101
feather 13
feature 31
February 271
feed 16
feel 36, 107
feel better 136
feeling 101
feelings 101
feel sick 136
fence 85, 204
fern 204
ferry 26
fertilizer 205
festival 53
festivities 53
feverish 137
fiancé 120
fiancée 120
fiction 212
field 14, 85
fieldwork 66

fig 126
figure 178
file 74, 197, 275
filing cabinet 197
film 264
film industry 156
film star 264
final 248
finals 66
financial 160
fine 166, 170
finger 31
fire 94
fire engine 46
fire escape 140
firefighter 163
fireplace 149
fire station 280
fire truck 46
fireworks 54
firm 41
first 66
first aid kit 132
first class 3
first-class 257, 290
first name 120
fir tree 205
fish 9,108
fisherman 26
fishing 86, 156
fishmonger's 234
fist 31
fit 62, 137
fix 277
fizzy 118
flannel 200
flashlight 275
flat 22, 46, 145, 196